回不到有你的過去，
我只能用自己的方式，強留你在我心上。

出．版．緣．起

三百六十度全媒體出版

城邦原創創辦人　何飛鵬

當數位變革浪潮風起雲湧之際，做為一個紙本出版人，我就開始預想會不會有數位原生內容出版社出現？如果會的話，數位原生出版會以什麼樣貌出現？而我又將如何面對這種數位原生出版行為？

就在這個時候，我看到了大陸的起點網，這個線上創作平台，聚集了無數的寫手，形成數量龐大的創作內容，無數的素人作家在此找到了夢許之地，也成就了一個創作與閱讀的交流平台，而手機付費閱讀的習慣養成，更讓起點網成為全世界獨一無二、有生意模式的創作閱讀平台。

基於這樣的想像，我們決定在繁體中文世界打造另一個線上創作平台，這就是POPO原創網誕生的背景。

做為一個後進者，再加上我們源自紙本出版工作者，因此我們在POPO上增加了許多的新功能，除了必備的創作機制之外，專業編輯的協助必不可少，因此我們保留了實體出版的編輯角色，讓有心成為專業作家的人，能夠得到編輯的協助，我們會觀察寫作者的內容、進度，選擇有潛力的創作者，給予意見，並在正式收費出版之前，進行最終的包裝，並適當的加入行銷概念，讓讀者能快速認識作者與作品。

這就是POPO原創平台，一個集全素人創作、編輯、公開發行、閱讀、收費與互動的一條龍全數位的價值鏈。

經過這些年的實驗之後，POPO已成功的培養出一些線上原創作者，也擁有部分對新生事物好奇的讀者，不過我們也看到其中的不足—我們並未提供紙本出版服務。

眞實世界中，仍有許多作家用紙寫作，還有更多讀者習慣紙本閱讀，如果我們只提供線上服務，似乎仍有缺憾。

爲此我們決定拼上最後一塊全媒體出版的拼圖，爲創作者再提供紙本出版的服務，讓所有在線上創作的作家、作品，有機會用紙本媒介與讀者溝通，這是POPO原創紙本出版品的由來。

如果說線上創作是無門檻的出版行爲，而紙本則有門檻的限制，線上世界寫作只要有心，就能上網、就可露出，就有人會閱讀，沒有印刷成本的門檻限制。可是回到紙本，門檻限制依舊在。因此，我們會針對POPO原創網上適合紙本出版的作品，提供紙本出版的服務，我們無法讓所有線上作品都有線下紙本出版品，但我們開啓一種可能，也讓POPO原創網完成了「三百六十度全媒體出版」的完整產業及閱讀鏈。

不過我們的紙本出版服務，與線下出版社仍有不同，我們提供了不同規格的紙本出版服務：（一）符合紙本出版規格的大眾出版品，門檻在三千本以上。（二）印刷規格在五百到三千本之間的試驗型出版品。（三）五百本以下，少量的限量出版品。

我們的宗旨是：「替作者圓夢，替讀者服務」，在作者與讀者之間搭起一座無障礙橋梁。

我們的信念是：「一日出版人，終生出版人」、「內容永有、書本不死、只是轉型、只是改變」。

我們更相信：知識是改變一個人、一個組織、一個社會、一個國家的起點。讓想像實現、讓創意露出、讓經驗傳承、讓知識留存。我手寫我思，我手寫我見，我手寫我知，我手寫我創，變成一本本的書，這是人類持續向前的動力。

我們永遠是「讀書花園的園丁」，不論實體或虛擬、線上或線下、紙本或數位，我們永遠在，城邦、ＰＯＰＯ原創永遠是閱讀世界的一顆螺絲釘。

楔子

那是個空氣清新，陽光和煦的午後。

窗外的風輕柔吹動客廳的白紗窗簾，飄飄盪盪，而她就躺在客廳的L型沙發上，雙眼緊閉，似乎是睡著了。

我擦乾眼淚，以爲這是場夢境，但揉揉眼睛，她依然躺在原處，臉龐如同洋娃娃般精緻美麗，灑落在她身上的陽光，讓她整個人像是在發光。

生命多麼不可思議啊，我看著她那張與我一模一樣的臉。

宛如另一個我。

她忽然張開眼睛，撐起上半身定定地看著我，對我露出淺淺的微笑。

在她還沒開口喊出我的名字前，我已經朝她奔去，撲進她的懷中。

我最最最最親愛的，雙胞胎姊妹。

莫狄

一粒大大的紅點長在右臉頰，雖然可以用頭髮蓋住，但就是看不順眼。

怎麼辦？該擠它嗎？但擠了就會流血，紅腫也會更明顯，可如果不擠，這顆大痘痘眞的很令人在意。

就在我站在鏡前苦惱萬分時，從鏡子裡看見莫娜走過我的房門，又倒退著走回來推開半掩的門。

「莫狄！妳還在拖拖拉拉什麼？」莫娜身上穿著睡衣，額頭貼著退熱貼。

「妳不是感冒嗎？怎麼不好好躺著休息？」最後我決定把頭髮放下，蓋住臉頰，遮掩痘痘。

「已經好得差不多了。」她翻了個白眼，上前端詳我的臉，「我跟妳說，與其遮遮掩掩，不如大大方方露出來。」

莫娜說完，直接撩起我蓋住臉頰的長髮，我尖叫了聲，而她再次翻了個白眼，隨意拿起桌上的髮圈，替我把頭髮綁起來。

「不要！這樣子痘痘很明顯耶！」我看著鏡中那顆紅色大痘痘，不想在開學第一天就讓未來要相處三年的同學們瞧見。

「妳要去的可是綠茵高中！綠茵耶！妳覺得一個披頭散髮的女生，和一個女生綁著清爽馬尾，只不過臉上長了顆任何人都可能會長的痘痘，哪一個會比較受到別人的喜愛？」

莫娜雙手叉腰面朝鏡子，一張與我一模一樣的臉出現在我身側，卻有著與我完全不同的表情。

「是沒錯啦……莫娜，妳好可惜，要不是大考那天拉肚子，妳一定也可以考上綠茵的。」我皺眉，莫娜的成績比我好太多了。

「命中注定吧，而且雙胞胎念同間學校也不太好。」莫娜竊笑，見我不明所以，她又接著說：「要是妳喜歡的男生分不清楚我們兩個，那該怎麼辦？」

「哪有可能發生這種事，我們雖然是雙胞胎，個性卻很不一樣……」我低聲咕噥，「況且從小到大，也從來沒遇過這種事啊。」

莫娜轉動眼珠，露出神祕的微笑，「說不定是我沒跟妳說。」

聞言，我大吃一驚，趕緊抓著她問：「難道眞的曾經發生這樣的事？」

她正色，輕輕蹙眉，略帶猶豫，不久卻噗嗤一笑，「瞧妳緊張得跟什麼一樣，我逗妳的！」

見莫娜哈哈大笑的模樣，我不由得覺得自己眞是個白痴。

「怎麼了？妳擔心什麼呀？無論如何，我都不會和妳爭奪同一個男人，朋友之間爲了男人鬧翻就夠可笑了，更何況是親姊妹，如果這麼容易就被外人……」

「我就是不要這樣！」。

「嗯？」被我打斷的莫娜疑惑地看著我。

「如果……我們眞的喜歡上同一個人，而對方也喜歡妳，妳絕對不能爲了我而隱瞞自己的心意，知道嗎？」我認真地囑咐莫娜。

「這……說這什麼話呀！」她的表情看起來又驚又喜，隨即露出一抹寬慰的笑容，

「看來，我們有同樣的想法。」

我也笑了，正打算擁抱眼前這個和我長得一模一樣的姊姊時，她忽然正色說：「可是妳的眼光比較差，我應該不會跟妳看上同一個男人。」

「欸！我眼光哪裡差了？」

「哪沒有，幼稚園的小胖、小二的阿山、小六的……那個就別提了，真的是個噩夢，妳眼睛出了什麼毛病啊？還有國一的阿怪、國二下的那個風紀股長，國三的……」

「停！」我制止她的如數家珍，自從升上國中我們就不同校了，沒想到她連我喜歡過誰都還記得那麼清楚，有些連我都忘記了。

莫娜滿意地勾起唇角，新月般彎起的雙眼非常迷人，雖然她的長相與我近乎是同個模子刻出來的，但她就是有魅力得多。

「所以，放心吧，這種事情絕對不會發生在我們身上。」她篤定地說。

我正要開口，走廊傳來腳步聲，媽媽探頭看進來，狐疑地問：「怎麼還不出門？」

「媽媽，莫娜剛才又鬧我！」我趕緊告狀。

「好呀妳！從小到大最會告狀了！媽，不要相信莫狄，她自己說不贏我，就說我欺負她。」莫娜擋在我前面，說話之大聲有力，一點也不像得了感冒。

「好啦，妳們兩姊妹有夠愛吵的。」媽媽擺擺手不加入戰局，目光落到莫娜臉上，

「娜娜，感冒好點沒？」

「感覺好多了，我其實可以去上課……」

「不行！妳昨天發燒成那樣，要是去學校後，病得更嚴重了怎麼辦？」我堅決反對她出門，病人就該乖乖待在家休息。

莫娜聳聳肩，不再堅持。

我背起嶄新的書包，深吸一口氣，「好，我要去上學了。」

「上學第一天加油，看能不能釣個帥哥回來。」莫娜懶洋洋地躺到我的床上。

「哼，我是去念書的好不好！」我朝她吐舌，不忘順手關上房門，就讓莫娜在我房間裡好好睡一覺吧。

「今天我是夜班，妳和娜娜兩個人沒問題吧？」媽媽有些擔憂。

媽媽在醫院從事護理師的工作，自從爸爸在我們小時候離開後，她一個女人一肩扛起整個家庭的重擔，期間多少辛酸與苦悶，全在她臉上寫下歲月的痕跡。

好在如今我與莫娜都考上學費不高的學校，雖然媽媽不允許我們打工，但我們已經十六歲，至少能自己照顧好自己的生活起居。

「嗯，不用擔心我們。倒是妳，別太辛苦了，遇見喝醉的病人記得離遠一點。」我給媽媽一個笑容，在媽媽的目送下踏出了家門。

九月的天氣依舊熱得人揮汗如雨，陽光恣意烤著柏油路面，熱氣蒸騰。我不禁加快步伐，想快點去到綠茵高中，那個我未來三年的歸屬。

從學校寄來的通知單得知，我被分到一年五班，研究了一下中庭裡的配置圖找到教室所在位置，我沒有立刻前往，而是站在中庭環顧四周。

綠茵的校園還眞不是普通的大，這所學校的特色便是從校方到學生普遍都有錢得要命。

啊啊，好無聊啊，不如來蓋間學校吧！

綠茵的創辦者是個錢多到幾輩子都花不完的神祕富豪，應該就是抱持著這樣的想法，才會出現綠茵這所超神奇的貴族學校吧。

綠茵所招收的學生，除了達官貴人的子女外，清一色都是超級優秀的學生。也就是說，即便你家境清寒，憑著優異的考試成績，也能順利入學。而且雖然綠茵是私校，學費卻和一般公立高中差不多。

而如果你成績普通，甚至不好，只要家世夠顯赫，背後的關係夠硬，那也能進來綠茵就讀。

這所高中在一般人眼中或許是堵高牆，隔絕了成績既不優秀、家世也不顯赫的普通人進入，但人生本來就不是公平的，有些好處就是只有特定的人能享有。

所有的國中生擠破頭都想進入綠茵，因爲大家都知道，進入綠茵除了是對自身能力或家世背景的肯定，入學之後還能享受豐沛的教學資源，往來同學要麼非富即貴，要麼學習成績傲人，能和這些同學相熟，等於提早建立未來的人脈。

我感覺身體微微顫抖，興奮的心情難以掩飾，莫娜沒辦法一起來綠茵念書眞的是太可惜了，要是她也在這裡，高中生活該會有多愉快。

沿著地上所貼的醒目標誌走，我來到一棟大樓，很快便找到一年五班的門牌，我迅速走進教室，裡頭的座位已經坐滿一半了。

黑板上寫了一行整齊的大字：歡迎各位來到綠茵。

我打量四周，有些人正開心地聊著天，而有些人則獨自坐在座位上發呆，像是有些不知所措。

我想坐到旁邊有人的座位，但最後還是提不起勇氣，悄悄嘆了口氣，選了個附近都沒有人的角落坐下。

隨著時間一分一秒過去，教室裡的空位逐漸坐滿，但我的前面和右邊依舊沒人，難道開學第一天我就要成爲邊緣人了嗎？

趁現在還來得及，我站起身，正準備要換位子時，不小心撞上一個人。

「小心一點！」他稱不上友善的聲音透露出些微惱怒。

「對、對不起。」我趕緊道歉，抬頭看了眼對方。

他清澈的雙眼帶著怒氣，臉上的不耐毫無掩飾，嘴裡嘖了聲，將手上的書包用力摔到桌上，那聲響大得令班上的同學都嚇了一跳，紛紛看過來。

「是紀……」一個微弱的聲音傳出，男孩迅速瞪向發聲的人，對方趕緊轉開視線。班上同學一半一臉莫名，另一半似乎認出那個男孩是誰。

男孩用腳踢開椅子，坐下後拿出手機，沒再瞧我一眼。

過沒多久，前門走進一個穿著紅色襯衫的男人。

「好啦，同學們都到齊了吧？嗯？站著的人是發生了什麼事情嗎？」男人站到講台上。

我連忙坐下，此時有個綁著兩條辮子的女孩慌慌張張地從後門跑進教室。

「對、對不起，我遲到了！」一見到講台上的男人，女孩更是緊張地直接往我前方的空位衝。

「沒有沒有，是我早到了。」穿著紅襯衫的男人應該是老師，他轉身拿起粉筆，在黑板的空白處寫上他的名字，而當好看的字跡落下最後一劃時，鐘聲也正巧響起。

「首先，歡迎大家來到美麗的、很有錢的、保證能拓展你交友圈的綠茵高中，誰能想到區區一所高中，校園內卻有一大片綠草如茵的大草原呢？」老師雙手一攤，隨即指向自己身上的襯衫，「而且雖然叫做綠茵，但各位的制服卻是紅色的，很奇特吧？為了和各位一致，我今天也特地穿上紅色……」

老師話說到一半忽然停住，順著老師的視線，全班跟著轉頭看向我……旁邊。

鄰座那個男孩面無表情，一手仍滑著手機，另一隻手懶洋洋地舉起。

「有什麼問題嗎？」老師露出微笑。

「你是這班的班導？」男孩的聲音不冷不熱。

「還是國文老師兼體育老師喔，現在連老師也要身兼數職呢，該說是能者多勞嗎？或是……」

「班導會換嗎？」男孩放下手機，打斷老師的話並直勾勾地望著他，「應該問，能換嗎？」

老師站直身體，臉上的笑容更大了，眼中卻毫無笑意。

「恐怕沒有辦法，紀衛青。」他從容地說，帶著沒得商量的意味。

紀衛青先是撇開視線，又嘖了聲，就沒再說話。

我看著黑板上那工整的字跡，老師的名字是——藍官蔚。

「哇！情況這麼一觸即發呀？」電話那頭聽起來生龍活虎的莫娜大笑。

「我以爲能進綠茵的都是好學生……怎麼感覺那個老師和學生水火不容啊？」我很不解。

中午休息時間，我拿著便當來到綠茵草原。微風徐徐，太陽躲到白雲後面，許多學生三五成群地在這裡用餐。

只有我是一個人。

「每間學校都有好人和壞人，妳何必在意那麼多？」莫娜似乎頗不以爲然。

「討厭，莫娜，妳能不能想辦法轉學過來呀？」我忍不住哽咽，一個人眞的好寂寞。

「妳該長大了！就算是雙胞胎，也不可能永遠在一起啊。」

我幾乎想像得到莫娜說話時聳肩的模樣。

「希望妳也交不到朋友，這樣妳就會想轉學過來了。」我低聲咕噥。

「這是什麼可怕的詛咒啦！」莫娜再次大笑。

莫娜總是這麼愛笑，好像沒有事情可以嚇到她一樣。

掛斷電話，我也吃完了便當，望著晴朗的天空，卻覺得心情十分陰鬱。

回到教室後，紀衛青不在座位上，而那個綁著兩條辮子的冒失女孩一個人坐在我前面的位子，低垂著頭，散發出一股陰暗的氣息。

「那個……」我決定先開口。

她縮了下肩膀，似乎被嚇到了，側過頭看我，「對不起，我擋到妳了嗎？」

我不禁莞爾，「妳坐在自己的位子上，怎麼會擋到我呢？」

她尷尬一笑，「也是。」

「那個，老師早上沒有讓大家自我介紹，我叫莫狄。」我原本想朝她伸出手，但想到一般高中生應該不習慣這一套，便又作罷。

「我叫周映微。」

「好像小說裡的名字呀。」

「是像丫鬟的名字吧……」她扁扁嘴，看起來相當介意。

「不會啦，『莫狄』聽起來也很像男生的名字，而且還是那種風流的世家公子。」我趕緊自嘲。

周映微聽我這麼說，勉強扯出一個微笑。

「我覺得自己走錯地方了，整個綠茵都閃閃發亮的，我卻……」她雙手揪住自己的兩條辮子，頭垂得更低了。

「我也覺得自己走錯地方了，這裡的學生都好美、好帥氣，連老師也長得很好看。」我偷偷瞥了一下旁邊的空位。

周映微也朝我身旁的座位看去，「紀衛青果眞名不虛傳……」

我一愣，「妳認識他？」

「咦？妳、妳不認識？」她有些訝異。

「我應該要認識嗎？」我歪頭，不過班上好像有一半的同學都知道他是誰，「難道他是什麼達官貴人富二代嗎？」

周映微點頭後又搖搖頭，「算是，但也不算。」

「那是……」

「不要隨便在別人背後打探。」紀衛青冷著聲音突然出現，嚇了我好大一跳。

「我、我……」我不是故意的，但支吾了半天就是說不出話。

紀衛青冷冷地上下打量我，又瞥了眼周映微，然後拿起書包就往教室外走。

他要蹺課嗎？才過了半天而已耶。

藍老師在講台上搔搔頭，一臉苦惱地看著紀衛青的空位，最後嘆了一口好大的氣。

「啊啊，是有猜想他會蹺課，但沒想到會這麼快，這才開學第一天啊！」藍老師皺眉，看上去似乎很苦惱，卻又好像沒那麼在意。

「藍老師，我覺得……不要太管紀衛青比較好。」班上同學A說話。

「是呀，要是哪天他一不高興，誰知道他會做出什麼事。」同學B聳聳肩。

「喔？你們都認識紀衛青？」藍老師的目光饒富興味地在同學A與B身上打轉。

「拜託，誰不認識紀衛青啊！」同學C大聲插話，許多人跟著點頭，不過像我一樣毫無頭緒的同學也不少。

「我是有想過他會讀綠茵，他也應該讀綠茵，只是沒料到會跟他同班。」同學D說完，引來更多人的附議。

「奇怪了，你們到底在八卦什麼啦？」一個短髮女孩將一雙長腿蹺到課桌上，紅色的百褶裙下是安全褲，她戴著耳環，頸側有一個小小的圖騰刺青。

眾人不約而同朝那女孩看去，然後交頭接耳了起來，目光帶著批判。

「嗯……妳是……」藍老師翻找著點名簿，「田沐棻？」

短髮女孩頷首，「所以說，到底有什麼好碎嘴的？藍老師，紀衛青蹺課就通知他的家長啊，有什麼好吵的？」

「這也是個好方法呢。」藍老師微笑，但感覺他不會採納這個作法。

「先顧好妳自己吧。」一道微弱的嗓音突然響起。

音量雖小，不過連坐在角落的我都聽見了，更別說是田沐棻。

她把雙腳從桌面放下，「誰在說話？有種再說一次。」

沒有人應答，但不一會兒又聽見另一道嗓音說：「人盡可夫。」

……全班頓時陷入一種讓人難以忍受的沉默。

田沐棻站起身，筆直朝說出這句話的女生走去，那女生也毫不畏懼，昂起脖子盯著田沐棻看。

「我說過大概有兩百萬遍了，我跟妳男朋友完全沒有任何關係。」田沐棻身高絕對超過一百七十公分，曲線玲瓏有致，小麥色的肌膚看起來像是特別晒過，顏色很均勻。

而坐著的女孩也站起來，她身材很是嬌小，一雙水汪汪的大眼睛瞪著田沐棻，「一個人講、兩個人講，還可以說是捕風捉影，但是當全校都在講的時候，那就是事實。」

田沐棻「哈」了一聲，表情十分不屑，「妳不知道人都是盲目的嗎？妳不知道曼德拉效應嗎？」

「那個，曼德拉效應不是這樣用的喔。」藍老師在講台上弱弱地插嘴。

「隨便啦。」田沐棻擺擺手，「別再把自己的感情不順怪到別人頭上，我根本沒和妳男友有什麼。」

她說完便要回自己的座位，不想再繼續這個話題。

「妳看起來就像誰都可以上。」然而那個女孩又多補上一句。

田沐棻轉過身，面帶微笑看她，「丁妍羚。」

丁妍羚高高地抬起下巴。

「妳這賤貨！」下一秒，田沐棻就往丁妍羚撲去。

全班發出驚叫聲，兩人的體型相差甚遠，個子嬌小的丁妍羚絲毫沒有招架之力，不過她纖長的指甲還是在田沐菜臉上留下不少痕跡。

有人上前勸架，但大多數人都抱著看熱鬧的心態，在一旁叫囂鼓譟，似乎恨不得這場架再打得更猛烈一點。我和周映微兩個人縮在角落，因這出乎意料的發展瑟瑟發抖。

「老、老師……」

我慌張地看向藍老師，卻發現他正一臉無聊地打哈欠，抓了抓後頸後，才意興闌珊地說：「好了好了，不要打了。」

一個學生蹺課，兩個女生在教室裡扭打，班上同學則多爲幸災樂禍的人，最詭異的是老師明明在場，可不僅沒有盡力阻止，還袖手旁觀眼前混亂的局面。

這、這究竟是個什麼樣的班級啊！

莫娜

我幾乎睡了一整天，等我再睜開眼睛的時候，莫狄已經放學並回到房間了，她安靜地坐在書桌前，神態看上去十分憂鬱。

在床上舒展了下身體，發出「嗯」的聲音，我望向時鐘，現在是晚上八點。

「回來怎麼不叫我一聲？」我爬下床，覺得全身痠痛，大概是睡太久了，接著清清喉嚨，感冒似乎完全好了。

「今天眞是糟透了。」她把手插進頭髮裡，扎起的馬尾已然散亂。

「怎樣糟透了？不就老師和學生之間劍拔弩張嗎？」我拿下她的髮圈，讓長髮傾瀉而下。

「更慘，後面發生的事實在有夠誇張，我眞不敢相信綠茵居然是這樣的。」她聲音沙啞，不會是哭過了吧？

莫狄這傢伙從小就愛哭，什麼都要哭，眞不想看見那張與自己一模一樣的臉露出弱者的表情。

於是我趕緊抽了張衛生紙，直接往她臉上蓋去。

「哇！」她怪叫一聲，責怪我一點也不溫柔。

「媽今天不是要值夜班嗎？不用等她，我們一起去吃飯吧，我肚子好餓。」我邊催促她，邊換掉身上穿了一整天的睡衣。

「不要把衣服丟在我房間。」她哭喪著臉，「而且我太震驚了，一點也不餓。」

我無奈地翻了個白眼，「那我自己出去吃？」

「妳身體好了嗎？」她眼眶泛紅，居然還眞的哭過了。

我用力在原地跳了幾下，證明自己確實已經完全康復了。

「好得不得了，我要去吃串燒慶祝，妳眞的不跟我一起？」我再次詢問，雖然知道她的答案一定是不要。

莫狄只要一心情不好，就什麼都吃不下，逼她吃還會吐出來呢。

我一直想不明白她幹麼要跟食物過不去，無論心情好或是不好，吃永遠是最棒的享受。

果不其然，她搖搖頭，神情懨懨。

「那妳留在家，有事情記得電話聯絡。」我拿起手機，赤裸著回到房間，換上輕便的外出服，隨手扎起馬尾，把錢包塞進口袋，抓了鑰匙就要出門。

關上門前，我彷彿還聽見莫狄嘆了口大氣。

沒辦法，我現在眞的很餓，等吃飽飯回來再好好聽她訴苦吧。

走在夜晚的街道上，我深深吸了一口夏夜的空氣，帶點潮濕與悶熱，不過我挺喜歡這種令人有點不舒服的味道，莫狄說我很怪，她最喜歡秋夜的微涼。

空氣中夾帶著一股香氣，我尋著味道走近一家開在巷弄間的串燒店，門口掛著一個紅色的大燈籠，木製拉門看起來很有情調，我猶豫了一下，最後決定進去這間店試試。

「いらっしゃいませ！」

拉開拉門，馬上聽見一句響亮的日文，即便我不通日語，也知道那是歡迎光臨的意思。

「請問幾……」一位年輕的男服務生跑了過來，看見我時明顯一愣。

「一位。」我自動往吧台的方向走去，選了個角落的位子坐下。

吧台裡的廚師再次對我說了聲日文的歡迎光臨，然後朝我後方喊：「你在發呆呀？」

那個男生皺眉看我，「十點以後，要滿十八歲才能繼續待在店裡。」

我隨口回道：「現在又還沒十點，而且我已經滿十八歲了，有菜單嗎？」

他眉頭皺得更緊，我指了指桌上的空杯，他拿起一旁的大水壺爲杯子注滿水，再把菜單放到我面前。

肚子眞的餓死了，我迅速點了幾道菜，把菜單遞回給那個男生，而他依舊用怪異的表情注視我。

「看什麼看？」我沒好氣地問，剛才點的他有記下來嗎？

「要喝什麼嗎？」他又問，我搖頭，接著他朝吧台內的廚師示意，把我剛才點的東西重複了一遍，記憶力還眞不錯。

我拿出手機正想看一下新聞，眼角餘光卻瞄到那個男服務生還站在我旁邊。

「哈囉，有事嗎？」我對他揮了揮手，他正要開口，店裡的拉門再次被拉開，又有客人上門了。

「いらっしゃいませ！」男孩顧不得回話，連忙過去招呼。

「怪人。」我碎念一句，視線回到自己的手機螢幕。

不一會兒，廚師將一盤串燒擺到我面前，咬下第一口我便眼睛一亮，忍不住狼吞虎嚥起來。

「妹妹，別吃那麼急，會噎到喔。」廚師在吧台內笑道。

我朝他豎起大拇指，不顧嘴裡都是食物，由衷讚美他的手藝，「超好吃的！」

「眞是個誠實的孩子，再多送妳幾樣菜吧，別告訴別人喔。」另一位正在烤肉的大叔說，他頭有些禿，目測約五十多歲，身材倒是維持得宜。

「老闆，我們也聽到嘍。」坐在吧台另一側的情侶笑著打趣，那兩人皆身穿正式套裝，應該是剛下班。

「哎呀，你們也是老顧客了，等一下都有賞。」原來這位大叔就是老闆，他笑咪咪地應下。

「妹妹，要不要一塊兒坐？」那對情侶中的女人笑著對我發出邀請，她剪了一頭俐落的短髮，露出耳朵上的閃亮耳環，打扮時髦漂亮。

沒什麼好拒絕的，於是我端著自己的餐點坐到她旁邊的空位，而坐在她另一邊的男人順手拿起酒瓶，就要把啤酒倒入我的杯中，我還沒來得及阻止他，那個女人已經搶先拍開他的手。

「人家明顯還沒滿十八歲呢！」

「咦？可是……」男人看了一下手錶，「快要十點了呀！」

「年輕人總是有想放縱的時候，我懂。」女人對我眨眨眼。

我忍不住一笑，「嘿，我叫莫娜，姊姊叫什麼呢？」

「姊姊！」她哈哈大笑，「我喜歡這個稱呼，妳就叫我姊姊吧。」

「那妳叫我哥哥吧。」男人不要臉地插話，換來我與姊姊的白眼，最後我決定叫他大叔。

「你們三個聊得再開心，也別忘了嚐嚐我做的牛肉，看看味道如何。」老闆把一盤剛烤好並且切成小塊的牛肉放到我們面前，牛肉上還灑了玫瑰鹽，香氣四溢。

「謝謝老闆，每次來你這裡吃吃喝喝，就覺得被療癒了！」姊姊開心歡呼，拿起筷子大快朵頤起來。

大叔要我也快點吃，我夾起一塊送入嘴巴，那滋味和口感簡直沒話說，我從來沒吃過這麼好吃的牛肉！眞想讓莫狄也嚐嚐看，她肯定會後悔沒跟我一起出來的！

隨著時間愈來愈晚，居酒屋裡的燈光愈來愈暗，酒氣也愈來愈重，姊姊和大叔喝得微醺，開始聊起他們的故事。

原來他們是住得很近的青梅竹馬，就讀的小學、國中、高中都是同一所，只是因爲兩人相差三歲，姊姊剛升上國中，大叔就去念高中了，等到姊姊變成高中生，大叔又成了大學生。

「所以我超級遺憾，明明國高中都念同一間學校，卻從來沒和他一起在校園裡並肩漫步過，可惜了大好的青春時光啊！」姊姊發出可愛的哀號。

「大學呢？好歹姊姊大一入學時，能同校一年？」我又吃了幾塊牛肉，肚子已經飽到快撐破了。

姊姊瞇起眼睛，瞪向一旁竊笑的大叔，「他聰明得很！大學考上第一學府，我沒辦法啦！」

「哈哈哈。」大叔笑得眼睛都瞇起來了，換來姊姊的肘擊。

「那現在你們在做什麼工作？」我很好奇。

最終，我們每個人畢業之後都要踏入社會工作，但在這之前，我無法想像自己未來會做什麼樣的工作。

「我們都從事保險業，大家聽到保險業務員，多半都會先起反感，可是保險其實是很重要的！」姊姊絮絮叨叨地談起保險經，直到大叔咳了一聲後，姊姊才頓了頓，又說：「不過妳放心，我不會向妳推銷的。」

「哎呀，別瞧不起我，我也是有能力買保險的喔！」我開玩笑道，他們聞言也笑了起來。

「十點半了。」那個男服務生走到我座位旁邊，冷著聲音說。

我低頭看手錶，還眞的有點太晚了。

「都這個時間啦，妳還是快點回家比較好，下次有機會再見。」姊姊也跟著趕人，「我和他幾乎每個禮拜都會來，有緣就會遇見。」

「嗯，下次見。」我開心地說，隨即拿著帳單到櫃台結帳。

男孩手上操作著收銀機，期間又看了我好幾眼，他板著一張臉，不知道是在生氣，又或者只是單純的面無表情。從我進居酒屋到現在，他一直盯著我看，眞是個奇怪的傢伙。

我往他胸前的名牌瞄去，結果恰巧被他抬起準備找錢的手擋住，什麼也沒看見。

「謝啦。」我接過他找的零錢，扭頭對老闆、姊姊與大叔道了聲再見，便走出店外。

肚子吃得飽飽的，又認識了兩個有趣的人，眞開心。口袋名單還多了一間美味餐廳，下次帶莫狄一起來吧。

我一面哼歌一面走回家，打開家門卻發現家裡的燈都是暗的，我打開客廳的燈，然後走進莫狄的房間，她居然已經睡著了。

「莫狄，欸，莫狄！妳有洗澡嗎？妳不吃東西嗎？」我搖晃躺在被窩中的她。

「不要吵我啦……」她低喃，把被子往上拉，翻身背對我。

「好吧，那妳明天可別怪我沒叫妳。」我打了她屁股一下，離開時，順手帶上她房間的門。

傳訊息告訴媽莫狄睡了之後，我便去洗澡，望著鏡中的自己，不禁想起早上莫狄很介意臉頰上長了一顆大痘痘。長痘痘有什麼大不了的？莫狄從小就太過在意外表了。

我用清水洗淨光滑的臉頰，無意間瞄到洗臉台一角屬於莫狄的洗面乳，也許就是她過度清潔，臉上才會長痘痘吧。

走出浴室，看見媽回傳訊息說她要到半夜三點多才可以下班，囑咐她回來路上小心後，我回到房間，打開筆電，點開信箱裡的mail。

From蔚藍海岸

今天是開學第一天，十分不順利，妳呢？

我一笑，立刻回信。

From 莫那魯道

我感冒了，所以今天沒去學校，根本談不上什麼順不順利。

接著我開始瀏覽新聞，意外看見一篇有關綠茵高中的報導，文中提到綠茵高中決定開放交換學生，讓其他學校的學生有機會到綠茵就讀，這項計畫最快於今年，最慢於明年就會施行。

哇，綠茵不是一所很封閉的貴族菁英學校嗎？這麼做難道不怕影響學生素質？

不知道莫狄聽說這消息了沒，我趕緊把這則新聞傳到她的LINE，但她也要明天才能看到了。

不過……我仔細端詳新聞報導中的照片，綠茵的校園果然很漂亮，各項設備也很好，是間很棒的高中，如果可以，我也想念那間學校……

筆電螢幕的右下角彈出有新郵件的通知，我拋開想去綠茵念書的想法，點開那封信。

From 蔚藍海岸

感冒？

不是說笨蛋不會感冒嗎？妳還好嗎？

From莫那魯道
小心你的用詞！信不信我打你？
From蔚藍海岸
一點也不擔心，妳又打不到。
From莫那魯道
是沒錯，但我能用念力攻擊你。
From蔚藍海岸
唉唷，好害怕。
開學第一天，妳對高中生活有什麼期許嗎？
From莫那魯道
沒有。
From蔚藍海岸

這麼沒夢想？高中生不是應該對未來充滿不切實際的想法嗎？

From 莫那魯道
那你又有什麼夢想？

From 蔚藍海岸
寫小說吧。

From 莫那魯道
我覺得你在耍我。

From 蔚藍海岸
難過，我很認真耶！
話說，不覺得用mail聊天很不方便嗎？

我停頓了一下，在新信件裡鍵入自己LINE的帳號，但在寄信前，還是又刪掉了。

From 莫那魯道

用mail就好，不覺得這樣很有感覺嗎？

From蔚藍海岸

什麼感覺？

From莫那魯道

不用像LINE一樣隨時回覆，沒有壓力，而且也比較有神祕感。

From蔚藍海岸

好吧，我同意。

妳感冒好點了嗎？

From莫那魯道

好多了，明天就可以去上學。

你今天怎樣不順利？

From蔚藍海岸

一些無聊的小事，我能控制住的。

From 莫那魯道
好，那我要睡了，晚安。

沒等蔚藍海岸回覆，我關掉筆電，捧著新買的小說窩在床上開始看，卻又忍不住思考是否該給蔚藍海岸自己的聯絡方式。

他是我國一下學期快結束時認識的網友，我從沒跟任何人提過他的存在。

當時媽各買了一支智慧型手機給我和莫狄，好奇之下，我下載了交友APP，才剛註冊完，就有很多人傳訊息給我，我覺得很有趣，為什麼大家會想在虛擬的網路世界找尋眞愛呢？有些人還放上自己的照片，怎麼想都覺得好笑。

那時我隨意與大家聊天，聊著聊著，最後就只剩下和蔚藍海岸比較聊得來，照片裡的他有張好看的臉，但我想那有很大的機率是盜用別人的照片，不過我並不介意。

後來我嫌這個APP沒意思，本來打算再過幾天就移除，也覺得沒有必要跟在這裡認識的任何人保持聯絡，不料蔚藍海岸卻說了句很有意思的話。

「妳知道人的肢體動作也會說話嗎？」

「肢體動作？你是指除了嘴巴以外，身體還有其他部位會說話嗎？」國一的我如此回覆。

「我指的是肢體語言。舉例來說，一般人在不贊同對方，或是感到不安的時候，身體會下意識地遠離對方。」

這引起了我的興趣。

「那說謊的時候呢？」

「說謊就很難判斷了，人們永遠都想知道對方是不是在說謊，但就連測謊機也不能百分之百確定。」

看來蔚藍海岸不是個只想交女友的白痴，因此我沒有猶豫太久，便給了蔚藍海岸我的電子信箱，從此我們變成了透過mail聯繫的筆友。

過了這麼久，我對蔚藍海岸當初放在交友APP上的那張照片已經沒什麼印象了，只記得他的眼睛不是藍色的，長得也不像是外國人。

我打了個哈欠，覺得愛睏極了，便把小說往床頭櫃一放，開著燈睡著了。

半睡半醒之間，我聽見家裡的鐵門被開啓，再來是媽脫下鞋子的聲響，她把鑰匙放進玄關矮櫃上的小籃子，打開客廳的燈。

她會先把包包放回自己的房間，再過來看看我們，不過她總是會先去莫狄的房間。

莫狄習慣關燈睡覺，所以媽也不會打開燈，以免吵醒她，然後媽才會走到我房間。

「又開著燈啊……」媽輕聲說，像是拿我沒辦法似地嘆了口氣，走到我床邊，幫我把被子蓋好。

我想開口跟她說辛苦了，也想看一下現在是幾點，但我實在太睏了，眼睛完全睜不開。

媽伸手撫摸我的頭，接著用手捧住我的雙頰，我彷彿聽見她在啜泣。

「娜娜……眞的對不起，對不起……」

爲什麼要道歉？

媽總是在向我道歉。

那件事並不是媽的錯呀。

可是我好累，累到連這句話都說不出口。

媽離開房間前，幫我關上了燈，喜歡關燈睡覺的是莫狄，我喜歡留一盞燈，不過算了，我眞的累了，明天再跟媽抱怨吧。於是我沉沉睡去，眼前彷彿出現一片模模糊糊的景致，而我還在那片海域。

莫狄

「如果這邊不用這個公式的話，另一種算法就是……」我細細講述老師的解題過程，周映微則慢吞吞地抄著筆記。

「映微，數學不太需要抄筆記，妳哪邊不懂？」我看著她寫得密密麻麻的筆記，不禁出言提醒。

「我理解力不好，所以必須把全部的步驟都寫下來才能理解，能考上綠茵完全是運氣。」她小聲地說，看起來很不好意思。

「綠茵可不是光有運氣就能考上。」旁邊傳來冰冷的聲音，我嚇了一跳，猛地抬頭，紀衛青瞥了我一眼，把書包背帶掛在桌子側邊。

周映微也被他嚇到，肩膀微微縮起，不再開口。

我跟著低下頭，視線牢牢落在課本上，並暗自祈禱現在才到學校的紀衛青快點離開。

但紀衛青卻拉開椅子坐下，我偷覷他一眼，發現他正盯著我看，嚇得我整個人抖了一下，又趕緊把注意力移回課本。

我強迫自己不去在意紀衛青，無意間瞄到周映微握著筆的手也在微微顫抖，接著聽到紀衛青站起來的聲音。喔不，他居然走到我旁邊了！

「妳叫什麼？」紀衛青問我。

我緊張地看了下周映微，他爲什麼要問我這個問題？

「名字？」他不耐煩地又問了一次，還伴隨著砸舌聲，「妳很會裝啊。」

「咦？」我困惑地看向他。

紀衛青瞇起眼睛，直接拿起我放在桌上的課本，翻到寫上名字的那一頁。

「莫狄。」

他喊出我的名字，而我竟有種赤裸著被看光的感覺，內心微微一顫。

「紀衛青，你在欺負人嗎？」田沐菜拿著水壺從後門走進來，「你看莫狄的嘴唇都嚇得發白了。」

她話裡帶著笑意，臉頰上貼了一塊OK繃，是之前與丁妍羚起衝突時被抓傷的。

「聽說是妳建議藍官蔚直接打電話到我家？」紀衛青的嗓音很冷淡，把課本扔回我桌上。

我趕緊抓住課本，不敢發出一點聲響。

但沒想到田沐菜非但沒露出害怕的神色，還悠哉地喝了口水，「是呀。你蹺課，不通知家長要通知誰？」

天呀，我在心裡無聲尖叫，田沐菜在想什麼啊？不要激怒紀衛青呀，他看起來好可怕！

只見紀衛青大步朝田沐菜走去，我連忙用手捂住眼睛，深怕再次看見什麼火爆的衝突場面，誰知下一秒，紀衛青卻把手搭在田沐菜的肩上。

「聽說昨天妳打架了？」他冷笑，手指按住田沐菜臉上的OK繃。

「那算打架嗎？充其量只是推擠罷了。」田沐棻忍不住翻了個白眼，搖頭甩開他的手。

我和周映微面面相覷，怎麼他們……似乎很熟的樣子？

「所以你老爸有生氣嗎？」

紀衛青聳聳肩，「他有什麼資格生氣？」

「哈哈哈，也是。」田沐棻瞧見我們兩個目瞪口呆的模樣，笑盈盈地問：「所以他剛才有欺負妳們嗎？」

「喂。」紀衛青皺眉。

「他……只是在問她的名字。」周映微怯怯地回答。

「莫狄。」田沐棻喊出我的名字，瞥了紀衛青一眼後說：「啊，誰叫你昨天蹺課，才錯過了交流的機會。」

對於田沐棻準確叫出我名字的這件事，我十分訝異。

因爲從以前開始，我就不是屬於和「班級閃亮團」同一掛的人，和那群人更是一年說不到五句話。

換作是莫娜就不一樣了……她一定可以成爲班級閃亮團的一員。

有時候我會想，或許正因爲我和莫娜是雙胞胎，我才那麼容易感到孤寂，別說長相了，我們甚至連DNA都差不多，個性卻截然不同。

如果是莫娜來綠茵念書，她一定能適應得比我更好。

「妳昨天……」當我還在自怨自艾的時候，紀衛青又朝我說，但他最終只說了幾個字，便搖了搖頭，和田沐菜一起離開教室。

「妳和紀衛青之間有發生什麼事嗎？」周映微問我。

這問題我也想問啊！

「爲什麼那個賤女人和紀衛青那麼熟的樣子？」這道疑惑的嗓音來自一旁的丁妍羚，她正在和幾個男生說話。

「妳們女生眞的很可怕耶！」一個身材高大魁梧的男生笑道，他的名字與其外型頗爲相符，叫做熊益君。

「先說，我們男生是永遠的中立喔。」畢元石在胸前做了一個和平手勢，也就是勝利手勢，「印象中他們是國小同學，丁妍羚，妳不是也和田沐菜讀同所國中，怎麼我知道而妳不知道？」

「她當時忙著戀愛啦。」熊益君大笑。

丁妍羚脹紅臉，但很快又板起面孔，語帶怨恨，「我們原本很甜蜜，直到他被田沐菜搶走。」

「雖然田沐菜看起來很隨便，不過我並不覺得……」畢元石察覺到丁妍羚看向他的眼神變得不怎麼友善，迅速澄清，「就說我們男生是站在中立的一方了。」

「不過能那樣和紀衛青平起平坐地說話，大概也只有田沐菜敢了。」熊益君下了個像是在褒揚田沐菜的結論。

我和周映微再次交換了一個眼神。紀衛青聽上去似乎是個很厲害的角色，但我還是搞不懂大家爲什麼都對他又敬又怕。

「就算他也是什麼富二代好了，我們學校最不缺的就是富二代，爲什麼對待他的態度會特別不一樣……」我還沒講完，就見周映微面露訝異地瞅著我，我忍不住問：「他是什麼來頭呀？」

「他——」

「好了，快點回座位嘍。」藍老師拿著課本與點名簿走進教室，班上哀號一片。

「老師，還沒上課啊。」熊益君大喊。

藍老師抬起手臂指向廣播器，下一秒鐘聲響起，班上不約而同發出惋惜聲，藍老師則勾起唇角。

「我任教的這幾年來，最自豪的就是我總能在打鐘前進到教室。」

「不用維持這種紀錄沒關係啦……」熊益君的吐槽讓全班笑了起來。

「藍老師，你教書很多年了嗎？」正從教室後門跑進來的田沐棻問。

「快點回座，不然就記遲到嘍。」藍老師擺擺手，有些驚訝地看著跟在田沐棻身後走進教室的紀衛青，「你今天來了啊。」

紀衛青沒回話，瞪了他兩眼後便回到座位，還因爲坐下的動作太過粗魯，桌椅被推離了一段距離，發出一陣刺耳的聲響，嚇得我身體瑟縮了下。

「妳有毛病嗎？裝什麼裝？」紀衛青冷冷地對我說。

我畏懼地偷覷他，他的音量大得全班同學都聽見了。

我哪裡惹到他了？

「不要嚇唬莫狄了好嗎？快點坐好，要點名嘍。」藍老師懶洋洋地擺手，模樣很不正經。

「藍老師，你幾歲？」田沐棻已經回座，忽然冒出一句。

「總之，一定比你們大十歲以上。」藍老師瞥了丁妍羚一眼，露出微笑，「今天不可以再打架啦。」

全班發出悶笑聲，丁妍羚臉上一紅，轉頭惡狠狠瞪向田沐棻，可是田沐棻根本不在意，甚至還對丁妍羚做了個鬼臉。

我把注意力移回桌上的課本，卻仍清楚感受到紀衛青的視線依然落在我身上。我讓他生氣了嗎？爲什麼？

儘管紀衛青盯了我不到五分鐘，就趴在桌上睡覺，但我還是覺得他盯著我的那段時間好漫長。

坐在我前面的周映微偷偷傳了紙條過來，上頭寫著一行字：

「紀衛青家裡是黑清幫。」

我愣住了，腦袋空白了一瞬。

他是黑道？

淚水忍不住在眼眶中打轉，我為什麼會惹上這樣的人？

晚上回到家的時候，莫娜已經換好衣服，坐在客廳看電視了。

「回來啦？」她瞅了我一眼，又繼續一邊吃餅乾，一邊看著電視哈哈大笑。

「嗯。」我哭喪著臉，把書包往沙發一扔，走到她身邊坐下。

莫娜發現我的不對勁，便把餅乾分給我，還攬住我的肩膀，豪氣地說：「姊姊的肩膀讓妳靠。」

「莫娜，妳手上的餅乾屑有沒有拍乾淨啊？」我屈指彈了一下她放在我肩上的手。

「嘿，安慰妳還嫌棄呀。」她故意誇張地大笑，「所以是怎樣？發生什麼事了？」

「妳在學校過得開心嗎？」我悶悶地問。

「還可以呀，上學不就那樣。」她放下餅乾，鬆開攬著我的手，轉過頭認真地凝視我，「怎麼了？妳被欺負了嗎？」

我搖頭，「只是覺得交朋友好難。」

「怎麼會呢？妳就做妳自己，保證能交到很多朋友。」莫娜沾滿餅乾屑的雙手溫柔地抱住我，「以前班上都叫妳什麼……小天使的不是嗎？」

「那都國小的事了！」我輕輕捏了下她的手臂。

「那時候班上同學都叫我小惡魔耶！想到就生氣！」莫娜鼓起臉，每次講到國小時候的事，我們就會聊個沒完。

因爲那是唯一一段，我們同班，且擁有共同朋友的日子。

我們讀小六的那一年，莫娜向爸媽表示她想和我念不同的國中，說我們雖然是雙胞胎，但也到了應該要適時分開的年紀。

「我不想要永遠都和莫狄黏在一塊兒，也不想要我們好像永遠都只是彼此的影子。」莫娜當時說的話，我全都聽到了，她以爲我在睡覺，可我沒有。

直到那時我才知道，原來莫娜對於世界上有一個長得和自己一模一樣的人這件事情，感到困擾。

後來，爸媽答應了她的請求，莫娜就去了另一所國中念書。

我並沒有特別詢問莫娜爲什麼要這麼做，因爲我很清楚最主要的理由是，我們當時在吵架。

一場吵得很凶、很久，也很無聊的架。

「莫娜，妳現在會後悔當時沒有跟我念同一所國中嗎？」我忽然開口。

「不會啊，怎麼了嗎？」莫娜搖頭，又伸手取了塊餅乾。

「我只是問問。」

她拿著餅乾的手僵在半空中，轉頭看著我問：「妳覺得我們應該念同一所國中，包括高中也是？」

「也不是，只是有點寂寞。」我微微扯動嘴角。

「怎麼會寂寞？我們有彼此啊。」莫娜噘起嘴，裝作生氣地說：「如果只是因為沒有同校妳就覺得寂寞，那我會很難過耶，我們姊妹之間的感情應該沒那麼淺淡吧！」

「別把我講得那麼幼稚啦。」好像我離不開姊姊一樣。

「妳是有一點呀。」莫娜竊笑，「我們都該長大了。」

「所以我從來沒有抱怨過呀。」我故意哼了聲。

「有時候我倒希望聽見妳抱怨呢，凡事都往內心放，這樣不好。」莫娜拍拍自己的胸口，「心會生病的。」

「心怎麼會生病？心臟病嗎？」我笑著打趣。

「心會生病的，莫狄。」莫娜神色非常正經，手輕觸我的臉頰，「我希望不管妳有任何煩惱，都能向我傾訴。」

望著莫娜誠摯的雙眼，我頓時害羞了起來，「我……沒什麼煩惱。」

「妳連爸離開時都沒說什麼。」莫娜嘆氣。

爸爸在我們升上國一沒多久，和媽媽大吵一架後便離開家了，從此再也沒聽過爸爸的消息。

「要說什麼呢？大人的事情，我們最好別插手。」我是眞心這麼認為。

莫娜雖然無奈，卻也相當贊同，「我們也都別去問媽，知道嗎？」

「那妳知道爸爸媽媽分開的眞正原因嗎？」我問。

「大概是理念不合吧。」莫娜聳聳肩，「反正爸應該是不會回來了，再細究緣由也沒有意義，無須多問。」

我好羨慕莫娜，她總是可以把事情看得很通透，處事也那般豁達，好像人生沒什麼事需要煩惱一樣。

「對了，媽今天也是夜班，我們去外面吃晚餐吧？我昨天發現一家……」

「不了。」我打了個大哈欠，「我今天好累。」

「妳昨天也說好累，才上兩天課，是在累什麼呀？」莫娜不滿地說。

被紀衛青如老鷹般銳利的眼神盯了一整天，哪能不累？

「明天再一起吃吧，我想去泡個熱水澡，然後上床睡覺。」我邊伸懶腰，邊往浴室走去。

「還是妳被我傳染感冒了？」莫娜坐在客廳的沙發上喊。

「沒有啦，妳自己去吃吧。」

「要是不舒服的話，一定要跟我說喔。」在關上浴室門之前，我聽見莫娜這麼說。

接著是她走進房間又走出房間的腳步聲，最後是玄關的大門被打開後又關上的聲響。

我徐徐吐出一口長氣，脫下身上的制服，無意間想起紀衛青那雙可怕的眼睛，忍不住打了個哆嗦。我趕緊打開沐浴龍頭，讓溫熱的水柱迎頭灑下，爲我帶來一些溫暖。

正當我閉上眼睛享受熱水的撫慰時，一個小男孩的身影忽然從腦海中一閃而過，他身上穿著熟悉的國小制服。

「妳是莫狄，妳是莫娜，對吧？」

我記得他是誰。

小學那段我與莫娜同校的日子，有個男孩每天不厭其煩地猜測我們誰是誰。

「你眞的很煩欸，李淳安。」莫娜雙手叉腰，頭上的雙馬尾隨著她下巴的抬起而在空中飄盪。

「我們誰是誰不重要吧……」我捏著裙角，頭上綁著和莫娜相同的髮型。

「啊！果然，妳是莫娜，妳是莫狄！」李淳安笑了起來，笑容憨厚。

那樣的他，一直是小學那時的我，心目中的王子。

莫娜

我打開信箱後又關上，又再打開，不斷重新整理頁面，可今天還是沒有新郵件。

算了，蔚藍海岸也不是每天都會寄信過來，於是我把手機放回口袋，考慮著要吃些什麼，遠遠便瞧見昨天在居酒屋認識的姊姊與大叔。

「唷，莫娜，連續兩天遇見，也太巧了吧？」姊姊對我奮力揮手。

「妳也要去居酒屋嗎？」大叔和昨天一樣穿著西裝，但今天的領帶是紅色的。

「原本沒打算去，不過既然巧遇了，就是命中注定嘍，一起去吧。」我挑眉。

我堅信每一件事情的發生，都是老天的安排，一定是爲了未來的某一天而先做的準備。

關於這一點，莫狄一直覺得我很迷信，但我始終這麼認爲，李淳安事件也是如此。

「喔，妳很隨性唷。話說，妹妹妳還未成年，沒錯吧？應該不是逃家少女吧？」大叔擔心地叨念，儘管嘴裡這麼說，他還是拉開了居酒屋的拉門。

「いらっしゃいま……」充滿熱情的迎客聲在看見我的時候戛然而止，「妳怎麼又來了？」

「怪了，我不能來嗎？上面不是寫著營業中嗎？」我指向門上的木牌。

「唉唷，昨天我就發現了，老弟，你也太在意這個妹妹了吧？」大叔馬上換上八卦的嘴臉，姊姊見狀，抬手打了他的頭一記。

那個年輕的男服務生臉上閃過不耐，但很快恢復笑容，招呼姊姊與大叔入座，我默默跟在後頭。他偷瞄了我好幾眼，我忍不住瞪回去，他似乎被我的反應嚇到，明顯一愣。

「妹妹，過來呀。」大叔在位子上對我招手。

姊姊又拍了大叔的肩膀一下，「幹麼一直叫她妹妹？很蠢耶，人家有名字的好嗎？」

「喔，她叫什麼……」

大叔好像不太擅長記別人的名字，明明剛才姊姊有叫過，我輕嘆口氣，準備再次自我介紹——

「莫狄。」那個男服務生卻搶先喊出另一個名字。

我呆住，扭頭看向他。

他勾起自負的微笑，瞇眼盯著我，「妳和在班上的樣子差得可眞多，是裝乖嗎？」

啊，眞是白痴死了，原來這個奇怪的服務生是莫狄的同班同學！

看來莫狄沒說自己是雙胞胎，那麼我也不需要告訴他。

「怎樣？管我？」所以我抬起下巴，哼了一聲。

「咦，妳是叫莫狄嗎？不是莫……」姊姊話還沒說完，見我朝她眨眼使眼色，立刻機靈地停下話，掩嘴竊笑。

「所以你……」我想偷看那個男服務生身上的名牌，卻發現他今天胸前沒有別上名牌，「那個，你叫什麼名字？」

「妳不知道我的名字？」他很訝異。

「我該知道嗎？難道你以爲別人都該知道你的名字？你是什麼名滿天下的富二代或官二代嗎？」這個人態度既跋扈又沒禮貌，莫狄一向拿這種類型最沒轍了，我現在最好先誤導這傢伙，讓他以爲莫狄不好欺負才行。

「……田沐棻說乖乖女通常反差最大，果然是眞的。」他說完就轉身離開。

「喂，你的名字？」我又喊了聲，但他沒回應。

沒關係，我自有辦法。

我起身走到吧台前，朝吧台內工作的老闆問：「請問那個人叫什麼名字？」

那個服務生沒料到我會做出此舉，不可置信地轉頭看我。

「妳說的是衛青嗎？怎麼了？你們認識？」熱情豪爽的老闆說，如果是認識的人過來消費，就會打折。

聞言，我當然點頭說自己認識那個什麼衛青了。事實上，莫狄和他也的確認識。

「衛青，今天晚上的事，就當作我們之間的祕密。」我對衛青眨眼，「不要到學校亂講話喔。」

那個叫什麼衛青的男生面無表情，不再搭理我，也不知道他心裡是怎麼想的。無所謂，反正我也不是很在乎。

我一回座位坐下，姊姊馬上笑嘻嘻地問我：「怎麼回事？」

我朝衛青瞄了一眼，確定他沒在偷聽後，才低聲對姊姊和大叔說：「其實我是雙胞胎，妹妹叫莫狄，我叫莫娜。」

「眞假？我第一次遇見雙胞胎耶！」大叔的音量超大，幸好隔壁桌不知道談論到什麼，恰巧爆出一陣大笑聲，蓋過了大叔的聲音。

我再次看向衛青，他正在櫃台結帳，應該沒注意到我們這邊。

「那個人大概是莫狄的同學，他把我和我妹搞混了。」我聳聳肩。

「哈，感覺很有趣，我們會幫妳隱瞞的。」姊姊學我眨眼，「不過妳沒和妹妹念同一所學校嗎？」

我搖頭，「雙胞胎也不是每件事都要綁在一起。」

「也是，妳的個性還真獨立。對了，妳妹妹長得怎樣，有照片可以看一下嗎？」大叔點完菜回來，手裡拿了兩瓶啤酒。

「你傻啦，既然是雙胞胎，當然長得很像。」姊姊壓低聲音，接過一瓶啤酒。

「也有長得不像的雙胞胎啊，像小李的孩子妳記得吧，就長得不太像。」

「我們長得幾乎一模一樣喔。」我掏出手機想找照片給他們看，此時衛青卻走了過來。

「今天妳十點以前一定要離開。」

「你不也是未成年嗎？爲什麼過了十點你可以繼續待著，而我不行？」我趕緊把手機收好。

「我不一樣。」他丟下這句話後，又離開了。

「看樣子，他很關心妳妹妹。」姊姊臉上的笑容多了一絲曖昧，「啊，青春啊。」

我立刻搖頭，莫狄才不會喜歡上那樣的男生呢！

「不過莫……這樣我們要怎麼叫妳？莫狄？莫娜？」說也奇怪，大叔喝了幾口啤酒後反倒變得比較謹慎，至少懂得壓低音量。

「不然就叫我妹妹吧。」我揶揄他。

大叔不以爲忤，讚賞地點點頭，「很不錯啊！對了，妳妹妹是念什麼學校？」

「綠茵。」

我一說完，大叔和姊姊倏地瞪大眼睛，對看一眼後忍不住放聲大笑。

「綠茵的學生是遍布全台嗎？」大叔打趣。

「看樣子多到跟蝗蟲一樣了！」姊姊和大叔乾杯，笑著對我說：「我們兩個就是從綠茵畢業的。」

「這麼巧？」我挑眉，「但綠茵不是有錢人才進得去的貴族高中嗎？」

「我們看起來不像有錢人嗎？」姊姊鼓起臉頰。

「應該說，如果是有錢人，應該比較不會想認眞工作吧？」我失笑。

「綠茵的學生也不是只有官富二代，只要成績夠好，誰都能進去。」大叔夾起一塊魷魚送入嘴裡，「就這方面來說，綠茵挺現實的，要求學生要麼有錢，要麼成績夠好。」

「要在社會上生存也是一樣啊，要麼有背景，要麼有能力。」姊姊又舉起酒杯與大叔碰杯。

「那想必你們是屬於成績很好的那種學生吧。」我說。

「想必妳妹妹也是。」姊姊馬上回了我一句，然後指向衛青，「不過他感覺不像是成績很好的學生，家裡也不像很有錢。」

我聳聳肩，「我回去問問我妹。」

此時，擱在桌上的手機突然震動，我拿起來一看，是蔚藍海岸寄了一封mail過來，我忍不住微笑。

「男朋友？」敏感的姊姊又八卦了起來。

我搖頭，把手機放進包包，「是網友。」

「以前大家都說網路交友很危險，但現在那儼然已經成爲一種趨勢了。」大叔說他們公司同事結婚時，還有一桌是網友桌。

我點頭表示贊同，隨即注意到衛青這個人又在盯著我看，還指了指掛在牆上的時鐘，提醒我時間快到了。

好吧，連續兩天都留莫狄一個人那麼晚在家的確不太好，於是我向姊姊與大叔道別，到櫃台結帳離開。

「喂，莫狄。」

可我才踏出店門口沒幾步，後頭的拉門又被拉開了。

「咦？」我轉頭，衛青這傢伙居然追了出來，「是你呀，幹麼？」

「不要再來了。」

他有什麼資格管我啊？而且我爲什麼不能來？

「怎樣？這間店你開的？你管我要不要來幹麼？我就是要來，怎樣怎樣怎樣？」我一邊說，一邊對他做鬼臉。

他非常訝異，「妳是人格分裂嗎？」

大概是因爲我和莫狄的個性相差太大，讓他問出這個問題。不過，他怎麼就沒想過雙胞胎這種可能性？

「衛青，謝謝你的關心，但請不要關心我，感恩，再會。」爲了莫狄在學校好，我得收斂些，於是我朝他揮揮手，迅速邁步離去。

回家的路上，我打開蔚藍海岸的mail。

From 蔚藍海岸

妳今天在學校過得如何？

From 莫那魯道

普通，沒啥特別。倒是我妹回來怪怪的。

From 蔚藍海岸

發生什麼事了嗎？

我正想回信告訴蔚藍海岸，自己在居酒屋巧遇莫狄的同班同學，而從對方對待我的態度看來，莫狄在學校應該會很怕他，但我猛地打住。

我一直沒讓蔚藍海岸知道我是雙胞胎，需要告訴他這件事嗎？

思索了片刻，覺得不需要徒增麻煩，於是打消這個念頭。

From 莫那魯道

我妹是個很內向的女生，和我完全不同，慢熱，所以交朋友比較慢。
但她是個好女孩。

From蔚藍海岸
聽起來妳很以她爲榮，眞好。

From莫那魯道
你有兄弟姊妹嗎？

From蔚藍海岸
算有吧。

From莫那魯道
那想必你也會以對方爲榮。

From蔚藍海岸
大概，是吧。

我想今天和蔚藍海岸的信件交談應該可以先停在這裡，便改傳訊息問莫狄要不要吃點什麼。她很快回覆我，說她想吃水餃，於是我在下一個巷口拐彎，朝那間她最愛的水餃店走去。

「莫狄，妳是怎麼回事？」

「唉唷，嚇死我了！」怎麼又是衛青這傢伙，怪了，難不成他跟蹤我？

「妳私下的個性跟在學校時差太多了。」

就不同人啊，當然差很多。我在心中嘀咕。

「你幹麼那麼在意我？」說完我忽然想到一件事，不由得一驚，仔細打量起對方的長相。嗯，這長相雖然帥氣，但桀驁不馴的態度應該不會是莫狄的菜，「不要愛我，你愛不起。」

所以我順手幫她解決這朵爛桃花。

衛青翻了個白眼，「妳到底怎麼回事？」

「你才怎麼回事……」我注意到他提在手上的書包和一袋衣服，「你下班了喔？還拿著書包和制服，所以你是一放學就直接過去打工？」

「妳想告密？」他瞇起眼睛，想要裝出凶狠的樣子。

不過我並不覺得害怕。

而且綠茵有禁止打工嗎？

「你怎麼做都不關我的事，快點回家吧，拜。」說完我轉身就走。

但他亦步亦趨地跟在我後面。

我忍不住停下步伐，扭頭問他：「你幹麼？你家也在這個方向？」

「不是。」他頓了一下，接著一臉嫌棄地解釋：「王大哥看見妳走了，又聽到我們讀同一所高中，托妳的福，他今天讓我提早下班。」

「喔，那很好啊，你快點回家。」見他仍站在原地，我又問：「你到底要幹麼？」

「王大哥要我送妳回家。」他看起來老大不願意。

「拜託，現在才十點出頭，路上很安全好嗎？你自己先回去吧，就當做有送過我了。」我再次向他揮手道別。

但這個衛青還是不肯走，「妳以爲我眞想送妳回家？王大哥他們知道我不情願，所以要求我拍照爲證。」

「你幹麼那麼聽話？你看起來一點也不像是會乖乖聽話的個性！」我繼續往水餃店的方向前進。

「王大哥不一樣。」衛青依舊牢牢跟在我身後。

「好，隨便你。我要先去買水餃。」

「妳還要吃？」他很訝異，把我和姊姊他們剛才點的食物全部複誦一遍，記憶力用在這裡要幹麼啊。

「奇怪，女生就不能吃很多喔？」我瞪他一眼。

他只是聳聳肩，沒有作聲，跟著我買完水餃後，來到我家的巷口。

愈是靠近家門口，我就愈擔心會遇見媽或是莫狄，這樣衛青就會知道我和莫狄是雙胞胎，所以絕對不能讓他送我到家門口。

「我家就在這條巷子裡，你可以走了。我家裡管很嚴，要是被發現有男生送我回家，會鬧家庭革命的。」我隨便找了個最普通也最有用的藉口。

衛青卻擺明了不信，「妳一個未成年的女孩子，連續兩個晚上都在外面待到快十一點，然後跟我說妳家裡管很嚴，妳當我白痴？」

嘖，還眞精明。

「好，就當你不是白痴，那你總聽得懂我在拒絕你吧！」我第N次向他揮手道別，「再見。」

他取出手機叫住我，「等一下，我要拍照。」

「你自己隨便拍拍就好啦，難道還要我對鏡頭比YA嗎？」在我發牢騷的時候，他按下快門，閃光燈閃了一下，我不由得翻了個大白眼，「好好好，你已經完成使命了吧？再見。」

衛青毫不留戀地轉身離開。

直到確定他已經走遠，我才掏出鑰匙開門，走進大樓。

媽還沒回來，莫狄則已經洗好澡，正在客廳寫作業。

「妳怎麼會在客廳寫功課？」我把水餃放到桌上，莫狄立刻拿走打開。

「我想說，這樣妳回家的時候，客廳裡有燈光，才不會覺得寂寞。」

見她如此貼心，我揉了揉她的頭頂，「對了，告訴妳一件事。」

脫掉外套，我一屁股坐在沙發上，順手翻了幾頁她的作業，綠茵的題目也不是太難嘛……

「怎麼了嗎？」她伸筷夾了一個水餃送入口中。

「妳認識一個叫什麼衛青的嗎？」

「衛青？」莫狄先是一臉狐疑，隨即瞪大雙眼，差點被嘴裡的水餃噎住，「紀衛青？」

「我不知道他姓什麼，但就是這個名字沒錯。」看她這反應……我試探地問：「怎樣？妳跟他處不好？」

「不是處不好，是他對待我的態度很莫名其妙！」莫狄泫然欲泣地說，又提到紀衛青家裡似乎有黑道背景。

啊！看樣子紀衛青一定是把我和莫狄搞混了，所以在學校才會那樣對她。

我趕緊用裝可愛的方式向莫狄自首，並把剛剛紀衛青送我回家的事也告訴她，只見莫狄眼睛愈瞪愈大，然後「哇」地大喊一聲，不誇張，她居然開始眼眶泛淚。

「欸欸，妳冷靜點，我想經過我剛才那樣洗臉，衛青不會再……」

「經過妳剛才那樣洗臉，他明天肯定會找我麻煩，他坐在我旁邊就夠煎熬了，我們現在還得罪他，這下子我該怎麼辦？他是黑道啊！」

哇勒，沒想到他就坐在莫狄旁邊。

「不然妳就跟他說實話，說那是雙胞胎姊姊的錯，與妳無關。」

「我才不要！」莫狄哭喪著臉，「我明天根本不敢去學校！」

「嗯，不然妳先吃水餃吧。」我試圖轉移她的注意力。

「哪還吃得下……」莫狄繼續哭哭啼啼的。

這也太誇張了，哪有這麼可怕，就算紀衛青家裡是黑道，也不可能爲了這點小事就找她麻煩的。

但莫狄從小就膽小得要命，我的確太衝動了……

「好吧，莫狄，既然這樣，那我們明天交換身分如何？」

「咦？」她驚訝地看著我。

「我假裝是妳，妳假裝是我，我們交換身分去彼此的學校。」我用食指在她與我之間來回比劃，「正好我們讀不同學校，也還沒有人知道我們是雙胞胎。」

「但是……妳今天都惹毛紀衛青了……換妳去的話，會不會讓情況更糟糕？」

「我根本沒惹毛他好嗎！不然妳自己去上學吧，當我沒說。」我翻了個白眼，作勢要回房，而莫狄一如我所預料地拉住我的手。

「對不起，姊姊大人，就拜託妳去一趟綠茵吧！」她微微蹙眉，被淚水沾濕的睫毛一眨一眨，像隻無辜的小動物。

「當然沒問題。」我賊笑。

綠茵啊綠茵，沒料到竟然有機會可以進去看看。

「我回來了。」媽打開鐵門，看了眼桌上的水餃餐盒，「還沒吃晚餐？」

「莫狄在鬧脾氣，所以我買晚餐回來給她。我要去洗澡了。」我對媽說，離開前朝莫狄使了個眼色，要她別告訴媽我們的計畫。

雙胞胎的心電感應有時候眞的讓我覺得很不可思議，莫狄迅速對我眨眨眼，表示理解。

「媽媽，辛苦了，妳要吃一點嗎？」

在關上浴室門之前，我聽見莫狄這樣對媽說，而我看著浴缸中七分滿的水，心想莫狄這傢伙今晚一定泡澡了。

From 莫那魯道

明天我要去我妹的學校。

我拔掉浴缸的塞子，把溫熱的水全數放掉，在等待水流盡的期間，我傳mail給蔚藍海岸，不過他並沒有回信，直到隔天早上，也還是沒有消息。

「莫娜，切記，妳要裝成是我，不可以太做妳自己，不然我之後很難解釋。」莫狄一大早就偷偷帶著制服來到我房間，「還有，我和坐在我前面的女生比較有話聊，她叫周映微。」

「周映微。好，我會記住。妳哪一班？」

「一年五班，校門進去直走到第一個大廣場，教室在右邊那棟大樓三樓。我坐在最後一排最後一個位子，要記住！」

不若莫狄緊張兮兮的模樣，我只是隨意地擺擺手，表示知道了。今天也才開學第三天，就算忘記，也還勉強說得過去。

「除了這些，還有什麼我要知道的嗎？例如班上同學的姓名。」

莫狄搖頭，「我幾乎沒和同學說過話。我桌墊下有全班的姓名座位表，是老師發下來的。對了，班導叫藍官蔚。」

「名字眞怪，話說你們班是言情小說班嗎？什麼藍官蔚、紀衛青的，實在很像小說裡的人名，周映微也是。」

「我們的名字不也是嗎？」莫狄聳聳肩。

好吧，這點我不否認，有個好聽的名字不是什麼壞事。

「沒有其他事情要注意了吧？那我今天就是莫狄嘍。」自從小學畢業後，我們就沒再玩過交換身分的遊戲了，其實我挺期待的。

我快手快腳地脫下睡衣，換上綠茵的制服。

「莫娜，妳還記得嗎？」莫狄細心地幫我把領子翻好，「小學那時候我們偶而也會交換身分。」

「我剛也想到這件事。」我忍不住笑了。

「那妳還記得……」她忽然停住話。

「記得什麼？」

我從鏡子裡看見莫狄露出苦笑，「沒什麼，快點出門吧，妳的制服呢？」

「在衣櫃裡。」我背起綠茵的書包，「那我先出門了，有事情就手機聯絡。」

「路上小心。」

步出家門，我朝綠茵的方向走去。

我其實是知道的，關於莫狄沒說出口的話。

國小那時，我們偶爾會交換身分，雖然班上有些同學會覺得疑惑，但只要我們堅稱自己是另一個人，他們最後還是會選擇相信，唯獨李淳安……

算了，那麼久以前的事了，當時我都沒告訴莫狄，如今也不需要讓她知道。

「這不是莫狄嗎？」

沒想到還沒到學校，我就遇上第一個難題。

一個短髮的女生喊住莫狄，也就是我。

我不知道對方是誰，她穿著綠茵制服，耳朵上戴了好幾個耳環，襯衫沒紮好，脖子有個圖騰刺青，嘴裡還嚼著口香糖。

她絕對不是莫狄會靠近的類型，我卻覺得這樣的女生很酷。

可恨的是綠茵的制服沒有繡上名字，說什麼要顧及官富二代的隱私。這下好啦，一點線索也沒有，我根本叫不出這個女生的名字。

「嗯，早安。」總之先打招呼就對了，她鐵定是莫狄的同班同學，膽小的莫狄絕不可能會在開學三天內就認識別班的人。

所以等一下只要跟著她走，就不會出錯了。

「妳也住這附近？」這女生好高，她指著對街的甜甜圈店，「那是我家開的，說不定妳光顧過。」

「我知道那間店，我媽偶而會去買。」

「眞的？那多謝捧場啦。」她笑了起來。

印象中，那間店……很久以前我曾經陪媽去過一次，當時媽喊那裡的老闆田先生，因爲賣的是甜甜圈，老闆又姓田，所以我印象深刻。

至少知道這個女生姓田了。

「對了，昨天紀衛青的事，妳不需要在意。」

什麼事？

雖然覺得莫名其妙，但我還是應了一聲，「喔……」

「他面惡心善，不過，他竟然會主動找妳說話，我也很訝異他要和妳聊些什麼。」

「是喔。」

她忽然停下腳步，我也跟著停下，狐疑地看向她，片刻才恍然大悟剛才她是在詢問我爲什麼紀衛青會主動找我說話。

「我哪知道。」所以我這麼說。

「莫狄，妳怪怪的。」她敏銳地察覺到有哪裡不太對勁，天啊，我完全忘記要假裝成莫狄了。

於是我連忙裝出楚楚可憐的眼神，「對不起，昨天紀衛青眞的嚇到我了……」

見狀，眼前的女生雖然還有疑慮，但仍開口安慰我：「他就是面惡心善，妳別太在意。不過妳是在閃躲我的話題嗎？」

果然高中生就是不一樣，不像小學生那麼好呼嚨。

我聳聳肩，盡量維持莫狄平常的說話方式，「我眞的不知道。」

「好吧，不說也無所謂。」她走到我身邊，「走吧。」

眞累。

綠茵的校地比我想像中大很多，而這裡果眞是另一個世界，裡頭的學生每個看起來都走路有風，說難聽點就是自視甚高，不過說實在的，能進到綠茵念書的人，本身就不一般。

我盡量不東張西望，裝作若無其事地往前走，一旁那個姓田的女生問起今天學校的小考內容，我根本不知道要考什麼，一路上只能嗯嗯啊啊隨便回應。

抵達教室前，走廊上有兩個男生叫住我旁邊的女生，我才得知她叫田沐菜，這名字怎麼這麼熟悉？

「莫狄！妳還好嗎？」田沐菜一離開，一個綁著兩條辮子的女生馬上一臉擔憂地朝我跑來，還不忘壓低音量。

「蛤？」

「我看到田沐棻在和妳說話，她有欺負妳嗎？」

「只是說個話而已，要怎麼被欺負？」而且都什麼時代了，怎麼會有人十六歲還綁著兩條辮子？

「但是田沐棻感覺很可怕啊……」

這個女生我不用猜也知道她是誰，個性和莫狄差不多膽小，想必就是周映微了。

「還好吧。」我聳肩，進教室後直接把書包往椅子上一丟。

「莫狄，妳怎麼不太一樣了？」周映微走到我前面的位子，小心地把書包掛在書桌側邊。

啊！眞的是太久沒交換身分了，徹底暴露出自己的個性。

「我昨天晚上有點發燒，所以今天的行爲舉止可能會有點奇怪，妳不要介意。」我隨口編了一個爛藉口，至於周映微要不要相信那就再說了。

「原來如此……難怪妳會跟田沐棻說話……」

「怎麼？跟她說話很奇怪嗎？」我把桌墊下的座位表拿出來，打算稍微瀏覽過班上同學的名字。

「嗯，她很可怕，而且很不檢點。」

「不檢點？」才高中耶，是能多不檢點？這三個字有多嚴重妳知道嗎？

「妳忘記開學第一天發生的事了嗎？丁妍羚說田沐棻搶她男朋友，兩人還在教室裡打起來。」

這麼大的事，莫狄居然沒跟我說。

「喔，田沐蓁眞的搶了嗎？」

「丁妍羚都那樣說了。」周映微噘起嘴。

我研究了一下座位表，找出丁妍羚坐的位子，然後朝那方向看去，一個大眼睛的可愛女生正在和兩個男生說話。

「丁妍羚看起來就像是個千金小姐。」

「她的確是千金小姐啊，她是三行銀行的獨生女。」

哇，果然眞的是千金小姐！

「那她旁邊的那些人呢？」我又問。

「那個站得離丁妍羚比較近的男生是畢元石，富貴保險董事長的第三個兒子。另一個男生是熊益君，南部鋼鐵大亨是他的舅舅。」周映微如數家珍，「妳怎麼都不知道？」

什麼都知道的妳才比較不可思議吧。

「那妳呢？」我問。

「我、我只是成績好而已。」她臉一紅。

「我也是因爲成績好，才能進來綠茵。」

「我知道，所以我才跟妳做朋友，水平差不多，相處起來比較輕鬆。」

周映微說的話不無道理，但聽著頗令人不舒服，我對她扯動嘴角笑了下，接著聽見她驚呼一聲。

順著她的視線望去，原來是紀衛青從後門走進來，他和身後的田沐棻說話，田沐棻拍了拍他的肩膀，便回到自己的座位。丁妍羚從田沐棻進門就一直瞪著她，可是田沐棻好像並不在意。

我直勾勾地注視著紀衛青，周映微見狀趕緊拉了拉我的手，「不要看他。」

「爲啥？」

「什麼爲啥？」周映微對我的反應很不解。

才三天而已，莫狄妳到底是讓別人覺得妳多膽小呀！我在心中翻了個白眼。

紀衛青坐下後並沒有多看我，也沒有說話。說實在的，這讓我鬆了口氣，這下子莫狄明天就能自己來上學了吧！

「今天要考試是嗎？」我問周映微。

她愣愣地點頭，告訴我這次國文小考的考試範圍，我拿出課本翻了一下，範圍不大，時間上應該足夠我準備。

「考哪裡？」紀衛青突然插話。

周映微被嚇了好大一跳，迅速轉過身背對他，我似乎還看到她的肩膀微微顫抖，是有沒有這麼誇張啊？

「第一課的註釋而已。」只好由我回答他。才剛開學三天就要小考，綠茵還眞是名不虛傳。

「無聊。」紀衛青低低噴了一聲，轉開視線，發呆似地望向遠方。

我聳聳肩，不再理他，低頭默背註釋。

這時，忽然有人跑進教室大喊：「欸！有學長姊來了！」

「什麼？」

班上同學立刻回到座位坐好，連紀衛青也挺直了上半身。

現在是發生什麼事了？

全班一片安靜，應該說一整條走廊統統都沒了聲音，只聽得見低跟皮鞋踩在地板上的聲響。

接著，一個長髮美女從前門走進來，下一秒全班齊聲喊：「學姊好！」

哇勒，綠茵這麼看重學長姊制度啊？

「嗯，還算可以。」另一個戴眼鏡的學長也走了進來。

全班再次齊聲大喊：「學長好！」

我皺眉，瞄了一旁的紀衛青一眼，儘管他沒開口，但身體坐得可直了。

「請大家放輕鬆聽我們說，我們是二年五班的代表，白時凜、柯喻宸。」戴眼鏡的男生拿起粉筆，在黑板寫上「校慶」兩個大字，「雖然你們才剛入學，但有些要事必須得提早準備，像是綠茵的校慶和園遊會，每年都會有很多外校人士來校參觀，所以請你們不要丟綠茵的臉。」

這話說得可眞重，班上的同學大都面面相覷。

「能進綠茵讀書的人，有很多家裡都是有頭有臉的人物，你們也不希望丟自己家的臉吧？所以請務必卯足全力做事。」柯喻宸說話聲調慵懶，語氣卻非常銳利，「請大家推派出兩個人負責校慶事宜，並與我們保持聯繫。」

全班陷入一片靜默。

柯喻宸瞇起眼睛，「怎麼？傻啦？現在馬上推派兩個代表啊。」

也太快就要我們做出決定了吧？這女的怎麼那麼強勢？她到底是什麼來歷？

我輕拍周映微的肩膀想問清楚，她卻僵直著身體，動都不敢動。

「欸，衛青，他們兩個是什麼身分？」於是我改問紀衛青。

紀衛青似乎很訝異我會問他，臉上閃過意外之色，隨即嘖了我一聲，似是要我保持安靜。

「妳叫什麼名字？」結果講台上的柯喻宸注意到我，伸手朝我一指，全班頓時也跟著朝我看來，「就是妳。」

我需要站起來回答嗎？

「我叫莫……莫狄。」最後我還是選擇坐著回答。

抱歉了，莫狄，看樣子我好像搞砸了，我幾乎可以預見柯喻宸接下來要說什麼。

「妳當其中一位代表。」果不其然，她如此說。

「那坐妳旁邊的那個男生就當另一位代表，你叫什麼名字？」白時凜則說出另一句我絲毫不感意外的話。

我更不意外的是，紀衛青不可置信地瞪向我。

「紀衛青。」儘管心不甘情不願，他仍乖乖報上自己的名字。

「紀衛青？」柯喻宸明顯打量了他一下。

白時凜在他手上的本子寫下我們的名字，「好了，你們兩個放學來二年五班找我們。」

說完，那兩人便走出教室，全班再次畢恭畢敬地大喊：「學長學姊再見！」

直到再也聽不見他們的腳步聲，大家才放鬆下來，有幾個同學還覷著我偷笑，對我說了句：「辛苦了。」

「妳是瘋了嗎？」紀衛青冷聲開口，「妳幹麼跟我說話？」

全班再次安靜，齊齊看了過來。

我環顧眾人一眼，攤手道：「你座位離我最近，我才想問你問題，誰知道事情會演變成這樣。」

「妳自己去當那該死的代表。」他撂下狠話。

「抱歉，名字都登記了，你勢必也得去。而且我看那個柯喻宸似乎認得你，你也沒辦法找人代替。」我聳聳肩。

「妳……」紀衛青瞪大眼睛。

「聽說選好代表了，對吧？」一個穿著藍色上衣的男人從前門進來，一臉神清氣爽地看著紀衛青，「恭喜。」

紀衛青瞬間變了臉色，沒再說話。

接著那個男人的目光轉向我，僅僅一瞬，他就露出一個意味不明的笑容，「好了，快點坐好吧，要考試了。」

我瞄了一下課表，這個男人應該就是藍官蔚，也就是莫狄的班導兼國文老師又兼體育老師。

這只是隨堂小考，不到十五分鐘就考完，且交換批改完了，全班只有我和紀衛青拿到滿分。

藍官蔚調侃：「你們兩個很有緣分嘛，不但一起當校慶代表，連考試成績都一樣。」紀衛青惡狠狠地瞪了眼藍官蔚，之後便不予理會，而我則是乾笑，我已經完全忘記要假扮莫狄了。

「莫狄，跟我來一趟辦公室。」下課鐘響，藍官蔚一邊收拾教材，一邊喊住我。

周映微剛轉過身，正要和我說話，我只能無奈地對她聳聳肩，跟著藍官蔚離開教室。

「老師，怎麼了嗎？」還沒去到辦公室，我就心急地問。突然被老師叫到辦公室，大概都不是什麼好事。

「別急。」他面帶微笑，身上有股淡淡的香味。

「你擦香水嗎？」我脫口而出。

藍官蔚挑眉，「我以爲妳問問題時，會禮貌地先加上『請問老師』這四個字。」

我不會，但是莫狄會。

「抱歉，請問老師你有擦香水嗎？」

「沒有。」他看起來不怎麼嚴肅，和我印象中的老師不太一樣。

總之，在跟著他去往辦公室的這段路上，我忍不住東張西望了起來，從走廊看出去，可以瞥見一小塊草原。聽說綠茵的校園有一大片綠草如茵的草原，是這裡最著名的景點，等等中午要找個空檔過去看看才行。

「進來吧。」藍官蔚停在一扇木門前，門上掛了一塊小牌子，上面寫著「一年五班導師辦公室」。

我沒看錯吧？導師有單獨的辦公室？

當他打開門，我飛快掃了一眼，確定自己並沒有理解錯誤，裡頭的空間雖然不大，但的確是間單人的辦公室。

綠茵高中也未免太有錢、太奢侈了！

「記得把門關上。」藍官蔚走進辦公室，站在辦公桌前。

嗯，這樣沒問題嗎？綠茵校方都不擔心學生和年輕的異性老師，獨處在辦公室會怎麼樣嗎？

儘管心中這麼想，我依然乖巧地關上門，並開始觀察起辦公室的擺設，門邊擺著一張沙發，兩旁是書櫃與檔案櫃，而辦公桌就在沙發的正前方。

藍官蔚坐到辦公椅上，雙手抱胸，笑著要我在沙發坐下。

「我做了什麼嗎？」我依言坐下，在對上藍官蔚的雙眼時又補上一句：「請問老師。」

「所以說，妳是誰？」

我以爲自己聽錯了，「蛤」了一聲。

但藍官蔚又重複了一次同樣的問題：「請問莫狄，妳是誰呢？」

「這是什麼心理測驗嗎？本我自我超我之類的？」我失笑，卻發現藍官蔚臉上的神情絲毫未變。

「妳不是莫狄。」他肯定地說。

沒料到才第一天就破功，更沒料到竟是被一個根本就不熟的老師識破，關於這點我其實十分訝異，但好在是被老師看出來，而非班上同學。

我放鬆坐姿，「老師是怎麼看出來的？」

「這很明顯呀。」他也調整姿勢，然後翻出考卷，「最明顯的是，妳們字跡不同，而且是完全不同。」

「我想一般人不會注意到這點。」

「畢竟我是老師，而且我對莫狄開學當天塡的家庭狀況調查表印象深刻，她上面寫著，家裡還有一個和她同年的姊姊，那時我就在猜妳們應該是雙胞胎。」

我不以爲意，「請老師別告訴其他人，我和莫狄交換身分是有原因的。」

「所以妳是姊姊？」

「沒錯。」

藍官蔚挑眉，「不自我介紹一下？」

「我叫莫娜。」我聳聳肩，「也請不要打電話通知我媽，這只是我們姊妹無傷大雅的小惡作劇而已。」

「嗯哼，沒問題。」

我嘆氣，「老師，請你眞的不要……」

「我說沒問題。」

「蛤？」我睜圓眼睛，「所以你不會告訴任何人？」

「對。」他開始低頭收拾桌上的東西。

「也不會告訴我媽？」

「沒錯。」接著他打開電腦。

「也不會跟其他老師或同學說？」

「是，我誰都不會說。」他瞄了一眼牆上的時鐘，「妳該回去上課了。」

「好，我相信老師。」我乾脆地站起身，瞥見書櫃上層有一本和這裡非常格格不入的書，「老師會看愛情小說？」

「沒收的。」他簡略地答完，擺擺手要我快點回教室。

離開導師辦公室之後，我正打算拿出手機通知莫狄這件事，卻看見紀衛青站在走廊……乘涼？閒晃？

總不會是在等我吧？

怎麼可能。

所以我隨意揮手打了個招呼，隨即掠過他往教室的方向走，紀衛青卻出聲喊住我。

「喂！我在等妳。」

「等我幹麼？」

「藍官蔚跟妳說了什麼？」他雙手手肘靠在欄杆上。

「沒什麼啊。」

「那爲什麼要關門？」

「因爲他要我關門。」他是從什麼時候等在這裡的啊，幹麼這麼在意？

「爲了避嫌，除非是談論什麼不想讓人知道的事，否則藍官蔚不會單獨與女學生共處一室，還關上門。」紀衛青說得很肯定。

「也許他是在跟我談戀愛，因此不想讓人知道啊。」我隨口開了個玩笑。

聞言，紀衛青翻了個白眼，完全無視我剛才還算震撼的發言，「藍官蔚有沒有說什麼？」

「例如？」

「或是妳有沒有說什麼？」

他的神情看起來很嚴肅，於是我也不再跟他打哈哈。

「你是指你打工的事嗎？放心，我什麼都沒說。他找我過去，是爲了談我家裡的事情。」我避重就輕地說，這也不算說謊。見紀衛青鬆了一口氣，我忍不住問：「你和老師是怎樣？」

「啥？」

「我看你好像很在意他，不是學生找老師麻煩那種中二的在意，是另一種。」我上半身微微傾向他，「你們是怎樣？」

「沒有怎樣。」紀衛青板著一張臉，伸出食指抵在我肩膀上，將我往後一推，「借過。」

「欸，你問我就行，怎麼我問你就不行？」我朝他離去的背影喊，然後跟著他走回教室。

見到我和紀衛青一前一後走進教室，周映微非常訝異，還特地寫了張紙條過來問：「有沒有怎樣？」

雖然感謝她對莫狄的關心，但我不喜歡那種總覺得別人都是毒蛇猛獸的白蓮花，因此只在紙條上敷衍地寫下一句：「紀衛青是好人。」

卻換來她怪異的回覆：「妳喜歡他？」

因爲解釋起來太累，所以我打了個大叉叉作爲回應後，便沒再理會她傳過來的紙條。

午休時間，我趁著一整天都黏在我身邊的周映微去廁所的空檔，拎起剛從學生餐廳買回來的午餐，大步朝綠茵草原奔去。

實在是開了眼界，這完全不像高中校園會出現的景致，草皮修剪得乾淨整齊，有些學生甚至帶了野餐墊過來。我隨意找了一棵樹席地而坐，拿出三明治正想咬下去，卻看見周映微追了過來。

我嚇得趕緊把東西收好，往另一邊逃，好在這地方大得很，我躲在一群學生後面，她找了一陣沒瞧見我，便垂頭喪氣地離開草原。

眞是抱歉了，可是我需要獨處的空間。

莫狄也許喜歡和朋友黏在一塊兒，但我不想。

「躲人呀？」

我嘴裡的飲料差點噴出來，扭頭一看，田沐菉帶著快意的微笑，望向周映微逐漸走遠的背影，「我以爲妳們喜歡黏在一起。」

「大家才認識沒幾天，怎麼會『以爲』這件事是『理所當然』？」我不禁反駁，重新拿起三明治，順口問田沐菉：「妳也來這裡吃午餐？」

「不，有人要告白，我過來拒絕。」她從口袋掏出一個信封，又隨手塞回去。

「不意外。」

「什麼意思？」她挑眉。

「不意外妳很受歡迎，」我上下打量她，「因爲妳很漂亮。」

「不是看起來很淫亂？」

「淫亂？這詞眞難聽。」我「哈」地大笑一聲。

田沐菉似乎很滿意我的反應，索性也坐到草地上。

「莫狄，妳現在跟之前給我的第一印象很不一樣。」她眼裡閃爍著精光，「看樣子妳比我想像中更精明。」

「所以說，不要輕易對任何事下定論。」我大口咬下三明治，頓時驚爲天人，怎麼連學生餐廳賣的食物都如此美味！

「妳沒聽過這個說法嗎？只要跟對方吃一頓飯，就可以大概知道他的個性。」

我搖頭，「沒聽過，況且怎麼可能只跟對方吃過一頓飯就了解他？」

「可以唷，雖然不可能完全了解，但至少可以捉摸個七八成。」田沐菜撥了下她的短髮。

「紀衛青和藍官蔚有什麼過節嗎？」

「沒有。」她飛快答道。

她的反應反倒讓我起了疑心，「紀衛青的家裡是黑道吧？」

「是啊，不過他並不是那種會逞凶鬥狠的類型。」

「我知道，所以才好奇。」同時也對藍官蔚有些好奇。

「嗯……反正紀衛青和藍老師沒有過節。」

田沐菜應該知道些什麼，但她選擇不說，也罷，我也不是非要知道不可。

「那另外再問一下，綠茵很看重學長姊制度？」

「哈，妳看早上那樣還不明白嗎？」

也是。

「我要先回教室了，妳好好享受這段愜意的午餐時光吧。」田沐菜起身往教室的方向走去。

這時，我才終於想起應該跟莫狄聯絡了，掏出手機，卻發現有封來自蔚藍海岸的新mail。

From蔚藍海岸

妳妹的學校如何？

他很難得會在平日的早上寄信過來，我幾口吃完剩下的三明治，拍了拍手站起來，一邊走路一邊回信。

From莫那魯道

很大，很漂亮，我大開眼界。

眼看時間差不多了，我加快腳步回到教室，進教室時恰巧開始午休。

周映微已經趴在桌上，我鬆了口氣，放輕動作拉開椅子坐下，注意到桌墊下多了一張紙條，寫著：「妳爲什麼沒等我吃飯？」

我不由得扭頭看向周映微，趴在桌上的她微微側過身，一雙眼睛直勾勾地盯著我，這個瞬間還眞是令人毛骨悚然。

然後整個下午，周映微大概是還在生氣，始終都不跟我說話。老實說，我一點也不在意，甚至有點慶幸。

時間就這樣到了放學後，周映微背起書包就走，連聲再見也沒有，讓我覺得好像回到小學那時一樣，女生的友誼是最麻煩的事。

當我也背起書包準備離開的時候，紀衛青滿臉不可思議地喊住我。

「妳要去哪？」

「回家啊。」

「妳忘記要去找學長姊了？」

我拍了下額頭，「我還眞的忘了。」

「眞是誇張欸妳！妳拖我下水，還想把事情都推給我做嗎？」紀衛青拽了下我的書包，書包背帶從我肩上滑落。

「我只是一時忘記而已。」我把書包掛回去，從裡頭拿出手機，傳訊息告訴莫狄我會晚一點回去，以免她擔心，「沒想到你會記得，我以爲你會蹺掉。」

「爲什麼要蹺掉？」

「你開學第一天不就蹺課了？根據不良少年的設定，你應該要一直蹺課，然後對一切漠不關心之類的。」我把手機丟回書包。

「那是什麼中二設定，我才不會做那樣的事。」紀衛青歪了歪頭。

「那你第一天幹麼蹺課？」去往二年五班教室的途中，我隨口問。

「那是意外，我沒料到藍官蔚是我們的班導。」

「我就說你和藍官蔚之間怪怪的，我中午還問了田沐棻是怎麼回事。」

「她有說什麼嗎？」

「什麼也沒說。」

然後紀衛青也不說話了，逕自前行。我跟在他身後，穿過花園，再走過長廊，來到另一棟大樓，結果竟然又要爬樓梯。

「要是綠茵上課需要常換教室的話，每堂下課只有十分鐘根本不夠。」這一趟下來，我走得氣喘吁吁，和健走也沒差多少了。

紀衛青並沒有搭理我，我們一上到三樓便看見二年五班的吊牌，站在教室前門往裡面張望，裡頭除了柯喻宸和白時凜，還有幾個不認識的學長姊。

「你們快點走，學弟妹來了。」柯喻宸見到我們後，立刻對教室裡的其他學長姊說，他們先是朝我們看來，隨即開始收拾書包。

「今年我們班還是一樣嗎？」一個長髮女孩問。

「嗯。」白時凜低頭翻過一頁小說，「所有工作內容也都跟去年一樣。」

「靠！我反對。」另一個站在角落，像是在發呆的漂亮女生忽然冒出一句粗話。

「由不得妳。」白時凜微微一笑。

漂亮女生碎念了幾句，然後一群人背著書包走出教室。

「抱歉，借過一下。」

一道好聽的嗓音從我身後響起，轉頭一看，是個擁有一雙漂亮眼眸的男生，我趕緊讓開。

「不好意思。」男生向我點頭微笑。

他正要走進教室，一個男生從後門走出來，對著他喊：「華佑惟，你的書包在我這裡。」

「啊，謝了！」華佑惟停下腳步，揚聲問教室裡的白時凜：「確定不用我們一起留下？」

「沒關係，只是討論校慶活動而已，你們先回去吧。」白時凜說。

「好，那我們先走嘍。」華佑惟往在走廊等著的那群學長姊走去，順帶從那個看似冷淡的男生手中接過書包。

「進來吧。」柯喻宸淡淡地說。

我和紀衛青一前一後走進教室。

「不會耽誤太多時間。」白時凜放下小說，在黑板寫下「心事室」三個字，「這是我們班去年校慶推出的活動，反應熱烈，並且廣受好評，所以今年也會繼續舉辦。」

「『心事室』是什麼？」我提問。

「簡單來說，就像神父的告解室，讓大家進來對著隔了一塊黑布簾的我們，訴說自己無法承受的祕密。負責聆聽顧客心事的人都事先起過毒誓，絕對不會把顧客的祕密洩漏出去。」柯喻宸微微挑眉，「雖然一二年級的教室相隔很遠，但既然我們兩班是直屬關係，還是希望兩邊的活動能相互哄抬人氣。」

「也就是說，不論你們班選擇辦什麼樣的活動，我們兩邊都要發放對方的傳單與優惠券。」白時凜解釋。

「舉例來說，假使你們班選擇經營咖啡廳，去咖啡廳消費的顧客便可以拿到心事室的優先入場券，心事室的顧客則可以拿到咖啡廳的折價券。」

柯喻宸與白時凜一搭一唱講解完畢，十分有默契。

「好，沒問題。」紀衛青點頭，我也跟著點頭。

「那學長姊有建議做什麼比較好嗎？」我問。

「隨便，什麼都可以，決定好再跟我們說。」柯喻宸背起書包，目光在紀衛青身上打轉，下一秒她說：「你考慮過進娛樂圈嗎？」

我差點大笑出聲，但馬上想到這裡是綠茵，什麼事都有可能發生，柯喻宸家裡也許經營演藝相關事業，才會有如此一問。

「沒有，況且我的背景學姊也不是不清楚，就算我有意願，也很難做出成績吧。」紀衛青好像很擅長應付這種問題。

只見柯喻宸輕笑一聲，「你以爲娛樂圈是什麼？」

紀衛青聳聳肩，沒表示意見。

「好吧，不勉強。」她朝白時凜點點頭，「那就散了吧，有任何決定都要記得告訴我們。」

「嗯。學長姊再見。」我恭敬地說完，和紀衛青一起離開教室。一直到走出二年級教室所在的那棟大樓，我才忍不住大笑。

「她找你當明星耶！」

紀衛青瞪了我一眼，「我一點也不想。」

「那你想做什麼？」我轉動眼珠，故意說道：「繼承家裡的黑幫？現在黑幫裡的頭頭還是被稱爲老大嗎？業務範圍包括哪些？」

「我和我老爸的事業一點關係也沒有。」他音量驟然變大。

「好吧，是開這種玩笑的我不好。」想想也是，如果他眞的有意繼承家裡的黑幫事業，又怎麼會在居酒屋打工？或者那間店也是受他們家保護的地盤之一？

「無所謂。」雖然他這麼說，表情卻很凝重。

見狀，我伸手用力往他的背一拍，紀衛青瞠目結舌地轉頭看我，「妳幹什麼？」

「不覺得綠茵很美嗎？」

「蛤？」

我張開雙手，「這裡這麼漂亮，我從來沒想過自己居然可以在這樣的學校念書，認識你們這群天之驕子。既然有幸身在此處，又何必愁眉苦臉？」

「妳是因爲成績好，所以才能入學，對吧？妳怎麼可能懂我們這種……」他沒有繼續往下說。

我雙手叉腰，把他沒說出口的話說完：「官富二代的壓力嗎？你是要說雖然你家裡是黑道，但也有壓力對吧？」

「你們一般人怎麼可能會懂……」他沒掩飾。

「哼，一般人也有一般人的壓力啊！你們既然享受了比一般人更好的資源，當然也要付出相應的代價，這世界是很公平的。」我拍拍他的肩膀，「你想想，有多少人想進來綠茵念書，你光是能每天站在綠茵的校園就要知足了好嗎？你不妨試著閉上眼睛，聽聽看周遭有哪些美好的事情正在發生！」

說完，我閉上眼睛，靜心聆聽，不僅可以聽到悅耳的鳥鳴與蟬叫，更有籃球場上傳來的運球聲響與人群喧鬧聲，校園裡洋溢著一股青春活潑的氣息。

「所以妳聽到什麼？」

紀衛青的聲音離我很近，我不由得張開眼睛，發現他的臉就近在眼前，我頓時一愣，卻沒有躲開。

「妳聽見什麼了？」他又問了一次。

「青……青春……」我囁嚅道。

他笑出聲，抓住我的手腕。

「對我來說，這才是青春。」

然後，他的唇貼上我的。

四周的聲音都不見了。

莫狄

我不知道莫娜是怎麼了，先是一整天都不跟我聯絡，直到放學時間才傳訊息給我，說要晚點回來。

而等她一回到家，就直接衝回房裡關上門，不論我站在房門外怎麼喊，她都沒有回應。

「莫娜，到底怎麼回事啦？」我開始緊張了，「難道今天發生了什麼事嗎？是不是被欺負了？天呀！」

就在我差點哭出來的時候，聽見客廳傳來開門的聲響，媽媽提著三個便當回來了。

「發生什麼事了？鞋子怎麼亂放？」媽媽彎腰整理玄關的鞋子。

我連忙跑到客廳，「媽媽！不好了，莫娜她──」

「我肚子好餓。」莫娜打開房門走出來，已經換下綠茵的制服，長髮用鯊魚夾挽起。

「妳們在搞什麼？」媽媽搖頭苦笑，「好啦，快點來吃飯吧。」

「耶！我最喜歡排骨飯了。」莫娜開心地拍手，拿起便當坐上餐桌，一臉若無其事地看著我問：「莫狄，妳不吃嗎？」

「莫娜，妳剛剛……」我才開口，她便對我使了個眼色，我趕緊住嘴。

我明白的，我們交換身分去上學的事，不能讓媽媽知道。

「快點吃，妳的雞腿飯。」莫娜用筷子敲了敲我的飯盒。

「娜娜，不要這麼沒規矩。」媽媽皺眉。

不管心中有再多疑問，都只能等吃完這頓飯再說。於是我跟著坐下，打開香味四溢的雞腿飯便當。

「媽媽，妳最近工作還好嗎？」我夾起一塊炸雞腿。

「嗯，跟以往差不多。」媽媽將幾絡落下的髮絲勾至耳後。

「媽，妳白頭髮是不是又變多了？」莫娜指著媽的鬢角，「要不要幫妳染頭髮？」

「是嗎？」媽媽輕撫頭髮。

我也看了過去，才猛然驚覺媽蒼老了許多。

「是啊，我等一下幫妳染。」我迅速扒了好幾口飯，想快點吃完。

「別吃那麼急，頭髮什麼時候都可以染。」媽媽幫我們兩個各倒了一杯水，「今天在學校過得怎麼樣？」

「跟平常一樣。」莫娜答得飛快。

「那妳呢，小狄？」

「嗯……跟平常一樣。」我也做出相同的回答。

聞言，媽媽卻放下筷子，神情擔憂，「發生什麼事了嗎，小狄？」

我一時語塞，畢竟我今天根本沒去學校，完全不知道發生了什麼事，莫娜什麼都沒跟我說。

「她今天很累，因爲放學還被學長姊留下來，討論關於校慶的活動事宜。」莫娜開口。

原來今天在學校發生了這樣的事，可是爲什麼之前莫娜不肯告訴我？

「是這樣啊，那還好嗎？」媽媽握住我的手。

「她沒事啦，媽，妳別太擔心，我先去洗澡嘍。」莫娜放下筷子，她居然這麼快就吃完了！

「莫……」我想要叫住她，但她已經飛奔進浴室。

「妳們吵架了嗎？」媽媽瞅了浴室一眼，又看向我。

「沒有，只是莫娜怪怪的，一回來就……」我搖頭止住話，「沒事的，媽，我等一下和莫娜好好聊聊就行了。」

「妳們之間到底怎麼了？」媽媽握著我的手加重了力道。

「沒事啦，就是……」

「不要瞞著我！」媽媽更用力地捏緊我的手，我吃痛喊了聲，她才連忙鬆開，「對、對不起……」

「媽媽，妳怎麼了？」我揉著自己被捏痛的手注視她。

「妳們姊妹倆偶有摩擦也是很理所當然的，是我太緊張了。」媽媽勉強扯動嘴角乾笑，「快吃飯吧。」

我有些茫然，今天是怎麼回事？莫娜和媽媽都怎麼了？

莫娜洗完澡，拿著吹風機來客廳吹頭髮的時候，我正在幫媽媽染頭髮，莫娜說她今天學校有考試所以很累，說話時還差點打翻水杯，行爲舉止很是怪異，我卻一直沒有機會問她究竟發生了什麼事。

媽媽也很奇怪，每次我要離開客廳，便會問我要做什麼，好像怕我離開她的視線一樣，她偶而會這樣心神不寧，但那大多都是……我忽然一愣，想起那個日子又快到了。

「媽媽，沒事的。」我咬著唇，暗自慶幸莫娜此時已經回房，然後拿起遙控器，刻意調大電視的音量。

「小狄，那不是妳的錯。」媽媽輕撫我的臉頰，她身上那股刺鼻的染髮劑味道，在我鼻腔中轉化成另一種氣味。

「那不是妳的錯。」

這句話我已經聽過不下數千次，甚至連莫娜也這麼對我說，但我始終無法原諒自己，無論我怎麼道歉，都永遠彌補不了我犯下的過錯。

「媽媽，沒事的啦，換我去洗澡了。」我指著她塗滿染劑的頭髮，「等我洗完澡，剛好妳也差不多可以沖掉染劑了。」

「小狄，不管有任何事，都一定要跟我說。」在我進去浴室前，媽媽又叮嚀了我一次。

我勉強一笑，胡亂點點頭。

一直到前一兩年，我半夜偶爾還是會被噩夢驚醒，可是我從來不敢與莫娜談起此事。

等我洗好澡，輪到媽媽去洗之後，我來到莫娜的房間，她正躺在床上看漫畫。

「唉。」她一見到我就嘆氣。

「莫娜，我忍了一整晚了，妳該告訴我了吧？」

「我沒什麼可以告訴妳的。」莫娜別過頭。

「妳今天去綠茵發生什麼事了？」

莫娜依舊什麼都不肯說。

我坐到床邊，輕輕搖晃她的手臂，「莫娜，我明天就要去學校了，妳卻不告訴我今天在學校發生什麼事，難道妳明天還要代替我去？」

「不，明天妳自己去！」莫娜馬上回絕。

她這樣的態度更加深了我的好奇心，卻也讓我有些生氣。

「莫娜，妳到底是怎樣啦？那是我的學校耶！」

「對，妳的學校！那妳爲什麼要叫我去？」沒料到莫娜會吼回來，我嚇了一跳。

也許是因爲我縮回了握住她手臂的手，莫娜也察覺到自己口氣不佳，她嘖了聲。

我們久久沒有說話，陷入了僵持。直到我聽見陽台熱水器熄火的聲音，知道媽媽已經洗好澡，我明白無法再談下去，便起身要離開。

「妳還記得李淳安嗎？」莫娜忽然開口，提起這個好久不見的人。

「嗯，我們的國小同學。」我怎麼可能忘記他。

「不論再怎麼相像，我們終究是不同的個體。那個時候，李淳安總能輕易分辨出我們誰是誰。」

「莫娜，妳的意思是班上同學看出了妳不是我？」

莫娜搖頭，「不是，我只是突然想到李淳安。」

媽媽從浴室走出來，過沒多久，便來到莫娜的房門口，「在做什麼呢？」

「媽，我要睡了，晚安。」莫娜說完，往床上一躺，用棉被緊緊裹住自己。

「晚安，娜娜。」媽媽輕聲道，然後對我說：「小狄，還不出來？」

「……晚安，莫娜。」我幫莫娜帶上門，跟媽媽道了聲晚安後，準備回房，她看著我的表情十分複雜。

一走進房間，就見到莫娜已經把綠茵的制服摺好並放在我的床上，我輕輕嘆了口氣，拿起擺在書桌上的行事曆，那個日子就快到了。

隔天一早，我換上制服，打算去莫娜房裡看看她心情好點沒，是否願意和我談談昨天在學校的經歷。

不料莫娜的房裡卻空無一人，這令我感到非常擔憂。昨天在學校到底發生了什麼？她寧願這樣躲我，也不肯告訴我。

「怎麼了？快去吃早餐呀。」媽媽從廚房探出頭。

「媽媽，妳有看見莫娜嗎？」

媽媽愣了下，「娜娜？她不在嗎？」

「她好像已經出門了。」

我正想去玄關查看莫娜常穿的那雙外出鞋還在不在，媽媽就搶先一步跑過去打開鞋櫃，「嗯，她應該真的出去了……妳和娜娜還沒和好？」

「但我們也沒有吵架啊……」我低聲說。

我很快又要自己打起精神，坐到餐桌吃早餐，媽媽時常要上夜班，我很難得吃到她準備的早餐。

「媽媽，妳是幾點準備早餐的？」

「咦？」媽媽愣住，「怎、怎麼了嗎？」

我瞄向一旁那份屬於莫娜的早餐，莫娜一口都沒動。

「我想知道莫娜是幾點出門的。」

「我六點起床的時候，就沒見到娜娜了。」媽媽已經吃完早餐，開始著手收拾餐盤，「不過也有可能是，她在我沒注意的時候離開家裡。」

「可是以莫娜的個性，她一定會跟媽媽打招呼啊，而且六點耶，她那麼早去學校做什麼！」我有些懊惱。

「妳要吃娜娜的那一份嗎？」媽媽問我。

「我怎麼可能吃得完。」我笑了一聲，喝完鮮奶，把最後一口吐司塞進嘴裡後，拿起書包準備出門。

「小狄！」媽媽快步走到玄關，「有任何狀況都要跟我說，知道嗎？」

我的心猛地一顫，「媽媽，沒事的，別擔心。」

她露出苦笑，對我說了句「路上小心」，目送我離開。

時間已經過去三年了，直到現在，我與莫娜都不曾提起過那一天。

也許今年可以試著跟她聊聊那件事，但我內心總覺得那是一個不該被碰觸的話題，或許是因爲我始終心懷歉疚吧。

快到學校的時候，我遠遠便瞧見周映微走在前面，於是趕緊小跑步追上她，對她說：「早安！」

她先是一愣，隨即有些酸溜溜地開口：「妳今天想理我了呀？」

「咦？」

「昨天是怎麼了？妳爲什麼要躲我？」周映微噘起嘴，老大不高興地瞅著我。

「昨天我有點不舒服，對不起。」我捏緊書包背帶。

莫娜，妳做了什麼呀？我不是說過，周映微是我很聊得來的朋友嗎？

「我還以爲妳和田沐菜同流合污了。」她哼了一聲，逕自往前走。

「田沐菜？」怎麼突然冒出一個意料之外的名字？

「昨天我看到妳們在說話，還一副有說有笑的樣子。」周映微音量稍微變大，「而且妳還和紀衛青一起成爲校慶代表，昨天的妳一點都不像妳！」

「什麼？我和紀衛青？校慶代表？」我整個人僵在原地，這麼重要的事莫娜居然一個字也沒提！

「妳現在是在裝傻，還是忽然罹患失憶症了？」周映微皺眉，「我很討厭女生裝可愛和裝傻。」

「我沒有，我……我昨天不太舒服，行爲有些反常，對不起。」我討好地挽住她的手臂，周映微噘起的嘴才慢慢放平，轉而勾起。

「好吧，那就原諒妳。」她也親暱地挽著我的手，「不要跟田沐菒靠太近，她一看就不是什麼好女孩。」

想起田沐菒過短的制服裙、晒黑的皮膚、耳朵上的耳環和叛逆的刺青，我深有同感地點點頭，「確實，她外表看起來有點亂。」

「我還以爲妳不是那種會在別人背後說閒話的女孩。」

田沐菒的聲音忽地從背後傳來，把我和周映微嚇了好大一跳，我們像觸電似地從彼此身上彈開。

田沐菒兩腳站成三七步，似笑非笑地看著我，「莫狄，原來妳其實是牆頭草啊？」

「我……」我嚇得什麼話都說不出來，和周映微一起瑟瑟發抖。

「像妳們這樣表面上甜美無害，私底下卻又是另一種模樣的人才最可怕，妳們的嘴可以殺人，知道嗎？」

說完，田沐菒硬是從我和周映微中間走過，還用力撞了下我們的肩膀，周映微差點跌倒，我趕緊扶住她。

田沐菜好像在生氣，她爲什麼會這麼說我？莫娜昨天到底做了什麼好事！

「她好可怕。」周映微眼眶發紅，「綠茵的學生不是應該要品學兼優嗎？爲什麼我們班的同學都這麼可怕？」

「我也不知道……」

我們兩個刻意和田沐菜拉開一段很長的距離，等她進教室很久之後，才躡手躡腳地走進去。

「莫狄。」

我剛坐下，原本不在座位上的紀衛青不知道從哪裡冒出來，突然來到我桌子旁邊。

「我要跟妳談談昨天的事。」

話一說完，他轉身走出教室，這意思是要我跟過去嗎？但是我不想啊。

「他要跟妳談什麼事？」周映微神情緊張，小聲問。

我用力搖頭，我也不知道啊！

「啊，會不會跟昨天你們去找學長姊這件事有關？」

「找學長姊？」難道是去討論校慶的活動嗎？

我立刻找出手機傳訊息問莫娜，然而莫娜連讀都不讀。

「莫狄！」紀衛青站在後門喊我，全班齊齊看了過來，我趕緊低著頭跑出去。

一路上我非常忐忑不安，回想自己是不是有哪裡得罪他了，或者應該說，莫娜是哪裡得罪了他，而我又要如何解釋？

他帶我走到綠茵草原旁的小花園，然後找了張長椅坐下，瞥了我一眼，似乎要我也一起坐下。我不敢跟他坐在一塊，只是畏畏縮縮地站在一旁。

「昨天那件事……」他停頓了許久，遲遲沒有把話說完。

這令我覺得更加緊張，我想快點結束這場談話，免得再繼續與他單獨相處。

「是有關校慶的事嗎？」所以我試探地開口。

「校慶？」紀衛青看起來很訝異，「妳在轉移話題嗎？」

說錯話了嗎？不然會是什麼事？

「如果我昨天有做出什麼不好的事……我先向你道歉……」先道歉就對了，快點讓我回去！

「道歉？妳拐著彎要我道歉嗎？」不知道爲什麼，我的道歉反而激起他的怒火，「我不會道歉，也不需要道歉。」

「對、對不起……」我被他忽然拔高的音量嚇到，情不自禁瑟縮了下，連聲音都帶上一絲哭腔。

「現在又變成我欺負妳了？」紀衛青站起來走向我，我嚇得往後倒退，他不可置信地瞪大眼睛，聲音一下子變得冰冷，「我想過妳可能會有的千百種反應，卻沒想到會是這種，妳現在是怎樣？」

「我、我不是向你道歉了嗎？」我雙手摀住耳朵，眼淚掉了出來，莫娜到底做了什麼，把紀衛青惹毛了啦！

「好啊，莫狄，隨便妳！」紀衛青撇下這句話，轉身離開。

我雙腿一軟，跪坐在地上，花了好一段時間才找回力氣重新站起，我做夢都沒想過自己有一天會和紀衛青這樣的不良少年說話，還有田沐棻也是，他們兩個是我完全不會接近，也不想去接近的類型。

我戰戰兢兢地緩步走回教室，第一堂課已經開始，我猶豫再三，才緊張地輕輕說了聲：「對不起……」

正在黑板上寫字的藍老師注意到我，「莫狄，怎麼遲到了？」

「對不起，我不是故意的……」我低頭看著自己的鞋子，手背在背後，除了道歉，不知道還能做些什麼。

彷彿聽到藍老師的嘆氣聲，我更羞愧了，我居然讓老師失望了。

「回座吧。」藍老師不慍不火地說。

我趕緊逃回自己的座位，整堂課都低垂著頭，誰也不敢看。

下午第一堂是游泳課，做完伸展操後，我和周映微披著浴巾，坐在游泳池畔的看台，不敢下水。

「都已經高中了，不覺得這樣很尷尬嗎？」周映微小聲說，眼睛和其他人一樣，盯著個子高䠷、身材又好的田沐棻。

「是有一點。」我連忙用浴巾將自己包得更緊。

「不要只是坐在看台上，每個人都要下水。」穿著泳褲的藍老師吹了聲哨子，指揮那些尚未下水的學生，包括我和周映微。

「老師，我們現在正值尷尬的青春期，哪有還上游泳課的啦！」丁妍羚穿著運動服，連泳衣都沒換上。

「少裝可愛了好嗎？」田沐菒忍不住吐槽。

「妳這搶人男友的賤女人沒資格跟我說話。」丁妍羚冷哼。

田沐菒沒理她，縱身跳入泳池，姿態優美。

「欸欸，泳池不能用跳的！」藍老師斥道，然後對丁妍羚說：「我收到通知，妳不用上游泳課，所以這堂課妳不需要待在這裡，可以去圖書館或其他地方。」

「我就是想過來。」丁妍羚蠻橫地說，目光依舊看向泳池。

藍老師不再勸她，扭頭對看台上的我們拍了兩下手，揚聲說：「好了，所有人快點下去泳池。」

周映微見不能再迴避，只得脫下浴巾，問我：「妳會游泳嗎？」

「我會。」我也脫下浴巾，把浴巾疊好之後留在看台，跟在周映微後頭進入泳池。

池水很冰涼，激得我全身都起了雞皮疙瘩。

不知怎地，我陷入一陣恍惚，不僅嗅聞到海水的鹹味，耳邊還聽到浪潮聲。

遠方忽然傳來女孩淒厲的尖叫，我知道那是幻覺，為了逃避那尖叫，我闔上雙眼，整個人沒入水中，希望所有聲音都能遠去，不再干擾我，也不再影響我。

不知過了多久，感覺有人在搖晃我的肩膀，我睜開眼睛，看見周映微抿著嘴，氣泡自她的鼻子冒出，她用力將我拉出水面。

「妳怎麼了？」一浮出水面，她立刻問我。

「我、我沒事啊。」我有些茫然地環顧周遭，沒有發現任何異狀。

「妳潛在水裡好久，至少有兩分鐘吧，我以為妳出事了！」周映微本就白皙的面容顯得更蒼白了。

「我沒事。抱歉，害妳擔心了。」我用手抹去臉上的水，戴上蛙鏡，「我水性很好。」

接著我深吸一口氣，踢腳往前游去。

游泳，是我最為自豪的一件事。

靈巧地閃過幾個停在泳池中央的同學，我幾乎沒有換氣，很快抵達泳池的另一頭，指尖碰到牆壁後，在水中翻轉過身，雙腳朝牆面一蹬，迅速游回周映微身邊。

當我從水中站直身體時，發現全班都看著我，然後一陣熱烈的掌聲響起。

藍老師目瞪口呆地站在泳池畔，「莫狄，一百公尺妳只游了一分多鐘。」

「這樣很快嗎？」我不習慣被那麼多人注視，輕咬下唇，將自己縮在泳池角落。

「超級快的好嘛！」站在另一個水道的熊益君大喊。

「超強的欸，我記得紀衛青也游得很快，紀衛青人呢？過來跟她比一下！」畢元石接著說。

大家開始起鬨，要紀衛青跟我比賽。我愈發不自在，再次縮了縮身體，恨不得整個人沉進水中。

「老師，紀衛青人不舒服，去保健室了。」田沐菉舉手報告紀衛青的行蹤。

聞言，我忍不住鬆了一口氣。

「不舒服啊……蹺課的藉口吧？」藍老師說。

田沐菉沒否認藍老師的猜測，只是聳聳肩，「好歹他這次願意想個藉口。」

藍老師看向我，「莫狄，下課之後把碼錶送回我辦公室。」

「喔……」我低聲應下。

他朝我一笑，沒再說話。

過了好一會兒，大家的注意力終於不再落在我身上，我覺得輕鬆多了。

「妳好厲害，怎麼可以游得那麼快，就像美人魚一樣。」

類似的話周映微重複對我說了好多遍，直到我們都換下泳衣、走出更衣間，她依然在問我游泳有什麼訣竅。

「我們……」我頓了頓，改口道：「我小時候學過游泳，可能是因爲這樣，所以游得比較好吧。除了游泳，其他事情我都不太行。」

「怎麼可能，如果妳眞的什麼都不行，怎麼考得上綠茵？」周映微牽起我的手，「剛才妳引起全班注意的那個瞬間，我好緊張。」

「緊張什麼？」我拿起裝著碼錶的袋子，和她一同前往藍老師的辦公室。

「就是……我覺得我們兩個是同一類人。」周映微將我的手抓得更緊，「所以我才會跟妳當好朋友。」

我微微扯動嘴角，「是啊，我們兩個很像。」

安安靜靜的，做好自己分內的事情就好；聽老師的話、聽父母的話，不引人注意也不招人討厭，當個平凡得讓老師畢業後就不會記得的學生就好。

「所、所以妳不要再這樣了。」周映微說，拉著我的手加重了力道。

我不明所以地看著她。

「不要再跟剛才一樣，做出引人注意的事。我也不喜歡妳和紀衛青那樣引人注意的人一起當校慶代表，可是沒辦法……」

「我也不想和他一起當校慶代表……」我停下腳步，藍老師的辦公室已經到了，不過門是關著的。

「如果有任何需要幫忙的地方，一定要跟我說。」周映微露出可愛的微笑，伸手替我敲門。

「請進。」藍老師的聲音響起。

周映微打開門，「老師，我們把碼錶送回來了。」

「放在那邊桌上就好。」藍老師朝沙發前的小桌子一指，「周映微，妳可以幫我把這疊考卷先拿回教室嗎？」

「好。」周映微抱起擺在小桌子上的考卷。

我想幫忙，藍老師卻說：「莫狄，妳留下。」

我與周映微面面相覷，她給了我一個寫滿疑惑的眼神，抱著那疊考卷離開。

「把門關上。」藍老師吩咐我。

可是……綠茵每個老師都擁有一間屬於自己的辦公室，大多數的老師都會將門敞開，尤其是與學生單獨共處一室的時候，為了要避嫌。

我、我不想關門，但這樣擺明了就是不遵從老師的指令，我陷入兩難。

「昨天妳倒是很乾脆就把門關上了。」藍老師忽然說。

我心裡一驚，莫娜昨天也來過藍老師的辦公室，為什麼？

因為不想讓藍老師起疑，我只好硬著頭皮關上門，「請問藍老師找我有什麼事？」

「今天不是姊姊啦？」

我摀住嘴，訝異地看向藍老師，他怎麼……莫娜連這都說了？

「所以入學的確實是莫狄，但偶而莫娜會用妳的身分來學校？」

藍老師接下來說的話更是令我驚慌不已，他甚至知道莫娜的名字。

「我、我……」

「莫狄和莫娜，長相一樣，個性卻很不一樣。」藍老師好整以暇地雙手抱胸，目光充滿好奇，「所以明天會是誰過來上學？」

「對不起，老師，我不是故意的，我、我……」我急得都快哭出來了。

藍老師抬起一隻手制止我說下去，「妳很喜歡道歉呢，莫狄。」

「咦？」

「我找妳過來，並不是要妳向我道歉，也沒打算制止妳們姊妹這個無傷大雅的小遊戲。」藍老師饒富興味地望著我，「妳們可以繼續交換身分沒有關係，不要影響到成績就好。」

「咦？」他的意思是？

「雙胞胎交換身分去彼此的學校，這可不是每個人都能擁有的經驗，如果我是雙胞胎，也會熱衷於這樣的遊戲。」他擺擺手，似乎是在表示我可以離開了。

「謝、謝謝老師。」即便內心充滿疑問，我卻連一句話都問不出口，勉強擠出這句話之後，打開門走出辦公室。

「妳到底做了些什麼！」

我發了這則訊息給莫娜，也不知道她是真的沒注意到或是故意，完全不讀。於是我跑到穿堂旁的小花園，直接打電話給莫娜，但她就是不接。

從早上到現在，除了田沐棻、周映微、紀衛青以及剛才的藍老師外，到底還有什麼事情是我不知道的？

「學妹，妳是莫狄對吧？」一個瘦高的眼鏡男孩迎面走來，他短短的一句話透露出一個大重點——又是一件我不知情的事！莫娜昨天應該也和這個學長有過互動。

「學長好。」我趕緊站直身體。

只見學長歪了歪頭，「跟昨天的態度不太一樣啊……算了，結果你們想好了嗎？」

想好？想好什麼？

昨天……啊，對方應該是找莫娜和紀衛青過去討論校慶活動的學長，這是最有可能的選項。

「那個……我們還沒開始討論。」我照實說。

「這樣啊……你們最好快點討論，一有結果就馬上通知我們，這樣她才可以早點做好優惠券。」他下巴朝旁邊一抬，我這才注意到那邊的長椅上還坐了另一個人。

「不要又把事情推給我好嗎？」一頭長捲髮的學姊站起來，沒多看我一眼便往另一個方向走。

「等一下，喂。」學長朝那位學姊喊，也追在她身後走了。

希望不要再出現其他我根本就不認識的人了。

莫娜

我不是沒看見莫狄的訊息，只是我需要好好思考一下。

不過更令我驚訝的是，那封蔚藍海岸寄過來的mail。

From 蔚藍海岸
妳妹的學校，不會是綠茵吧？
我也在綠茵。

莫狄

走回一年五班的教室時，我注意到周映微坐在位子上有些不知所措，而紀衛青站在講台上，身後的黑板寫著「校慶」兩個大字。

「莫狄，過來。」紀衛青冷聲喚我過去。

周映微一見到我，稍微鬆了口氣，對我比了個加油的手勢。

我默默走上講台，儘量往邊邊站，紀衛青瞥了我一眼，朝台下問：「大家對校慶活動有什麼想法嗎？」

全班沒有人發表意見，紀衛青直接點名：「田沐棻，說一個。」

「咖啡廳。」她兩手一攤。

「妳就這麼想穿女僕裝向男人賣弄風騷嗎？」丁妍羚轉頭瞅著她。

田沐棻不屑地笑了下，「丁妍羚，妳是要找我碴多久，我也會膩的好嗎？」

「我不是找碴，只是實話實說！」

眼看丁妍羚又要站起來與田沐棻對嗆，紀衛青用力拍了一下講桌，成功拉回大家的注意力。

「安靜！先解決校慶活動的討論。」他側頭，不甚友善地對我說：「寫下來啊，發什麼呆？」

我趕緊拿起粉筆，在黑板上寫下「咖啡廳」三個字。

「演戲呢？」丁妍羚說話前還不忘斜覷田沐棻一眼，「讓一些乖女孩扮演壞女孩，壞女孩扮演乖女孩。」

「那要演什麼戲碼？白雪公主？」畢元石大笑，完全沒有發現丁妍羚只是在出言暗損田沐棻。

「這個提議不錯，別班應該大多都是在賣吃的，我們也許可以提供一個讓大家吃東西或休息的地方，然後找幾個人在台上演戲給他們看，收取門票。」熊益君拳頭擊在手掌心。

「你又不是什麼明星或是帥哥，誰要看你演戲啊！」熊益君的提議馬上被畢元石打槍，班上其他同學也紛紛表示不看好這個提案。

「如果是體驗……」

「妳說什麼？」紀衛青轉過頭看我，我才意識到自己竟然把心裡的想法說出來了。

「沒、沒什麼。」我連忙搖頭。

但紀衛青卻不肯放過我，他瞇起眼睛，一副等我把話說完，否則絕不會罷休的樣子。

我注意到全班的目光都落在我身上，被注視的感覺猶如芒刺在背，我一手緊揪著裙襬，另一手捏緊粉筆。

「就是……校慶那天，一向會有很多校外人士慕名前來參觀，他們都對綠茵充滿好奇，如果能讓他們有機會體驗或貼近綠茵學生的生活……或許會是個不錯的商機……」

「體驗或貼近綠茵學生的生活？」紀衛青把我的話重複一遍。

「類似……」我頭垂得更低，音量也愈來愈小，「心得分享……」

「像是小型分享會之類的活動吧，我懂，我們家很常辦這種交流會！」畢元石興奮地站起身，侃侃而談舉辦小型分享會的目的，以及交流後爲彼此帶來的效益。

他把我沒能順暢說出口的想法完整說出來了。一般人本來就對所謂的官富二代很感興趣，如果能讓那些出身富貴、家世顯赫的同學擔任講者，應該可以吸引不少人。對那些人來說，參加這樣的交流會不僅可以滿足八卦的欲望，更可以藉機認識權貴，拓展人脈。

「那沒有特殊背景的人可以做什麼？」有人舉手發問。

「可以分享身爲家世普通的一般人，是如何考上綠茵的。」田沐棻大笑，拍拍胸口，「這個可以交給我，我家只是賣甜甜圈的，卻能擠進綠茵，因爲我成績很好，也曾多次在校際比賽獲獎。」

原來田沐菉家裡是賣甜甜圈的，我以爲她也是企業家二代之類的。

「莫狄，發什麼呆？」紀衛青又喚了我的名字，但這次聲音溫柔許多，「寫上去啊。」

我覺得手心有些濕滑，幾乎捏不住粉筆，依言在黑板寫下這個提案。

經過一番熱烈的討論，最後決定將兩個提案結合，用誇張的戲劇方式去詮釋各個同學家中的情況，劇本則由幾個擅長寫作的同學負責撰寫，田沐菉還主動提議可以由她家提供甜甜圈和飲料。

藍老師似乎挺滿意這個提案，大方地把一堂國文課的時間空出來讓我們討論，於是很快地，校慶活動便有了大致雛形。紀衛青要我放學和他一起去向學長姊報告，儘管心中百般不願，我還是只能應下。

當我們去到二年五班的教室時，裡頭只有零星幾個人。

「妳有看見他們嗎？」紀衛青問我，可是我根本不知道我們要找的學長姊長怎樣，所以只是傻傻地搖頭。

「你們是昨天過來找白時凜和柯喻宸的那兩個學弟學妹。」坐在位子上玩手機的學長聽見我們的對話，抬起頭對我們說。

「學長好。」紀衛青禮貌地問候對方，我也跟著喊了聲「學長」。

「怎麼了？決定好校慶要做什麼了嗎？」那位學長看起來很親切，他放下手機，招手要我們過去。

我和紀衛青一同走到那位學長的座位旁邊。

「是，我們寫了一份簡單的說明，再麻煩交給柯喻宸學姊。」紀衛青把幾張用釘書機釘起來的紙遞過去。

我完全不知道紀衛青是何時寫好這樣的東西，頓時覺得自己很失職。

「好，我會轉交給她。」學長低頭讀著那份說明，「不錯啊，挺有趣的。」

紀衛青十分得意地朝我一笑，又問學長：「你是華佑惟學長對吧？」

「喔，你知道我？」華佑惟學長雖然笑著，那笑容卻只像是出於客套。

「聽說去年學長班上推出的『心事室』獲得空前成功，所以稍微調查了一下，打聽到原來是出自於華佑惟學長的提議。」

華佑惟學長歪歪頭，「不是我提議的，我只是擔任其中一位心事員。」

「那就很厲害了！」紀衛青像個孩子似地眼神閃亮，這倒是令我有些訝異，沒想到他也會有這樣的表情。

「謝謝你的讚美。」華佑惟學長看了我一眼，微微皺眉，「校慶那天，如果你們兩個要來『心事室』，就不收費了。」

「爲什麼？」我問。

「這是工作人員給予的特別優待。」華佑惟學長對我笑了笑，又低頭繼續玩手機，似乎沒打算與我們再多談。

我和紀衛青識趣離開，往學校大門走去。

一路上紀衛青都默不作聲地走在前面，我原本想讓他先走，想避開結伴同行的尷尬，於是故意放慢腳步，不料他卻像是察覺到我的意圖一樣，刻意配合我的步伐，使得我終究沒能拉遠與他之間的距離。

「妳到底是怎樣？」他突然停下腳步。

「咦？」我也嚇得停下來。

「妳是人格分裂嗎？昨天的妳可不是這種個性！」他轉過頭看我，表情很是氣惱，「妳難道沒有想對我說些什麼嗎？」

「我、我……」

紀衛青見我欲言又止，好像更生氣了，他筆直朝我走來，拉住我的手腕。

「呀！」我驚叫一聲。

「妳叫什麼叫！」紀衛青的神情更不爽了，他抬高另一隻手，我以為他要打我，連忙舉起沒被束縛的那隻手護住臉。

「夠了。」

一股力量將我往後扯。

我扭頭一看，只見藍老師站在一旁。

「你又要做什麼？」紀衛青滿臉不悅，就像開學第一天那樣，對藍老師充滿敵意。

「你沒看到莫狄很害怕嗎？」藍老師露出一貫的微笑，這時我才意識到他正抓著我的手。

「放開她。」同樣抓著我的紀衛青說。

藍老師聳肩，將我的手鬆開，「放學就快點回家吧，莫狄，妳來我辦公室一趟。」

「現在已經放學了，老師。」紀衛青刻意加重了「老師」二字。

「但這裡還是學校。」藍老師則用腳尖點了兩下地面，對我使了個眼色，接著轉身就走。

「我、我去找老師。」我明白藍老師這是在幫我解圍，於是趕緊掙開紀衛青的手，「對不起。」

說完，我像是逃命般快步跟上藍老師。

我沒有回頭，自然也不知道紀衛青是什麼反應。

直到跟著藍老師來到樓梯間，他才停下腳步旋身問：「所以妳也不清楚莫娜和他發生什麼事情嘍？」

我用力搖頭，「莫娜什麼都沒跟我說。」

「嘖，既然要交換身分，好歹也完整交換情報啊！」藍老師聳肩一笑，「我想紀衛青應該走了，看妳是要回家，還是要在學校繞一繞再走，自己路上小心。」

「好，謝謝老師。」

「不用客氣，明天見。」藍老師擺擺手，逕自走上樓梯。

而我走到走廊的另一邊，望向校門，確定附近沒有紀衛青的身影，才飛快衝下樓梯回家。

莫娜

好吧，這的確是我不對，我不應該什麼都沒告訴莫狄，就這樣把問題都推給她。

但是我眞的心中一片混亂啊，我可是第一次被……被親欸！那個王八蛋紀衛青，他是在發春喔！

我在心裡向莫狄道歉一百萬次了，不過讓她一無所知地去面對紀衛青，確實是我當時所能想到的最好辦法。

然而現在仔細想想，我的做法確實太不負責任了，先別管紀衛青是吃錯什麼藥，要是他單純只是一個親嘴魔人，連莫狄也被染指了該怎麼辦？

所以我必須站出來解決這件事才行。

於是我提早到居酒屋門口等待，想趁紀衛青上班前跟他好好談一談，結果居酒屋的拉門忽然被打開，嚇了我好大一跳。

「欸？妹妹，妳怎麼在這裡？還要再過一會兒才到營業時間喔。」

定睛一看，原來是王大哥，他穿著一件時髦的白色上衣，頭髮也梳得閃亮有型，跟平常穿著廚師制服待在廚房烤肉的模樣很不一樣。

「我來找衛青，他還沒來上班嗎？」

「他說今天要跟學長姊開會什麼的，會晚一點到，妳進來等他吧。」王大哥笑嘻嘻地側身讓出一條路。

恭敬不如從命，那就打擾了。

由於尚未開始營業，裡頭的燈並沒有全開，也很安靜，和平時店裡熱絡的氣氛大相逕庭。

「王大哥，有什麼需要幫忙的嗎？」

「妳坐著等就好了。」王大哥把倒扣在桌上的椅子搬下來。

「反正在這裡等也是閒著，就讓我幫忙做點事情吧。」我朝王大哥眨眨眼，「下次算我便宜點就好。」

「妳倒是很會精打細算呀！」王大哥拿我沒辦法，便分派了幾件小事給我做，而他則去準備食材。

「妳不是衛青班上的同學嗎？」

「是呀。」我妹妹是。

「他和藍官蔚還好吧？」

聞言，我手上動作不由得一停。

藍官蔚和紀衛青之間果然有些什麼，王大哥看樣子也知情，我得小心回話，以免王大哥發現我什麼都不知道，就不說了。

「跟以前差不多，關係很差。」我轉動眼珠，稍微回想一下他們的互動，「衛青對藍官蔚說話老是帶刺，可是藍官蔚不太在乎。」

「這是當然啦，官蔚大他那麼多歲……」

「刷」地一聲，拉門再次被打開，穿著綠茵制服的紀衛青本來一副懶洋洋的樣子，見到我時卻猛地瞪大眼睛，他迅速回頭往門外望去，才又看向我。

「妳怎麼在這裡？」

我聳聳肩，「來找你的。」

「衛青，妹妹可是幫你做了不少事喔。」王大哥從吧台探出頭。

紀衛青把書包放到旁邊的桌上，環顧店內後，視線又兜回我身上，「妳不是被藍官蔚叫走了？怎麼還比我早到店裡？」

什麼，莫狄被藍官蔚叫走了？

不能告訴紀衛青我和莫狄是雙胞胎，我腦袋轉得飛快，思索有沒有什麼說法可以瞞混過關，瞥見他手上提著一個書局的提袋，我立刻說：「是因爲你中途去買東西吧，藍官蔚沒跟我講什麼，很快就放我離開了。」

「藍官蔚？」他眼中浮現疑惑，「妳叫他藍官蔚？」

「唉唷，都出學校了，隨便啦！」我乾笑兩聲，「王大哥，我跟衛青說幾句話就走，把他借給我幾分鐘可以嗎？」

王大哥露出曖昧的表情，隨即擺擺手，示意我和紀衛青出去說。

「走。」我拍拍紀衛青的肩膀，然後拉開門，「我們談談。」

「妳現在願意談啦？」他不可一世地笑著，似乎很得意。

哎呀，他果然找過莫狄了，那今晚我勢必得好好跟莫狄解釋了。

從居酒屋出去，再走過兩條巷子，就是一座小型的社區公園。我和紀衛青來到公園，我逕自找了張咖啡杯造型的座椅坐下。

「我就開門見山直接說了，衛青哥哥，你昨天是什麼意思啊？」我用手托著下巴，百無聊賴地瞅著他。

「莫狄，妳老實說，妳是不是人格分裂？」他挑眉。

我聳聳肩，「就當作是吧，所以你為什麼要……」

靠，我講不出那個字！

「吻妳嗎？」

喔，老天，我雞皮疙瘩都起來了！

「大哥，請用『親』這個字，嚴格說起來，我現在打你一巴掌都不為過。」

他無賴地把臉靠向我，「我是不在意，但妳現在才要打我一巴掌，不嫌晚嗎？」

對他所認知的「莫狄」來說，是晚了，不過他親的可是莫娜我本人啊，我現在打他一點也不晚。

只是見他那副不閃不避的模樣，一雙清澈的眼睛直勾勾地望著我，不知怎地，我忽然打不下去了。

「就當被狗咬了一口。」我下了個結論。

「妳說我是狗？」他不是很滿意我的說法。

「嗯，牧羊犬那種高貴的狗，可以了吧？」我輕咬下唇，卻無端憶起昨天他嘴唇的觸感，頓時又令我覺得一陣燥熱與不爽，「算了，我還是打你一巴掌好了。」

然後我伸手就要往他臉頰摑去，但他及時抓住我的手腕，眼神滿是不解，「莫狄，妳是我遇過最奇怪的女人了。」

「你可別又想亂來。」我趕緊推開他，這個男的實在太危險了，「你要親嘴，不會找你女朋友喔？」

「我沒有女朋友。」他鬆開我的手，往後退開一步。

「我也不是你女朋友，所以別再動手動腳，還有，在學校也別跟我說話。」我不忘補充這點，以免莫狄難做人。

「我知道妳不是我女友好嗎？」

他理所當然的態度讓我不是很高興。

「知道我不是你女朋友，爲什麼還要親我？」

「只是一個吻而已，隨便跟誰都能做吧？」

他居然這麼說！

我是聽到了什麼外星話？

「什麼叫『隨便跟誰都能做』，你是變態嗎？」

他沒有接話，我原想再多罵他幾句，卻發現他視線落向遠方，像是突然陷入沉思，整個人心不在焉。

見狀，我只能先壓下自己即將爆發的脾氣，細想那句聽似很渣的回應，是否有我沒察覺到的苦衷……嗯，渣話就是渣話啊！

「那你隨便對別人做去吧，就是別對我這麼做。」於是我說。

「我也不是對誰都能做。」紀衛青又說了句有悖他之前所言的話，「我要回店裡了。」

「欸，你和藍官蔚到底有什麼關係？」

「我和他沒有關係。」

又來了，只要提到藍官蔚，他就會變得像刺蝟一樣，好像多問一句，他就要拿身上的刺扎你。

「妳有空八卦，不如好好想一想怎樣可以讓校慶活動更圓滿。」

那已經不關我的事了。

但我還是口頭上答應，目送他離開。

這樣應該算是解決紀衛青這邊的事了吧？

我拿出手機，眞正讓我在意的是另一件事。

From 蔚藍海岸

妳妹的學校，不會是綠茵吧？

我也在綠茵。

蔚藍海岸居然也在綠茵！

他是誰？而且爲什麼他會猜到莫狄在綠茵就讀？

我遲疑了很久，考慮該怎麼回覆這封信。

算了，一不做二不休！直搗問題核心一向是我做事的風格。

From 莫那魯道

爲什麼你會知道？你是誰？

沒想到這次蔚藍海岸回覆的速度超快。

From 蔚藍海岸

妳明天來綠茵，我就告訴妳。

看來我和綠茵的緣分還沒有結束，回家勢必得和莫狄商量一番了。

一踏進家門，果不其然，莫狄正一臉不高興地站在客廳等我。

「去哪裡了？」她雙手環胸，兩腳打開與肩同寬。從小到大，她只要不高興就會擺出這樣的姿勢。

「我去解決紀衛青。」

莫狄瞪大雙眼，「妳還解決什麼呀！妳和紀衛青之間到底發生什麼事？他一整天都對我很凶！」

「怎樣個凶法？」我走進廚房倒水，一想到要向莫狄全盤托出事實，我就口乾舌燥。

莫狄跟在我身後，一起來到廚房，絮絮叨叨地說著她今天一整天發生了哪些事，我對她竟能在一天裡同時惹毛田沐棻和紀衛青感到不可思議。

而當她提到藍官蔚幫她解圍的時候，我不禁停下動作，「藍官蔚主動告訴妳，他知道我的存在？」

「對，為什麼妳要告訴藍老師我們是雙胞胎？」

「我沒告訴他，是他自己看出來的。」我舔了一下嘴唇，「莫狄，藍官蔚的『蔚』，是『蔚藍』的『蔚』嗎？」

莫狄皺眉，「是啊，為什麼妳要問這個問題？」

這世界有這麼小，小到網友能在現實生活中相遇嗎？

我深吸一口氣，莫狄和我明明是心靈相通、無話不說的雙胞胎，怎麼忽然在這麼短的時間內，我這裡就有了這麼多她不知道的事。

「我覺得妳需要坐下。」我拉起莫狄的手，帶著她來到客廳沙發坐好，然後把所有事情都告訴她。

莫狄對於我有一個多年網友感到非常驚訝，並且很氣我隱瞞她這麼久，但她更震驚的是紀衛青居然親了我。

「他、他喜歡妳嗎？」莫狄說完，捂住自己的嘴巴。

「他說他之所以親我，無關喜不喜歡，不過這不是重點，這件事我已經解決了。」我簡單轉述剛才與紀衛青在公園裡的那場談話，讓莫狄又是一陣訝異。

「莫娜，妳這樣我明天怎麼敢去學校啦……」

「妳今天不也去了？」我很不以爲然。

「那不一樣呀，當時我什麼都不知道，可是現在我全知道了！」莫狄眼眶泛淚。

我伸手替她抹去，要她別哭哭啼啼，「那好，明天讓我去。」

「我很想讓妳去，但妳爲什麼明天想去綠茵？」莫狄咬著下唇。

「我要去見蔚藍海岸。」

「他也在綠茵？」莫狄大喊，「天啊，到底還有什麼事是我不知道的？」

「妳都知道得差不多了。」我聳聳肩，微微一笑，「總之，明天讓我去吧。」

「莫娜，妳別又把事情搞砸了，妳得假裝是我才行。」她語氣愼重地叮嚀我。

我點頭答應，卻無法肯定自己眞的能做到，畢竟要裝成與自己個性截然不同的另一個人，是件很困難的事。

莫狄

我做了一個夢。

夢裡我與莫娜站在海邊。

嚴格說起來，這並不是夢，因爲這些事確實發生過。

而李淳安也在。

我的意思是說，我和莫娜曾經一同站在海邊，但當時李淳安不在。只是現在李淳安和我們一起站在這裡，而我們三個人的外表都是國小那時的模樣，所以我知道這是夢境。

「這片海好漂亮。」李淳安說。

「還可以啦。」莫娜回他。

我有些訝異地望著他們，眼前的海無邊無際，身後的沙灘似乎也看不見盡頭。

明知道是夢，我卻能憑藉意識控制自己在夢裡的舉動，這是我第一次做這樣的夢。

「莫狄，妳在做什麼啊？」李淳安好笑地瞅著我，他帶著自然捲的頭髮被海風吹亂，稚氣的臉龐很可愛，不知他現在變得如何？

「我們怎麼在這裡？」

好像我問了什麼白痴的問題一樣，他們兩個都沒理會我，只是靜靜地看海。

我覺得我們已經站了好久好久，可夕陽依然掛在原處沒有落下，彷彿時間靜止，這夢境著實怪異，而我也完全沒有要醒來的跡象。

也許，這是一個機會，讓我可以問出一些從來不敢問出口，也沒有機會再問的話。

夢裡的李淳安雖不是眞正的李淳安，但至少，對我來說是個心理安慰。

「李淳安。」我揪緊自己的裙襬，這時才注意到裙子是深藍色的，是國小的制服裙。

「怎麼了？」李淳安側頭，那憨厚的笑容一如我記憶中的他。

「你……你一直以來，都可以分辨我和莫娜。」我深吸一口氣再緩緩吐出，「爲什麼？」

我以爲李淳安會一一指出我和莫娜在語氣、表情，或是肢體動作上有哪些差異，然而他的答覆完全出乎我的意料。

「因爲妳們一點都不像啊！」李淳安一臉天眞。

站在李淳安旁邊的莫娜哈哈大笑起來。

「怎麼會？我和莫娜明明長得那麼像！」我連忙反駁，卻發現莫娜的臉變得很陌生，頓時忍不住心生懷疑。她是誰？

「莫娜呢？」我開口詢問，但又覺得這聲音好像不是從自己喉嚨發出來的。

這時遠方傳來呼救聲，眼前的李淳安和莫娜忽然像是一陣煙霧，形體扭曲之後逐漸消散。

「莫娜？莫娜！」我在空無一人的沙灘上尋找莫娜的身影，恐懼充斥我的心中，天色彷彿慢慢暗去。

那呼救聲未曾中斷，我焦急地哭了出來，又突然注意到有一隻小小的手在海面上忽隱忽現，我大驚失色。

「莫娜！」

「救命！救命啊！」莫娜大喊，她的身體已經沒入海中，她是什麼時候去到那裡的？

「莫娜、莫娜！」我趕緊跳入大海，不顧浪潮漸大。

然而不論我怎麼游，怎麼努力想要靠近，莫娜與我始終保持一定的距離。

「救命……」

她的呼救聲逐漸變得微弱，而我也因爲力氣用盡沉入海中，我緩緩閉上雙眼。

「妳是莫娜，妳是莫狄。」李淳安的聲音再次出現。

我迅速張開眼睛，發現我與莫娜都好端端地站在沙灘上。

這是怎麼回事？我知道自己還在夢中，但剛才是怎麼回事？

「我沒有騙妳！」莫娜朝我大吼，「我只是沒有跟妳說，我爲什麼要說？那是妳自己的錯！憑什麼我事事都要替妳著想、幫妳善後？」

李淳安已經消失，我看見身穿紅色連身泳衣的莫娜雙手叉腰，她氣得臉都紅了，「妳又憑什麼對我生氣！我又沒有答應過妳什麼！」

我們在吵架。

對，那天我們就是在吵架。

然後莫娜……莫娜就溺水了，她差點就死了，她在海中呼救，幾個大人衝去救她，可是浪很大，莫娜被海浪帶得太遠，她被救回岸上的時候，渾身皮膚慘白。

她雙眼緊閉，好像再也不會醒來，爸媽在旁邊哭喊，我愣住了，看著莫娜好似沒有一絲生機的臉，她變得好陌生。

「莫娜、莫娜、莫娜、莫娜！」我不斷大喊她的名字，體會到撕心裂肺的疼痛。彷彿，我身體裡的某個部分，我靈魂的某塊，永遠缺失了一樣。

莫娜

所以我討厭水。

這不完全是莫狄的錯，我那個時候脾氣也很衝。一早起床，我的心情不是很好，昨夜我夢見了過往，當時我因爲和莫狄吵架，導致在海裡溺水，差點死掉。那時我們才剛升上國一沒多久。

而且詭異的是，李淳安也出現在夢裡，關他什麼事啊，雖然他正是害我和莫狄吵架的元凶。

那場架吵了好久，從國小六年級快畢業就開始了，吵到後來，我氣得不想和莫狄念同一所國中，強烈要求父母讓我去念別的學校。原本以爲這樣事態就能好轉，結果非但沒有好轉，反倒還惡化了，並且在一次全家去海邊玩的時候爆發。

聽說瀕臨死亡的人會看見白光，或是靈魂出竅，飄浮在半空，注視底下自己的身體等等，但那次我什麼都沒有經歷過，就像是睡了一覺而已，醒來之後看到爸媽哭得很慘，莫狄在一旁失控大叫，還有一群不認識的人包圍著我。

然後我被放上擔架，送入救護車，而爸媽還在哭，莫狄也是，這就是我對那場意外全部的記憶。

從床上爬起來，照照鏡子，發現黑眼圈很重，一定是噩夢害的。

「妳醒了？」莫狄打開房門走進來，她眼下也是一片濃黑，一副沒睡好的樣子。

原本想問問她，難不成她也跟我一樣做了噩夢，但細思過後還是作罷，畢竟莫狄一直認爲我會溺水都是她的錯。

我曾以開玩笑的口吻提起這件事，想要解開她這個心結，可是莫狄當時卻忽然像是變了一個人，她面無表情，眼神空洞地望向遠方，動也不動，眞的把我給嚇壞了。

從那時起，我就知道這大概會成爲我們永遠無法提起的過往。

「嗯。」接過莫狄手上的綠茵制服，我輕撫紅色的百褶裙，「明明校名叫做綠茵，制服裙卻是紅色的。」

「這樣才顯眼啊。」莫狄笑了笑，看起來很憔悴。

我也回以笑容，將制服換上，莫狄在一旁看著，若有所思。

「妳在想什麼？」我問。

「也許本來就該是妳去綠茵。」

「爲什麼？」我扣著上衣的扣子，從鏡子裡注視她。

「妳比較適合那裡，大家好像都喜歡妳。」

「少白痴了，妳才該待在綠茵。」我翻了個白眼，「這件事要瞞著媽，知道嗎？」

莫狄點點頭，「也要瞞著同學，除了藍老師，不能讓其他人知道。」

「那是當然。」

我們兩個一起走到廚房，媽正好做好早餐，今天是培根蛋三明治。

「早安，吃早餐啦。」媽朝我們燦爛一笑，她的眼皮也腫腫的，像是沒睡好或是哭過一樣。

每年這個時候，媽總是會這樣。

因爲就快到了我在海裡溺水的那一天，在我溺水後不久，爸媽便分開了，對媽來說，那是段很難熬的時光。

所以我走過去，給媽一個擁抱。

「小狄，怎麼了呀？」媽似乎有些尷尬，也沒認出我是莫娜。

「沒什麼，就只是想抱抱妳。」我笑了笑，媽是看我身上穿著綠茵的制服，才沒多想，以爲我是莫狄吧。

我走到平時莫狄慣坐的位子坐下，吃起早餐。

而莫狄也如法炮製，抱了媽一下。

「娜娜，妳們兩個今天是怎麼回事呀？」媽雖然這麼說，卻笑得很燦爛。

「一個擁抱而已，幹麼大驚小怪的。」莫狄說完，也拉開我慣坐的椅子坐下，我倆相視一笑。

「對了，一如往常，我必須……」

「我知道，妳要回外婆家住個兩、三天對吧？」我搶先說。

每年這段期間，媽都會回外婆家住。

「確定不用我們陪妳嗎？」莫狄擔心地問。

「妳們都還要上課，我一個人去就行了。」媽微笑，眼神卻有些閃躲。

我看向牆上的時鐘，發現時間快來不及了，三兩口把三明治塞進嘴裡後，我拿起書包，急著要出門，「我去上學了。」

「莫……」莫狄起身，差點喊出我的名字，她瞥了媽一眼，「莫狄，路上小心。」

我對她送了個飛吻，離開家門前聽見媽說：「妳們今天怪怪的耶。」

再次踏入綠茵高中，我其實心情很緊張，坦白講，我很喜歡這裡，無論是校內設施或是班上氣氛等等，我都喜歡。

有點後悔當時沒有選擇綠茵就讀，但既然莫狄想念這裡，那我肯定是不會來的，因爲我不想和莫狄念同一所學校，以免李淳安事件再次發生。

只是沒想到人算不如天算，如今我竟要假藉莫狄的身分，來到她的學校。

「莫狄！」才走進校門，我馬上遇到莫狄的同學。

依舊綁著兩條辮子的周映微一見到我，便上前挽住我的手，我下意識將手抽開。

「莫狄，妳幹麼？」她一臉驚愕。

我才想問妳幹麼勒，爲何動手動腳？

「沒有呀，這樣比較好走路。」但我還是撐起笑容，找了個藉口搪塞過去。

「莫狄，不要再這樣了。」說完她又挽起我的手。

她的意思是叫我不要推開她嗎？

天啊，莫狄怎麼有辦法忍受這種黏得死緊的朋友？又不是小學生。

「妳不要再做出昨天那樣的事了，我不喜歡。」

我根本不知道周映微在說什麼，只能隨便點點頭，胡亂答應了她，她見狀似乎很高興。

然後她就像片魔鬼氈一樣，黏著我進到教室，早自習還轉過身，說想要和我一起念書。眞是有夠煩的，不得已我只好推託說自己肚子痛，準備逃到廁所。

「要不要我陪妳去？」

她臉上的擔憂不假，不過我就是不想她陪。

「不用，我要大便，妳陪我會被臭到。」我低聲說。

周映微皺起眉頭，「莫狄，妳是女生，不能這樣講話，要保持淑女風範才行。」

喔，我的老天爺，我又不是在全班面前大喊我要大便，跟這種人相處讓我無敵心累。

「不好意思，我要去一趟洗手間。」可是爲了莫狄，我也只能把心裡那些OS全部忍下，但我都已經刻意配合周映微了，她卻又表現出一副我惹到她的樣子。

「隨便妳。」她的回話聽起來也沒有禮貌到哪裡去。

好不容易逃進廁所，我終於可以鬆口氣，決定在這裡待到第一節課上課鐘響再回去。

我把馬桶蓋放下，坐在上面玩手機遊戲，玩著玩著，忽然嗅到一股菸味，原本以為是從窗戶外面飄進來的，但仔細想想，廁所又不在一樓，外面的菸味怎麼可能飄得進來……

於是我打開廁所隔間的門走出去，四下查看了一陣，發現只有角落那間廁間是鎖上的，廁間上方還飄著煙霧。

我咳了一聲，用力拍了一下那間廁間的門板，「同學，妳要抽菸我不反對，但請不要在學校抽菸，如果我身上沾到菸味，被老師誤會怎麼辦？」

接著我聽見沖馬桶的聲音，門鎖上的顏色由紅轉綠，裡頭的人推開門走出來。

「丁妍羚？」老實說，我滿訝異的，「妳在抽菸？」

「妳敢說出去就死定了。」她毫不畏懼，不僅瞪了我一眼，還粗魯地推開我，逕自朝洗手台走去。

OK，莫狄可能會默默忍受，可我不是莫狄，所以我上前按住她的肩。

「妳幹麼？」她從鏡中瞪著我，企圖甩開我的手，可惜她的力氣實在太小了。

「丁小姐，妳要搞清楚狀況，做錯事的人是妳，不是我，別亂威脅人好嗎？」

「妳不要以為跟紀衛青有交情，就表示他會罩妳。」丁妍羚冷嗤一聲。

她凶狠的表情與嬌弱的外型一點也搭不上。

「我從沒那麼想……」我不自覺使力捏了她的肩膀，感覺到手下的肩膀比我想像中還要纖細，我有些詫異地看向她。

「少用妳的髒手碰我！」丁妍羚立刻轉過身，順勢擺脫我的手。

她罵完就要出去，我敏捷地擋住她的路。

「幹麼？」她雖然個子嬌小，氣勢卻一點也不小。

莫狄說過，開學第一天丁妍羚便和田沐棻當眾打架，理由是田沐棻搶了她的男朋友，從這點看來，丁妍羚是個會爲了捍衛自己的權益而奮戰到底的人，無論對方體格是否比自己更健壯。

我其實挺佩服這樣的人，只是想不到她會偷偷抽菸。

「妳身上都是菸味，就算要回教室，也要先處理掉菸味吧。」

她似乎沒料到我會這麼說，先是一愣，很快又板起臉，「關妳屁事。」

「難道妳想被別人發現？」見她面無表情，我會意過來，「妳眞的想被人發現？」

所以才選擇在超容易被抓到的女廁抽菸。

「爲什麼？」我又問。

丁妍羚沒有回答，掠過我離開廁所。

我跟著走出去，上課鐘聲正好響起。我們前腳剛踏進教室，藍官蔚後腳就走了進來。

「快點坐好……」藍官蔚一瞧見我，便露出打量的眼神，沒多久滿意一笑，「拿出課本吧。」

我回到座位，周映微並沒有轉頭跟我說話，倒是紀衛青皺眉對我說：「妳身上怎麼有菸味？」

「你鼻子眞靈，你家裡不是黑道嗎？怎麼不抽菸？」

紀衛青翻了個白眼，「那完全是刻板印象好不好，我……」

他話聲忽然停住，瞄向我前方，我順著他的視線看去，發現周映微身體稍微後傾，正在偷聽我們談話。

她見我們注意到了，裝作若無其事地捏了捏耳朵，拿起筆在紙上寫寫畫畫，像是在專心聽講。

見狀，紀衛青聳聳肩，不一會兒丟了一張紙條過來。

況且我在居酒屋打工，要是身上有菸味，不是對客人和食材很不禮貌嗎？

紀衛青的字跡比我想像中秀氣很多，方方正正的，筆觸也不拖泥帶水。

我想起他在居酒屋工作的身影，總是站姿筆直，態度恭敬有禮，以他的家境看來，應該不會爲金錢所苦，那他爲什麼堅持要去打工？

你該不會喜歡餐飲業吧？

我注意到紀衛青打開我寫的紙條後，微微咬緊了牙根。

不行嗎？

他的回覆還滿可愛的。

下課後，我正準備要去找藍官蔚，周映微卻走過來拉住我。

「妳為什麼要這個樣子？」

「啊？」我完全摸不著頭緒，現在是什麼情況？

「妳為什麼對我那麼冷淡？」

「啊？」我驚訝得下巴都快掉下來了。

我對她冷淡？

剛剛不是在上課嗎，我要怎麼對她「不冷淡」？

「莫狄。」紀衛青忽然出聲。

周映微被他嚇了一跳，不由得鬆開抓著我的手。

「剛才的事妳要是敢說出去，我就宰了妳。」紀衛青撂下狠話

沒想到才短短幾個小時，我就連續被兩個人威脅，雖然紀衛青的威脅在我看來十分可愛。

「好好好，這是祕密。」我在嘴邊做了一個拉上拉鍊的動作。

「什麼祕密？」田沐菉走過來，手裡拿著籃球，「紀衛青，要打球嗎？」

「可以。」紀衛青點頭。

然後那兩人就一起走出教室，田沐菉問紀衛青是什麼祕密，但紀衛青只回了她一句：「囉嗦。」

「妳怎麼可以和紀衛青那樣的人要好？」周映微壓低音量。

「爲什麼不行？」她的語氣令我不太高興。

「紀衛青是……站在陽光下的人，他很受歡迎，非常引人矚目，可我們不是啊！」

「我不覺得需要去這麼分類，況且什麼叫做『我們不是』？」我眞的快受不了了。

「妳早上明明答應我不會再這樣！」周映微拉著我的手搖晃。

「我哪有答應妳什麼。」我想甩開她，爲什麼她像是個煩人的女朋友啦！

「我說過我不喜歡妳昨天那樣，妳也答應我不會再那樣了！」

她愈說愈大聲，我也跟著大聲起來，「我不知道我昨天怎樣，更不知道妳說的『那樣』是怎樣！」

「就是受到別人的矚目！噁心！」周映微大吼，引得旁邊的同學都看了過來。

她注意到自己大聲過了頭，趕緊摀住嘴坐回位子上，像是一隻縮到殼中的蝸牛。

「莫狄，來我辦公室一趟。」藍官蔚等我和周映微吵完，才帶著笑意這麼說。

一進到辦公室，我立刻關上門對他抱怨：「學生起衝突的時候，你沒有上前制止，更準確來說，你也不打算制止，簡直就像是在看好戲。」

「誰沒青春過，大家都討厭老師干涉自己的事，不是嗎？」藍官蔚將教材放回書櫃，雙手抱胸，靠坐在他的辦公桌上。

「嗯，也是，但我認爲你眞的單純只是在看好戲。」我也學他雙手抱胸，在沙發上坐下。

「或許吧。」藍官蔚聳肩，一副滿不在乎的樣子。

我深吸一口氣，「所以，蔚藍海岸，你是怎麼發現我就是莫那魯道的？」

今天我來綠茵，就是爲了問他這個問題。

藍官蔚笑了，神情絲毫不顯意外，他抬眼看我，「莫娜，莫那魯道，我認爲這很好聯想。」

「你也很沒創意，藍官蔚，蔚藍海岸。」我嘖了聲，「沒想到你竟然是老師，你幾歲了？」

「我可從來沒說過自己是高中生。」

陰險！

「當你聽到我叫莫娜的時候，就猜到了嗎？」

「因爲時間有點太剛好了，所以我抱著姑且一試的心態，誰知世界眞的就這麼小。」他說完又笑了起來，「沒料到有天我們會見面，而且還是在這種情況下。」

「是啊。」這次換我勾起唇，「那你知道，我是怎麼發現你就是蔚藍海岸嗎？」

「難道不是因爲名字很好聯想嗎？」藍官蔚站直身體。

我搖搖頭，起身走向書櫃，抽出那本我之前就覺得出現在這裡，非常格格不入的戀愛小說。

見狀，藍官蔚「啊」的一聲大叫，衝過來想把書搶回去。

我敏捷地閃開，手上揮舞著那本愛情小說。仔細看就會發現，那本小說是作者的自製本，而非透過出版社發行。

「蔚藍海岸說過想當小說家，再加上你的名字，一切就串聯起來了。」

「那是我高中寫的，還來。」藍官蔚看起來真的很緊張，他伸長了手想把書搶走。

我賭他不敢對我這個小女生太粗魯，於是我翻開手上的書。

「『她每走一步都捎來春天的氣息，身上的香味如七里香綻放，不濃烈卻令人流連忘返。』哇！藍官蔚，你寫得很不錯啊！」我一邊念出書裡的句子，一邊朝辦公桌的方向跑。

「妳！不要念！」藍官蔚追了過來，臉上又羞又窘的表情，讓他看上去就像是個普通的高中男生，完全不復方才的腹黑老師形象。

「我就是要念，如果真的想當小說家，還怕人看啊！」我竊笑，與他隔著辦公桌，又繼續念下去：「『但是那些香味從來不屬於我，花朵從來不是爲一個人綻放，而是……』哇！」

這次我還來不及念完，就感受到手上傳來一股拉力，藍官蔚從我身後硬搶過書，我被他的力道一帶，頓時失去平衡，向後倒入他的懷中，兩個人一齊往地板跌去。

「好痛！」

身後傳來一聲哀號。

扭頭一看，藍官蔚一隻手揉著後腦勺，另一隻手拿著小說，而我的背正貼在他的胸膛。

我趕緊從他身上爬起，臨走前不忘搶走他手上的小說，跑到辦公室門邊。

「莫娜！」藍官蔚也迅速站起身，卻沒站穩，差點跌倒。

「嘿，老師，我覺得你先坐著比較好喔，小心腦震盪。然後現在打鐘了，這本書我就先幫你保管吧。」說完，我轉開門把，笑嘻嘻地跑出辦公室。

「欸！」藍官蔚在裡頭大喊。

這還眞是個嶄新的大發現，誰能料到我竟會與相交多年的網友以這樣的形式相見。

莫狄

午休時間，我偷偷跑來綠茵，因爲始終放心不下。

「莫娜。」我在洗手間遇見莫娜。

「莫狄？」她非常訝異我的出現，「妳怎麼會在這裡？」

「我偷溜進來的。」

「妳怎麼可能溜得進來？」莫娜慌張地東張西望，將我推進廁所隔間，然後也跟著躲進來，回身鎖上門鎖。

我脫掉外套，讓她看見穿在我身上的另一套綠茵制服。

莫娜了然地嘆了口氣，「妳這個樣子如果被別人看到了怎麼辦？」

「這裡本來就是我的學校，難道妳想取代我？」我有點生氣，所以用詞激烈，誰叫莫娜才來個幾次，就好像比我更熟悉綠茵的一切。

「好，那我現在怎麼辦？」這下子莫娜也不高興了。

「妳先回家，接下來我會自己去上課。」

「妳什麼意思？本來說好——」

「我才沒有跟妳說好！妳現在正在毀掉我的高中生活！」我厲聲斥責她。

莫娜一愣，正想開口反駁時，周映微的聲音忽然出現在門外。

「莫狄？妳在裡面嗎？」

我和莫娜連忙捂住自己的嘴巴。

「莫狄？奇怪，我明明有看見她進來廁所啊……」周映微沒有離開，一間一間敲門。

我和莫娜驚恐地對視一眼，下一秒我立刻大喊：「我在這間，等我一下。」

「啊，太好了，妳快點出來，我們一起去吃飯吧。」聽得出來周映微很開心。

莫娜瞪著我，我用嘴型告訴她：這是我的生活。

接著我打開門，沒有再看向莫娜，挺直了背脊走出去。

周映微挽起我的手，問我要買什麼當午餐，又說我早上的態度讓她很受傷。我根本不知道上午發生了什麼事，只好先向她道歉。

「我討厭妳受人矚目。」周映微扁扁嘴，「也討厭妳那樣跟我吵架。」

莫娜跟她吵架了？

從小莫娜就一直很不喜歡我的朋友，她總說我的朋友個性太軟弱，卻忘記她的妹妹也是這般軟弱。

我握緊拳頭，認爲莫娜反客爲主了，她用我的名字及身分和周映微吵架、和紀衛青接吻，還和田沐菜不知道發生了什麼……

忽然，我被人從後面撞了一下，腳步踉蹌，只見丁妍羚從我旁邊走過去。

「對不起啊。」她雖然嘴上這麼說，話裡卻沒有絲毫歉意。

跟在丁妍羚身後的畢元石與熊益君停下腳步，皺著眉頭面面相覷。

「妳跟妍羚怎麼了嗎？」熊益君問我，這還是我們第一次講話。

「她一個早上講了妳好多壞話啊。」畢元石也低聲對我說。

「你們兩個在幹什麼啊？還不快點過來！」丁妍羚在前方大喊。

「算了，不要去干涉女人之間的事。」畢元石聳肩一笑

「會愈來愈糟的！」熊益君點頭。

說完，他們便朝丁妍羚快步走去。

莫娜早上又和丁姸羚發生什麼事了？她得罪丁姸羚了嗎？

「莫狄，妳有時候會變得好奇怪，爲什麼會突然和那些……引人矚目的人產生交集呢？」

「我、我什麼都不知道啦，那不是我。」

糟糕！情急之下，我不小心說漏嘴了。

「什麼叫做那不是妳？那就是妳啊！」周映微沒聽懂我說的話。

想想也是，一般人不會因此就想到我可能是雙胞胎。

「莫狄，不要對我說謊！」周映微臉色很難看。

可是我也沒義務什麼都告訴妳吧……

「莫狄，終於找到妳了。」藍老師從學生餐廳走出來，一見到我便這樣對我說。

一個上午才多少時間，爲什麼莫娜連藍老師都有接觸？

等到藍老師走到我面前，他表情微變，打量了我片刻後，試探地喚了我的名字：「莫狄？」

我聽懂他的言外之意，有些沮喪地點點頭。

藍老師似乎很訝異，他左右張望一陣，才看著我說：「來我辦公室談吧。」

我嘆口氣，正要上前，周映微突然拉住我的手，「藍老師，爲什麼你一直找莫狄去辦公室談話？」

「這……我並沒有一直找她談話啊。」

藍老師不算說謊，我只被他找過一次，其餘的全是莫娜。

「那、那現在是午休時間，老師想找莫狄，也要等下課吧。」周映微明明怕得身體微微發抖，卻仍擋在我和藍老師中間。

藍老師嘆氣，抓了抓後頸，「好吧，那單獨說兩句話總行吧？」

周映微沒有想要退讓的意思，強硬地抓著我。

「在三樓女廁。」所以我只能這麼暗示他。

藍老師挑眉，然後轉身走開。

「那是什麼意思？」周映微追問。

「沒什麼。」我避而不答。

「快告訴我，妳不能有事情瞞著我。」她皺眉，神情不豫。

周映微今天是怎麼了？爲什麼如此激動？

「我總會有不想講的事情吧？」

「朋友間不能有祕密！」她忽地怒吼，抓住我的肩膀用力搖晃，嚇得我差點跌倒，

「不能不能不能！妳不可以有事情瞞著我！」

我想推開她，卻發現她的力氣大得驚人。

直到有雙手忽然出現，把周映微往旁邊一推，我才得以掙脫。

扭頭看去，身材高䠷瘦長的田沐蓁嘴裡咬著糖果，一手扶在我的肩上，另一手隨意地撥了撥前額的頭髮，姿態就像英雄電影裡身手矯健的英雄一樣。

「我看莫狄不是很願意被妳這樣抓著肩膀，所以就先動手了，接下來妳們自己好好說吧。」說完，田沐棻帥氣地朝學生餐廳走去。

周映微咬著唇，看著我的眼神充滿不甘心。

「妳看，現在連田沐棻都幫著妳。」她冷冷地說，隨即掉頭走開。

「周……」我想追上她，腦中卻閃過她剛才猙獰的表情。

周映微為什麼突然變得那麼奇怪？

莫娜到底對她做了什麼？

莫娜

我對於莫狄沒有通知我，就直接來到綠茵這件事很生氣。

她這舉動擺明了就是不信任我。不是事先說好了，今天讓我過來嗎？

要是被人看見我和她同時出現，我們不就要承認我們是雙胞胎了嗎？她有沒有想過後果？

現在，我一個人坐在專科教室大樓後面的花園，這裡平時很少有人過來，連負責打掃此處的班級都經常偷懶不過來，反正也沒有老師會來檢查。

我擅自把這個地方稱爲「被遺忘之地」，就像現在的我一樣。

我不能大剌剌地離開學校，莫狄那個白痴沒腦子，她不怕被人看見，我還怕呢！

「啊，在這裡。」

就在我一邊恨恨地拔草洩憤，一邊氣得半死的時候，藍官蔚喘著氣從轉角冒了出來，他頭髮有些凌亂，見到我之後，明顯鬆了口氣，抬手將頭髮往後梳。

「你怎麼知道我在這裡？」我頗爲訝異地問，「你見到莫狄了？」

「她怎麼來了？」藍官蔚嘆息，招手要我過去他那邊，「出來啦，不然等一下被蚊子叮。」

「我出去，等一下被別人看見怎麼辦？」

「綠茵這麼大，不會那麼容易就被人看見的好嗎？」藍官蔚兩手一攤。

「但綠茵這麼大，你還是找到我啦！」

「我找了妳很久好嘛。」他瞅了眼腕上的手錶，「午休都結束了。」

「又沒關係，反正莫狄會去上課。」我哼了聲，意識到自己做了什麼後，趕緊摀住嘴。

我哼什麼哼啊，這什麼噁心的小女生反應！

「爲什麼不能告訴大家妳們是雙胞胎？」藍官蔚見我不出去，只好自己走進來，一臉嫌惡地想避開雜草，卻徒勞無功，「我的意思是，讓大家知道這件事，總比妳一直躲在這裡餵蚊子好吧？」

「不要。」

「爲什麼?」藍官蔚已經來到我身邊，「妳不是說過，莫狄是讓妳感到驕傲的妹妹嗎?」

「但我並不是會讓莫狄感到驕傲的姊姊。」我咬唇，沒料到自己會說出這樣的話。

「爲什麼?」

我只是搖頭，說什麼也不肯告訴他。

這一次他蹲了下來，眼睛與我平視，輕聲問：「爲什麼?」

「我問你爲什麼，也從來沒得到答案過。」我悶聲道。

「因爲妳問的是藍官蔚啊。」他一派輕鬆地說，一隻手撐在膝蓋上，托著下巴直直地盯著我。

「那……蔚藍海岸，你會回答我嗎?」

他勾起微笑，「只要妳願意回答我，莫那魯道。」

細究我和莫狄之間最深的心結，不外乎就是在那年海邊發生的事。

而若要說明那件事，就不得不提到李淳安。我們之所以會吵架，最根本的原因就是李淳安，大概是因爲這樣，他才會出現在我之前的夢中吧。

李淳安是個頑皮的男生，喜歡抓蚱蜢或毛毛蟲來嚇唬女生。莫狄很怕那些蟲子，而我一點也不怕，所以李淳安特別喜歡嚇莫狄。

很理所當然地，我成了保護莫狄的那個人。

當李淳安把毛毛蟲丟到我手臂上時，我只會冷靜地把毛毛蟲抓起來，然後放到一旁的樹葉上。

「莫娜，妳爲什麼都不怕？好無聊。」李淳安噘嘴。

「你才無聊，你可能覺得嚇女生很有趣，但如果弄死毛毛蟲，之後就不會有蝴蝶了。」我指著在花園裡翩翩飛舞的繽紛彩蝶。

「所以毛毛蟲都會變成蝴蝶？」

其實只有一部分毛毛蟲會變成蝴蝶，另一部分會變成蛾。

不過我並沒有多加解釋，就讓李淳安以爲所有的毛毛蟲都會變成他最愛的蝴蝶好了。

那天以後，李淳安就沒再拿蟲子去嚇唬女生了，班上的同學都很感謝我，除了莫狄。

我問她怎麼了，她也說不出個所以然來，但就是覺得不高興。後來經過一番討論，我們認定莫狄會產生這樣的情緒，應該是出自於「喜歡」。

還是小學生的我們，對於這種感覺很陌生。莫狄說當李淳安嚇唬她的時候，她雖然害怕，卻也很享受那段你追我跑的時光，所以每次我挺身而出解救她時，她總會覺得像是美夢被打醒一般。

「妳早說嘛，我可以讓妳繼續被他嚇。」我一點也不在意。

「我怎麼知道……」

莫狄喜歡李淳安的事，是我們之間的祕密。

有一次，我和莫狄心血來潮，交換穿上對方的制服出門。到了學校，班上同學雖然覺得怪怪的，可還是依照制服胸前繡上的名字喊我們。

我和莫狄一直偷笑，覺得大家認不出我們這件事很有趣。

但是當李淳安一進到教室，他逕自朝我走來，絲毫沒有猶豫地對我說：「莫娜，我昨天才發現妳騙我，不是所有毛毛蟲都會變成蝴蝶。」

我和莫狄驚訝地對看，班上同學則都在笑李淳安，說他認錯人了。

不料李淳安只是看了一眼我胸前繡著的名字，然後說：「妳們也太迷糊了，竟然穿錯制服。」

那個時候，我和莫狄比全班任何一個人都還要驚訝。

也是從那天開始，李淳安只要見到我和莫狄走在一起，就會有事沒事地過來分別指著我們說：「妳是莫狄，妳是莫娜，對吧？」

「你眞的很煩欸，李淳安。」我覺得他很煩，總會氣呼呼地回他一句。

「我們誰是誰不重要吧……」莫狄碰到李淳安就緊張，音量總是很小，還老是低著頭回話。

明明是雙胞胎，明明打扮得一模一樣，李淳安卻每次都能輕易分辨出我們。

「啊！果然，妳是莫娜，妳是莫狄！」他開心地一邊大笑，一邊拍手。

我很好奇，便問他：「李淳安，我和莫狄是雙胞胎，你怎麼認得出來？」

李淳安一臉不解地歪著頭，「很難嗎？妳們長得一點也不像啊。」

我悶悶地說完這些過往，情緒更低落了，也不看藍官蔚，目光落在前方的那片雜草上。過了好一會兒，突然覺得腳踝很癢，往那處一摸，已經被蚊子叮咬了一個包。

「你前幾天也很快就看出我和莫狄是不同人，可是我們明明長得一模一樣，你是怎麼分辨出來的？」我問藍官蔚。

「妳相信靈魂之說嗎？」他的手肘也被蚊子叮了，他一邊抓癢，一邊漫不經心地反問我一句。

「靈魂？」

「身體和靈魂是兩件事，即便身體一模一樣，但只要裡面裝著的靈魂不同，就會呈現出不同的表情與氣質，很不可思議吧。」藍官蔚說得神奇，「我不知道妳們那個國小同學想表達的是不是這個意思，不過儘管妳和莫狄有相同的長相，可在我看來，卻是完全不同的兩個人。」

「但是紀衛青就看不出來。」我想到他一下子面對我，一下子面對莫狄，那副一臉迷茫的樣子就覺得有趣，「他不只說過一次我人格分裂。」

藍官蔚不置可否地聳聳肩，「年輕的孩子看不出來很正常。」

「可李淳安就看出來了，他當時甚至還只是小學生。」

「讓我猜猜，李淳安喜歡妳吧？」

我倒抽一口氣，扭頭看他，「你怎麼知道？」

「按照故事的發展，就該是這樣啊。他喜歡妳，而且分辨得出妳們兩個，表示他很清楚自己喜歡的是誰。接著依照妳的個性，想必隱瞞了莫狄這件事，但莫狄最後還是知道了，她生妳的氣，而妳覺得自己沒有錯，兩個人就陷入冷戰，對吧？」

我不禁莞爾，「難怪你會想當小說家。」

他伸手輕敲了下我的頭，「別糗我，所以我說對了嗎？」

「差不多。」我嘆氣，只是莫狄說了更過分的話。

我和莫狄冷戰了一段很長的時間，說實話，我覺得自己很無辜。我明確告訴過李淳安，自己對他並沒有喜歡的感覺，不過我也沒有對他提出那種「那你去喜歡莫狄」的過分要求，就是很一般的拒絕，而李淳安也平靜接受。

「因為要畢業了，我才有勇氣說出口，希望以後我們能保持聯絡。」李淳安在告白被拒之後，表現得十分成熟，很有風度。

「嗯，這件事不要告訴莫狄。」我提醒他。

「這……」李淳安乾笑，「我本來以為妳也喜歡我。」

「為什麼這麼說？」

他看起來有些害羞，更多的是尷尬，「我問過莫狄，她說我可能有機會。」

我瞠目結舌，她怎麼可以這樣說？明明喜歡李淳安的人是莫狄，我對他一點想法也沒有。

「所以，莫狄知道你喜歡我？」

李淳安點點頭，「現在我知道是我自作多情了……」

我很生氣，我氣莫狄明明喜歡李淳安，卻推到我身上，也氣她把這件事推到我身上後，卻什麼都不告訴我。

她在期望什麼？難道還要我幫她告白？

我非常不高興，爲了杜絕以後再發生類似事件，我告訴爸媽，我想和莫狄念不同所國中，爸媽一開始相當詫異，不過他們倒是很贊同我提出的理由：即便是雙胞胎，也不需要做什麼事都黏在一起。

於是爸媽便安排我和莫狄，分別去到鄰近的兩所國中就讀。

莫狄知道我之所以這麼做的眞正原因，但她沒有問我，也沒有提出反對，就只是平靜地接受。

就這樣，要升國一的那一整個暑假，我和莫狄持續冷戰，雖然我們還是會一同與國小的同學聊天、出遊，在別人面前，我們之間也都跟平常沒兩樣，但只要單獨相處，我們就不說話，把對方視爲空氣。

爸媽覺得我們這場架吵得太久了，便在國一開學後找了個週末，帶我們去海邊玩，想藉此打破僵局。

也許是滾燙的沙灘、強勁的海風、清涼的海水，讓我們稍稍打開對彼此封閉的心，莫狄終於忍不住開口問我。

「爲什麼不告訴我？」

然而，她的主動並未換來我和緩的回應，我那壓抑已久的怒火反倒完全被挑起。

「告訴妳什麼鬼？」

我承認，我的語氣很糟糕，可是這件事就是莫狄做錯了，她怎麼能期望我的口氣可以好到哪去。

「妳爲什麼不主動告訴我？我一直在等妳跟我說！」於是莫狄也生氣了，穿著黃色泳衣的她站在海邊對我大吼。

「那妳又跟我說了嗎？妳到底什麼心態？」我也吼了回去，那一天我穿著的是紅色泳衣。

「我就只是不想妳騙我！」莫狄掉下眼淚。

「我沒有騙妳！」看見她的眼淚，我更生氣了。我最討厭小心翼翼，又動不動就哭的人，偏偏我妹妹就是這樣的人，「我只是沒有跟妳說，我爲什麼要說？那是妳自己的錯！憑什麼我事事都要替妳著想、幫妳善後？」

「妳只要、只要告訴李淳安，是我喜歡他就好，妳明明可以這麼做！」

我「哈」了一聲，她還眞的要我幫她告白，「莫狄，妳很可笑，自己的心意不自己說，還要我幫妳說？我是妳的雙胞胎姊姊，不是妳的代言人！」

「跟妳當雙胞胎又不是我自願的！我討厭我們是雙胞胎，如果我們只是普通的姊妹，那該多好！」莫狄大聲嚷著。

「妳說什麼？」我不敢相信自己所聽見的，「妳又憑什麼對我生氣！我又沒有答應過妳什麼！」

「我不要當妳的影子，我不要什麼都被拿出來跟妳比較！」她對我咆哮完，怒氣沖沖地往海裡衝，不斷朝遠處游去。

我的心著實被她傷到了，即便我認爲雙胞胎沒必要時時刻刻都黏在一起，但我從來沒有想過不和莫狄當雙胞胎。

我們之間的關係可是比一般姊妹還要親密啊！我們從媽媽的肚子裡，就一直朝夕相處到現在，而莫狄卻說出這樣的話。

我忍不住大哭起來，那是我記憶中第一次大哭。我無助地站在岸邊，看著很會游泳的莫狄不斷往前游，我有種感覺，她好像要去一個很遠很遠的地方。

這種感覺讓我一陣心慌。

「莫狄！」我朝她大喊，「對不起！是我不對！」

我下意識向她道歉，也不知道她有沒有聽見，她只是埋頭往前游，離岸邊愈來愈遠，她穿著黃色泳衣的身影也愈來愈小。我沒有多想，也跳進海中，奮力滑動四肢，想要追上莫狄。

淚水與海水不知道哪一種更鹹，我口中全是苦澀的鹹味，我一邊哭泣一邊游泳，沒想到與莫狄吵架會有這麼深切的疼痛。

在那個時候我才發現，莫狄對我來說，不僅僅只是血緣親密的雙胞胎妹妹，還是另一個自己，我何苦與她爭吵？

於是我決定，一旦追上莫狄，我要誠心向她道歉，告訴她是我錯了，即便我不認爲是自己的錯，但事情都過去了，所以沒關係。

「後來的記憶就很模糊了，我溺水了……等我恢復意識，人已經躺在沙灘上，然後被送上救護車。」我聳聳肩，輕描淡寫地帶過我最接近死亡的那一刻。

藍官蔚不知何時握住我的手，我才發現自己的手心裡全是汗，這讓我有些尷尬，連忙把手抽回來，胡亂在裙襬上擦了擦。

「我已經不害怕了，只是……」很可笑地，說到這裡，我竟然連嘴角都開始打顫，「我有點……從那之後，我就怕水了。」

「經歷過這種事，自然會對水產生恐懼，沒什麼好羞恥的。」他再次握住我的手，「即便如此，妳們姊妹的感情仍然很好，對吧？」

我扯動嘴角，勉強一笑。

後來我與莫狄都沒再提起這件事，然而此事對爸媽的感情造成了劇烈的影響，他們彼此怪罪對方沒有看顧好我，我才會溺水。

明明我都沒事了，但爸媽最後還是分開了。我想，這也是我與莫狄對此事絕口不提的另一個原因。

「嗯，我們感情依舊很好。」只是最近又有點不好了。

「沒事的，終究會沒事的。」藍官蔚握緊我的手，給我安慰。

這一瞬間，我忽然覺得，藍官蔚正如同他的暱稱，像是一片廣大的海域，可以包容一切。

我恐懼海，卻在他這片海找到安心的感覺。

「那麼，蔚藍海岸，」我注視著他，「你和紀衛青之間那若有似無的衝突火花，究竟是為什麼？」

他深吸一口氣，沒打算隱瞞。

「他是我弟弟。」

總覺得，這個答案並不意外。

莫湫

仔細想想，我就這樣貿然跑到學校，對莫娜的確很不尊重，況且我還把她丟在廁所，莫娜一定很生氣。

我擔心氣頭上的她會直接跑去教室，所以我蹺掉下午第一堂課，直到下課後才躲在遠處偷看，卻沒在教室發現莫娜的身影。

「唷，莫狄，沒想到妳會蹺課。」田沐棻注意到我，從窗戶探出頭對我笑，示意我過去，「刮目相看喔。」

「別擔心，我說妳身體不舒服，在保健室休息。」紀衛青瞥了我一眼，「妳可要感謝我。」

「我、我蹺課了嗎？」我走到窗邊，小心翼翼地問。

「妳連自己有沒有蹺課都不知道嗎？」紀衛青伸手探向我的額頭，「還是妳真的發燒了？」

他突如其來的碰觸令我十分錯愕，莫娜和紀衛青的關係在不知不覺間，變得那麼好了嗎？

我感受到一股灼熱的視線朝我投來，原來是坐在位子上的周映微正惡狠狠地瞪著我，那樣的眼神讓我很不舒服，好像是我背叛她一樣。

「我沒事，所以……你們剛才都沒看見我？」我遲疑了片刻，又問。

田沐棻和紀衛青狐疑地互看一眼，這下連田沐棻都伸手往我的額頭上摸了，「欸，莫狄，妳是不是真的不舒服？要早退嗎？」

「不用，沒關係。」我立刻搖頭，然後想起了藍老師，「我要去找藍老師。」

「下堂就是他的課了，啊，打鐘了。」田沐棻聳聳肩，回到座位坐好。

「妳還好嗎？」見我沒有動作，紀衛青看起來有些擔憂。

「沒、沒事。」我心跳得飛快，趕緊回座，拿出手機準備傳訊息給莫娜，不巧藍老師正好走進教室。

「上次教到哪裡了，有誰記得嗎？」藍老師的目光僅在我身上停留不到一秒，不知道他有沒有找到莫娜。

我按捺不住心中的焦躁，高高舉起右手。

藍老師對我的舉動感到很驚訝，雙眉一挑，但全班只有我一個人舉手，所以他也只得點名我發言：「好，莫狄，妳告訴大家，上次教到……」

「我肚子痛，要去保健室。」我大聲打斷他。

一旁正在喝飲料的紀衛青猛地噴出口中的茶水，他顧不上擦拭，扭頭看向我。

「妳在說什麼？妳眞的不舒服？」他抬手想要拉我，而周映微瞅著我的眼神像是看到怪物一樣。

「那妳去……」藍老師話還沒說完，我又補上一句：「我想要藍老師帶我去！」

然後我直接衝上講台，拉著藍老師離開教室，引起全班一陣驚呼。

丁妍羚大聲地冷嘲熱諷：「怎樣，田沐棻搶男人的伎倆是傳授給莫狄了嗎？青出於藍更勝於藍，她連老師都搶了！」

「丁妍羚，我看妳是沒學到教訓。」田沐棻也語氣不善，接下來便是一連串叫囂與桌椅用力劃過地板的聲響。

我把班上那些騷動都拋在身後，強硬地拉著藍老師繼續往前走，但走沒幾步，藍老師就用力反握住我的手腕，我拉不動他，被迫停下。

他看著我的眼神帶著些許責備，鬆開握著我的手，「莫娜已經回家了。」

「眞的嗎？」

他點點頭，「妳的行爲很輕率。」

「我……我知道。」我垂下頭，我又再次把事情搞砸了。

藍老師摸摸我的頭，「班上好像打起來了，我必須回去處理，妳要早退、去保健室，或是回去上課？」

我情不自禁鼻子一酸，「我可以回家找莫娜嗎？」

「去吧。」

我抬頭望向藍老師，他露出我從未在他臉上見過的溫暖笑容，但我知道他這笑容不是給我的，而是要給莫娜的。

向藍老師道謝後，我大步朝樓梯跑去，一路飛奔到校門口，警衛見我沒背書包，伸手攔下我，以爲我要逃學。

「我是一年五班的莫狄，我身體不舒服，要先回家，導師已經同意了。」我氣喘吁吁地解釋，見警衛不信，我連忙又說：「你可以打電話問藍老師，這是緊急狀況！」

警衛從通訊錄找出藍老師的手機號碼，半信半疑地打了電話，由於警衛按下擴音鍵，所以電話被接起後，藍老師還沒出聲，就先聽見那一頭人聲吵雜。

「不要打了啦！」

「唉唷，妳們都少說兩句！」

「賤女人！妳繼續啊！」

「抱歉，我們班出了點狀況，我之前有答應讓莫狄離開。好了，統統住手！」藍老師焦頭爛額地對警衛說了兩句，又轉而向其他人大吼。

「全部停下！不要再打了！」接著紀衛青的聲音也出現了，眾人瞬間安靜下來，然後電話就被掛斷了。

警衛一臉驚愕，明顯傻住了。

「我可以走了吧？」我問警衛。

「你們班出了什麼事啊？」他反問我。

我沒有心思解釋，對他擺了擺手，便拔腿狂奔回家。

原以為會在路上遇見莫娜，但是沒有。

我心急如焚，彷彿回到當初那片海岸，我負氣朝海裡游去，不是沒聽到莫娜向我道歉，也知道不擅長游泳的她追了過來。

可是當時我太生氣了，氣到失去理智，我不想和莫娜說話，所以我沒有理會她，一股腦兒地往前游。

然後不知道游了多久，我突然發現莫娜的聲音消失了，於是我終於停下，回過頭，視線在海面上轉了幾圈，卻一直沒找到穿著紅色泳衣的莫娜。

隱隱約約中，我聽見呼救聲。

「莫娜、莫娜！」

好似與小時候的記憶重疊，我在大街上喊著她的名字，忍不住哭了起來。

好不容易回到家門口，我猛地想起鑰匙被我放在書包裡，和書包一起被我留在教室，幸好媽媽習慣在門前的地墊下藏備用鑰匙。我找出備用鑰匙打開門，在看見玄關那雙屬於莫娜的學生鞋時，才稍微鬆了一口氣。

「莫娜……」我輕聲喚她，客廳空無一人。

來到莫娜緊閉的房門前，我正想轉動門把，莫娜的聲音卻先從房裡傳出。

「我毀了妳的生活嗎？」

「對不起，我不該說出那樣的話，莫娜……」我緊咬下唇，手握住門把。

「莫狄，說眞的，妳是不是認爲有我這個雙胞胎姊姊很糟糕？」

我用力搖頭，「沒有，我從來沒那麼想過。」

「但以前——」莫娜才說了幾個字就打住。

我知道她要說什麼，可是我不想談，我還沒有辦法和任何人談起海邊那件事。

「莫娜，原諒我，我再也不會那樣了，說好了由妳去綠茵，就是妳去，我不會再過去搗亂。」我語帶哽咽，「所以……對不起，我們別吵架了好嗎？」

房間裡一片安靜，過了一會兒，門把輕輕轉動，莫娜打開了門，她看起來還是很不高興。

「莫娜！」我趕緊抱住她。

「我真的……真的很不高興。」儘管莫娜這麼說，她仍然回應了我的擁抱。

「我知道，對不起，真的對不起。」

「嗯。」莫娜吸吸鼻子，「我也要跟妳說對不起，我不會再假扮妳去綠茵了。」

「沒關係的，真的沒關係……」我緊緊抱著莫娜，她房中的連身鏡映照出我們兩個的身影。

穿著一樣的制服，留著一樣的髮型，擁有相同的面容。

我們兩個就像是彼此的鏡像，如此相似。

莫娜彎下腰，抓了抓左腳踝處，而我也同樣彎下腰，抓了抓右腳踝處。

我們相視一笑，就連被蚊子咬的地方，都一樣是在腳踝。

媽媽從外婆家回來後沒幾天，綠茵迎來了期中考，期中考過後就是校慶了。

莫娜一如之前所說，並沒有再和我交換身分，或許這樣才是對的，我卻莫名感到很空虛。

藍老師不只一次問我，莫娜的近況。

「他說妳已經很久沒有回信了，難道妳的網友就是藍老師？」我坐在莫娜房間的地板上，一邊在小桌子上寫功課，一邊和她閒聊。

「嗯，我還沒想好要怎麼回。」莫娜正在玩數獨遊戲。

「還有紀衛青，他好幾次提到什麼居酒屋，還說有個姊姊一直想見我，這妳知道嗎？」

「我知道。」

「另外，田沐棻和丁妍羚最近更常打架了。有一次我還聞到丁妍羚身上有菸味，我覺得有點奇怪。」

「喔。」莫娜換了個姿勢，翻到下一頁繼續解題。

「我們班的校慶表演節目都準備好了，到時候妳會來吧？」

莫娜終於抬頭看了我一眼，「妳和周映微還好嗎？」

「她現在不怎麼跟我說話，我其實不太明白是爲什麼。」我好像莫名惹得周映微很不高興。

「她是那種讓人很有壓力的朋友，我不喜歡，也沒辦法應付她。」莫娜說完，便沒再出聲。

我知道莫娜是故意對這一切裝作滿不在乎，她認爲自己必須如此假裝，而這都是我的錯。

我得想想辦法才行，至少，讓莫娜能再見他們一面，就算讓她繼續使用我的身分也沒關係，只要她能與他們碰面就好。

尤其是紀衛青。

我總覺得……紀衛青和莫娜之間一定發生過什麼事，否則紀衛青怎麼會如此關心我？

寫完功課後，我離開莫娜的房間，並暗自下定決心，準備實行一個新計畫。

只是當我從媽媽半掩的房門前經過時，卻聽見裡頭傳來低低的啜泣聲。

我朝媽媽的房裡看去，只見媽媽背對著我坐在床頭，她半蜷著身體，肩膀一聳一聳的。

我趕緊推門而入，媽媽被我嚇了一跳，迅速把某樣東西塞進棉被，又快速在臉上抹了幾下，才轉過頭故作若無其事地問：「怎麼了嗎？」

「媽媽，妳為什麼在哭？」

「我沒有在哭啊。」

說謊，明明眼眶都是紅的，眼皮也哭腫了。

於是我朝床邊走去，伸手要掀開棉被，然而媽媽眼明手快地按住我的手，「妳做什麼？」

「妳剛剛把什麼東西藏到棉被底下？」我追問。

「沒有啊，妳看錯了。」媽媽嘴硬地否認，撥開我抓住棉被的手。

「明明就有！妳在哭什麼？媽媽，妳為什麼要哭？」

「小狄！妳出去，不要好奇這些……」媽媽看著我的目光帶著懇求。

「媽——」

「莫狄！」莫娜大概是聽見騷動，也跑到媽媽的房門口，「妳在幹麼？」

「媽媽在哭！她藏了東西在棉被底下，莫娜，妳來幫我找！」我大聲尖叫，要莫娜快點過來幫忙。

「不要！妳們都走開！」媽媽激動地大喊，整個人趴倒在棉被上，說什麼都不讓我掀開被子。

媽媽死命都要藏起來的東西到底是什麼？

她愈是不讓我知道，我就愈是好奇。

「莫娜，快點過來幫我把媽媽拉起來！」我回頭看向莫娜，發現她依然站在門口，一動也不動。

「莫狄，過來。」她握緊雙拳，語氣沉穩。

我停下動作，「莫娜？」

「莫狄，過來。」莫娜又說。

我愣愣地望著媽媽，她也如我一般訝異。

「媽，我們先睡了，晚安。」莫娜對我招手，「莫狄，快點過來。」

儘管我心中有千百個疑問與不甘願，但此刻的莫娜和平常很不一樣，看起來陰沉又安靜，我被她那模樣嚇到，依言鬆開揪住棉被的手。

在替媽媽關上房門的時候，我沒有忽略媽媽臉上那明顯鬆了一口氣，卻又帶著悲傷與恐懼的神情。

我跟著莫娜走進她房間後，立刻問她：「妳爲什麼不幫我找出媽媽到底藏了什麼？妳也看到她在哭……」

「對，妳明明看到她在哭，卻還硬要去揭她的痛處！」莫娜氣怒地瞪我一眼，「莫狄，妳為什麼這麼不懂事？」

「妳在說什麼？媽媽在哭，我們不就應該要查明原因，然後幫她……」

「莫狄，不要去強行揭開別人的瘡疤！」莫娜氣憤難耐，「妳明明知道……再過幾天就是爸離開我們滿三年的日子了，雖然我們並不是很清楚當初爸為什麼會堅持和媽離婚，但媽一定很難過。妳沒發現嗎？這幾年她每逢這段期間，心情都很低落，妳給媽一點私人空間處理她的情緒很難嗎？」

「我……」莫娜堵得我一句話都說不出來。

「莫狄，不要強逼媽說出所有的事，也許事實的真相並非我們所能承受。」莫娜放軟聲音，雙手搭在我的肩上，漂亮的眼睛覆上一層薄霧，「如果爸的離開是因為我們，或是因為外面另有家庭，甚至是因為其他更不堪的原因……」

然後莫娜眼中的薄霧化為一滴淚珠，滑落臉頰。

「要是我們兩個都垮了，那媽該怎麼辦？」莫娜哽咽道。

自從三年前海邊那場意外過後，我再也沒見到莫娜哭過。

看著這樣的她，我只能點頭，確實是我想得不夠周到。

我伸手抱住她，「對不起，莫娜。我覺得我最近老是在做錯事情。」

「青春期的少女總會有中二的時候。」莫娜回抱我，嘴角噙著笑意。

「莫娜，妳沒有毀了我的生活，應該說，妳已經成為我生活的一部分。即便……紀衛青和周映微他們都不知道妳的存在……但他們也是妳的朋友。」

在我懷中的莫娜安靜了好一陣子，才喃喃地說：「周映微才不是我的朋友。」
「那紀衛青總是了吧。」我失笑，「明天，妳要不要去綠茵？」
「不要。」她像是在賭氣般飛快回答，「我要睡了，妳也快去睡。」
接著莫娜離開我的懷抱，跳上床躺好。
「幫妳留一盞燈？」
「當然。」莫娜說。
於是我替她關掉大燈，開了一盞夜燈。
「明天妳要去綠茵喔，晚安。」我對莫娜說完今晚的最後一句話，將門帶上。

莫娜

在床上翻來覆去了老半天都睡不著，莫狄對我說的那些話一直在我腦中盤旋。
還有媽哭泣的臉。
我當然好奇媽在棉被底下藏了什麼，也很在意究竟是什麼東西，讓媽近乎崩潰地阻攔我們查看。
可是莫狄已經宛如一支咄咄逼人的長矛，逼得身處懸崖邊的媽不斷往後退了，我不能再當一把逼瘋媽的刀，所以我制止了莫狄。

無論那是什麼，既然媽堅持不想讓我們看見，那就別看了吧。

我相信媽不會害我們，她這麼做必然有她的道理，也許那樣東西代表了某個我們無法承受的眞相……若是強行揭曉眞相，我和莫狄因此陷入了愁雲慘霧之中，那媽又該怎麼辦？

如果媽想說，她終有一天就會說，在那天來臨之前，我們只需耐心等待就好。

反正我們還年輕，最不缺的就是時間。

而我現在更更在乎的，是另一件事，應該說是另外好幾件事。

對，我在意丁妍羚身上的菸味、在意田沐棻一直跟她打架、在意周映微詭異的行爲、在意紀衛青、在意藍官蔚，甚至我還在意綠茵一年五班的校慶活動是否能順利。

也許莫狄說得沒錯，那是她的生活，不是我的，我卻把那些看得那麼重。

我從床上坐起，打開手機的mail信箱，裡面躺了幾十封藍官蔚寄來的信。他不再使用蔚藍海岸的信箱了，改用署名爲藍官蔚的信箱寄信給我。

From 藍官蔚

所以妳聽完我和衛青的事情，就神隱了？

From 藍官蔚

我知道妳不是綠茵的學生，但妳打算就這樣消失？

From藍官蔚

我也可以問莫狄關於妳的消息，應該說我早就知道妳家住址……雖然這句話聽起來很像威脅，請妳至少回封信好嗎？

From藍官蔚

我像個煩人的跟蹤狂一樣，但我很在意妳與莫狄後來還好嗎？

From藍官蔚

我會去問莫狄喔。

From藍官蔚

算我怕了妳了，回信好嗎？

From藍官蔚

不想再聯絡的話也行，那請至少發一封要我別再寫信給妳的mail吧。

From藍官蔚
沒有任何道別的分離，是最爛的，妳知道嗎？

From藍官蔚
好歹把我寫的愛情小說還我吧！

向來行事從容的藍官蔚居然發來了這麼多信，老實說我挺意外的，不過仔細回想與他成爲網友的這幾年，以及從他筆下的愛情小說裡，便能察覺在他「藍老師」的外表下，他內心其實……就還是個高中生。

我想回信給他，卻久久打不出半個字。

離開溫暖的床，我輕手輕腳打開房門，悄悄潛進莫狄的房間，確認她睡得正沉後，我再次回到房裡換下睡衣，將長髮紮成丸子頭，穿上外套，決定外出透透氣。

經過媽的房間時，我猶豫了一下，小心翼翼地推門而入。媽已然入睡，床頭亮著一盞小燈，我注意到她手上拿著一樣東西。

再往前幾步，媽臉上淚痕猶存，拿在她手上的是一個相框，儘管沒拿起來細看，可我依稀能看出裡面是一張全家福的照片。

果然，她是思念爸的吧。

忍住想掉淚的衝動，我輕輕替媽帶上房門，取走家中鑰匙，步出家門。

已經快十二點了，對於學生來說，這時間差不多該睡了，但對部分成年人而言，精彩的夜晚才剛要開始。

我又去到那間居酒屋，卻沒有進去，只是站在門外朝裡窺探，不意外地瞥見了坐在吧台的姊姊與大叔。接著一個熟悉的身影從廚房走出來，他穿著綠茵制服，再套上一件黑色外套，像是在與王大哥他們道別。

我立刻躲進一旁的防火巷，沒多久，便聽見門被拉開的聲響。

紀衛青一走過去，我就從防火巷跳出來。

「紀衛青！」

他愣住，滿臉不可思議地說：「妳……妳知不知道現在幾點了啊！」

我把手機螢幕轉向他，「十二點五分，你不是有手錶嗎？」

「我當然知道！都幾點了，妳怎麼還在外面？」

「我來找你。」

他又是一愣，像是沒料到我會如此說。

「明天在學校也會見……這麼晚了，妳這樣很危險。」他搓搓鼻子，聲音變得溫柔，

「我送妳回家。」

「你有吃晚餐嗎？要不要去吃點宵夜？」

「女生不是都不吃宵夜嗎？」他好笑地瞅著我。

「不是每個女生都這樣吧。」我聳聳肩，指向前方不遠處的關東煮攤販，「隨便吃點

東西，我再回家。」

「嗯。」

他任由我拉著，來到那個由發財車改裝而成的小攤車前。

「年輕人就算忙著談戀愛，也要早點回家喔。」老闆向我們露出親切的笑容，還不等我們點菜，就先舀了兩碗熱湯給我們。

「會的，謝謝老闆。」我開心地接過熱湯。

「我們不是男女朋友……」紀衛青低聲咕噥，仔細一瞧，他臉上居然微微泛紅。

這個男生親我的時候倒很乾脆，怎麼現在被說個幾句就臉紅，臉皮還眞薄。

點了幾樣關東煮，我們先是默默吃著，然後紀衛青才開口問：「妳怎麼會這麼晚出來，發生什麼事了嗎？」

「沒什麼，只是睡不著，所以出來走走，又想到你這個時間說不定還沒下班。」

「所以不是專程過來找我，只是剛好啊。」

「怎麼，你寂寞？」我抬手勾住紀衛青的肩膀，他差點把剛咬下一口的甜不辣吐出來。

「不要動手動腳。」他趕緊推開我，臉似乎更紅了，「妳怎麼怪怪的？」

「有嗎？」

「跟妳今天在學校不太一樣，妳有時候會這樣耶，好像不同的兩個人。」

紀衛青這番話令我心頭一震，同時也覺得心中一暖。

還是有人注意到我們的不同，有人可以分辨得出我們——儘管他根本不知道我們是雙胞胎。

在紀衛青送我回家的途中，我掙扎著是否要告訴他實情，但又想到應該得先和莫狄達成共識才行，所以我又把話吞了回去。

不過，我想要更了解紀衛青這個人，對我來說，他已經……是我莫娜的朋友了。

「記得你之前跟我提過，你對餐飲業很感興趣是嗎？」

「怎樣，妳要笑我嗎？」

他還眞敏感，看他那彆扭的模樣，我就覺得有趣。

「不是，我覺得十六歲就找到了夢想，是一件很棒的事情。」我誠摯地說，沒有半點嘲諷的意味。

紀衛青卻撇撇嘴，「但我家人不那麼認爲。」

「我想他們一定很希望你繼承家業吧，雖然是黑道。」我笑了下。

「就算是黑道，近來也洗白不少，如今我們也經營很多正經生意。」他停頓片刻，「當然，不是全部都正經。」

那部分我就不感興趣了，於是我又換了個話題，「你應該沒有跟家裡鬧翻吧？我是說，雖然你現在在王大哥的店裡打工，可是你還是可以住在家裡。」

紀衛青扯扯嘴角，「我媽……她是個很開明的女人，她讓我做自己想做的事情。王大哥以前就和我們家有來往，時常會在我家要招待客人時，過來擔任大廚，我小時候就很喜歡王大哥，所以當我一提起對餐飲有興趣，他二話不說，便讓我去他名下的一間居酒屋學習，他很厲害喔，開了很多間日本料理店。」

看到紀衛青眼睛閃閃發亮地談論各種食材該如何運用，以及他最喜歡的日本料理，那容光煥發的模樣著實令我好生羨慕。

沒有什麼比心中懷有夢想的人更閃耀。

「啊，我說得太忘我了。」過了半晌，他意識到自己竟一個人說個沒完沒了，有些害羞地低下頭。

「我聽得很開心呀，眞好，你有夢想。」

「我追逐夢想是有期限的，我爸只給我五年，要我在這段期間內做出成果，否則我二十歲以後，他就要開始訓練我繼承家業。」

「有五年也很不錯了，我相信你可以做到。」

他看起來不太好意思，「謝了。那妳的夢想是什麼？」

「我沒有夢想。」我不假思索地說。

「沒有夢想？」他對於我的秒答感到不可思議，「怎麼可能？」

「一般來說，沒有夢想的人本來就比有夢想的人還多吧。」

「可我不這麼覺得，對於未來，每個人應該或多或少都有些想像。」

「是嗎？我沒有耶。」

「從小就沒有嗎？」紀衛青又問。

「嗯，從小就沒有，人生不就這樣念書、長大，以後出社會找工作嗎？」

「類似的話我也聽朋友說過，說什麼反正長大就要繼承家業，何須再有夢想這種多餘的負擔，那只會讓自己更傷心。」他正色道，「可是莫狄，妳不一樣吧？妳家裡又沒給妳束縛，想做什麼就可以做什麼。」

沒料到還有這樣的說法，我輕輕一笑，「那我希望莫狄能永遠快樂，找到自己想做的事。」

「妳這是在爲自己許願嗎？那也行，妳的夢想也許以後就會出現。」紀衛青點頭。

他神經還眞是大條。

「你家裡沒有其他人可以繼承家業嗎？」我問出這個我明知道答案的問題。果然，紀衛青臉色一沉。

如果他告訴我藍官蔚的事，我就告訴他莫娜的存在。

如果他不說，我就不說。

我在心裡跟自己打賭。

「我家……」

「小狄！小狄！」

紀衛青話還沒說完，就被媽從前方傳來的聲音打斷。在安靜的深夜裡，媽的叫喚聲分外響亮。

「是誰在叫妳嗎？」紀衛青尋著聲音望過去。

媽叫的不是我，難道莫狄怎麼了嗎？

我趕緊往家的方向跑，紀衛青追在我身後，我遠遠便瞧見媽一個人在家門前的巷子不斷大聲叫喚，有些住戶被媽吵醒了，還特意推開窗戶探頭查看。

「媽！怎麼了？」我大喊。

穿著睡衣、披頭散髮的媽一見到我，臉上焦急的神情立刻轉爲欣喜，她快步奔來用力抱住我，「妳去哪裡了！小狄，妳要我擔心死嗎？」

見狀，一旁的紀衛青有些尷尬。

「妳看，就跟妳說不要亂跑了。」他低聲說，這傢伙居然這個時候還在說教。

我不是莫狄，媽從來不會搞錯我們兩個的，但現在這個情況，我也不好糾正她。

「媽，冷靜一點，我只是……出去外面晃晃。」莫狄應該好好地在房間睡覺，媽沒有先確認過就跑出來了嗎？

好不容易媽終於冷靜下來，她注意到始終站在一旁的紀衛青，我連忙介紹：「媽，這位是我在綠茵的同班同學，紀衛青。」

「啊……你好，你們這是……」媽吞吞吐吐地說。

媽的腦袋在想些什麼我大概猜得到，畢竟我看起來就像是半夜偷溜出去和男生約會一樣。

「媽，我們回家再談。」我推著媽朝家裡的方向走，然後朝紀衛青使了個眼色，「明天學校見。」

「嗯，明天見。」紀衛青向我揮手道別，並恭敬地對我媽說：「阿姨，眞抱歉，這麼晚叫莫狄出來。」

我挑眉，這個傢伙還懂得把錯往自己身上攬，是因爲黑道的義氣，還是出於他自身的溫柔呢？

我朝他一笑，用嘴型說了句「白痴」，紀衛青先是一愣，抓了抓後頸，也對我露出笑容。

「他是妳的男朋友嗎？」爬樓梯的時候，媽低聲問：「是娜娜的，還是小狄的？」

「媽，妳怎麼忽然分不出我是誰了？」我忍不住皺眉，「莫狄怎麼可能會晚上偷溜出去，況且她應該在房間睡覺啊，妳沒先去她房裡確認嗎？」

「我……我一時太心急了。」媽拉起我的手。

「莫狄沒被吵醒就好，媽，不要跟莫狄說我今晚有偷溜出去，那是莫狄在學校的朋友，但是他把我當成莫狄了。」我停頓了一下，說出這句令我十分感傷的話：「他們沒有人知道莫狄是雙胞胎，所以不知道我的存在。」

聞言，媽捏緊我的手，腳步慢了下來。

「那今晚就是只屬於我們兩個的時間好嗎？」媽輕聲說，「我做一些娜娜喜歡吃的東西給妳當宵夜，這是我們的祕密，不要告訴小狄好嗎？」

我挑眉，不禁笑了，「好啊，我們的祕密。」

回到家後，媽做了幾樣簡單的小菜，和我一起坐在客廳邊吃邊聊，中間還一度因爲聊得太開心而不小心提高音量，幸好莫狄睡得很沉，並沒有被吵醒。

莫狄

我以爲莫娜一早就會跑來跟我說，她要去綠茵，結果沒有，她還在房裡睡覺。

「莫娜，喂，妳不去嗎？」我把一套綠茵的制服放在她床邊，搖搖她的肩膀。

「不要……昨天不是說了嗎？我好睏！」莫娜低聲呢喃。

媽媽恰巧從莫娜的房門前走過，眼睛因爲昨晚痛哭過而明顯腫起，「怎麼了嗎？」

「媽，我今天要請假，昨天吃太多了，肚子不太舒服。」莫娜睜開眼睛，神情疲倦。

「妳還好吧？」我緊張地問，但是媽媽好像了然於心一樣，一口便答應了幫莫娜請假，什麼都沒多問。

「所以妳自己去吧，別吵我了。」莫娜用被子蓋住頭，顯然不打算再與我交談。

我沒辦法，只能換上制服去學校。

期中考的成績出來後，所有人都跌破眼鏡，總是坐在座位上乖乖念書的周映微，排名居然只落在中後段。

倒是田沐棻出乎意料地拿下第一名。發下數學考卷時，她故意將自己得到九十八分的考卷「掉」在丁妍羚桌上，而偏偏丁妍羚這科只拿下八十分，丁妍羚為此勃然大怒，兩人又在課堂上扭打了起來。

自開學以來，丁妍羚就不斷地找田沐棻的碴，久而久之，田沐棻也與她爭鋒相對了起來，兩人每天言語、肢體衝突不斷，使得大家逐漸見怪不怪，甚至開始抱持著看好戲的心態。

「我只是在跟她玩而已。」有次紀衛青看不過去，要田沐棻收斂些，田沐棻卻這樣回答。

而說到紀衛青，他拿到第三名，班上同學對此似乎並不意外，我稍微打聽後才知道，原來紀衛青的成績一直都很優秀。

「妳考了第二名，還想說什麼？」在我訝異紀衛青的好成績時，他如此回答。

「沒、沒有……」

「妳又在裝安靜了嗎？」紀衛青一笑。

為了避開紀衛青不明所以的溫柔眼神，我連忙轉頭看向前方，卻瞥見周映微忿忿不平地瞪著我，「妳從來沒告訴我，妳成績這麼好。」

「這……我成績沒有很好……」

「考第二名叫沒有很好？」周映微從我桌上拿起數學考卷，「九十四分叫沒有很好？」

「還給她。」紀衛青冷著聲音說。

周映微咬緊下唇，沒再說話，用力把考卷丟回我桌上，起身朝教室外走去。

「妳應該不是會默默承受這種事的類型啊。」紀衛青聳聳肩。

不會默默承受這種事的是莫娜。

我忽然慶幸今天莫娜沒有過來，否則一定會爆發衝突。

可是……爲什麼周映微愈來愈奇怪了，好像永遠在生氣一樣。

「我去找她好了。」我站起身。

紀衛青卻喊住我：「妳成績這麼好，難道眞的沒有想過？」

「咦？」

他一臉疑惑，「夢想、未來什麼的，妳各方面都很優秀，怎麼可能未來沒有想做的事？」

爲什麼會突然提起這個？

儘管心中不解，我還是老實回答了紀衛青的問題，「我未來當然有想做的事，我以後想從事出版業。」

「比昨天好多了。」紀衛青聽完，微微勾起嘴角。

「昨天？」

「昨天我問妳同樣的問題，但妳說『希望莫狄能永遠快樂』，像是在許願一樣，而且哪有人在句子裡拿自己的名字當主詞啊。」

他的話裡有著無限溫柔，我卻心中一沉。

昨天莫娜和紀衛青又見面了嗎？

什麼時候？

而莫娜的心願，就是希望我快樂嗎？

「紀衛青，我有件事想告訴你。」

他已經是莫娜的朋友了，我不能用「莫狄」的身分獨占他，所以我決定讓他知道莫娜的存在，可是在這之前，我必須先和莫娜達成共識。

「我也有事情要說，昨夜還沒來得及說完。」

「不，請不要對我說。」見他一臉錯愕，我連忙改口：「應該是說，不要現在說。校慶，在校慶那一天，我有件事要告訴你，你也把你昨晚沒說完的事說完，可以嗎？」

雖然紀衛青眼中仍存有疑問，他還是點頭道：「妳眞是特別。」

我滿臉問號。

「妳時常表現得像是不同的人。」

他這句話令我不禁莞爾，「那我先去找周映微。」

跑出教室後，我思索著要到哪裡找她。我決定先去中央大樓的空中花園碰碰運氣，之前好像聽她提過，她覺得那邊很漂亮。

果然，我才踏進空中花園，就看見周映微站在角落，似乎在講電話。

我緩步走近，但想想這樣似乎不太禮貌，正想轉身走開時，卻聽見她慌張地說：「對不起，我下次一定會考得更好，這次我被陷害了，班上同學都假裝自己很差勁，結果每個人……對不起，我不該有藉口，對不起，母親，對不起……」

我不由得一愣，不自覺停下腳步。

周映微側頭，發現我站在她身後不遠處，嚇了一大跳，趕緊結束通話，怒瞪著我說：「妳做什麼？」

「妳剛才在和妳媽媽講電話嗎？」

「關妳什麼事。」她說完就要離開。

「妳的成績並沒有很差啊！」我攔下她。

我說的是實話，即便周映微的成績在班上只居於中後段，然而她的程度放到其他高中，也絕對有前十名。

「妳少對我說風涼話！妳竟然如此陰險，假裝什麼都不會、假裝跟我一樣不受歡迎，結果呢？妳跟班上那些風雲人物做朋友，妳和最受歡迎的藍老師關係很好，妳還考了第二名，校排名第十五名！妳裝了這麼久也夠了吧，從現在起不必再裝了！」

周映微猙獰的面孔讓我一時半刻說不出話來，她伸手用力推了我一下，我整個人往後跌去。

「啊！」我吃痛地喊了聲。

但她一點也不在乎，還直接從我身上跨過去走遠。

這是……怎麼回事？

周映微那通電話……

我爬了起來，追在周映微身後，想再解釋些什麼，卻被人拉住，回頭一看，居然是丁妍羚。

「再追上去，她只會更生氣。」她的微笑帶有幾分戲謔，更令我訝異的是，她指間居然夾著一根香菸。

「妳會抽菸？」

丁妍羚臉上閃過一絲怪異的神色，「怎麼？上次妳不是看見了嗎？」

是莫娜看見的嗎？

「但妳在這裡抽菸，很容易被人發現吧？」

平時下課的時候，很多學生會過來空中花園聊天，丁妍羚竟然如此大膽。

她聳聳肩，隨意把菸蒂往地上一扔，抬腳踩熄，「沒想到周映微的內心那麼扭曲，自卑心還重成那樣，妳跟她解釋再多都沒有用，她只會覺得妳在炫耀。」

「我沒有炫耀，我能炫耀什麼？」我打從心裡感到不解。

「成績啦，長相啦，」她轉轉眼珠，「還有紀衛青。」

「紀衛青？我和他沒什麼……」

「少來了，畢元石都告訴我了。」她用鼻子哼了一聲，「妳不是很常去紀衛青打工的店嗎？」

「咦？」我滿臉疑惑。

「算了，不關我的事。」她認定我在裝傻，擺擺手就要離去。

「妳身上有菸味。」我提醒她。

「妳上次也這麼說。」丁妍羚嗅了嗅指尖，「菸味很明顯，對吧？」

我點頭。

「可是，從來沒有人發現。」丁妍羚流露出些許寂寞的神色，「妳覺得是大家太遲鈍，還是因爲我的家世背景使然？」

「這……」我答不上來。

丁妍羚輕笑，離開了空中花園。

我走到牆邊向下望去，放眼可見大半個綠茵校園，包括一部分的綠茵草原，以及在綠茵之外的世界。

突然間，我想起入學前聽過的一個說法。

綠茵是堵高牆，能進到裡面的人都不是一般人，要麼家裡有背景，要麼自身足夠優秀。

這番帶著豔羨嫉妒的話語，我當時聽完感觸不深，如今回想起來卻讓我覺得十分寂寞。

即便能躋身綠茵的學生都非同一般又如何？

我們也會受傷，跟一般人沒有兩樣。

莫娜

From 莫娜

藍官蔚，我沒有不和你聯絡。

我只是覺得自己不能吞噬莫狄的生活，但現在我想開了，你原本就是蔚藍海岸，是我先認識的朋友。

我想把那本愛情小說還你，順便與你分享感想，大人何時有空？

看著手機螢幕許久，我按下送出鍵，這麼多個禮拜過去，我終於鼓起勇氣回信了。

莫狄

當我從空中花園回到教室時，距離上課鐘響已經過了一分鐘，我很意外竟然沒在講台上看見藍老師的身影。

約莫兩、三分鐘後，藍老師才帶著課本姍姍來遲。

「老師，你遲到了。」田沐棻調侃他。

「是啊，都怪妳和丁妍羚三不五時打架，所以校長找我過去。」藍老師看起來心情很好，沒人相信他說的話。

「哼。」丁妍羚嘟起嘴。

「妳們就像熱戀中的情侶一樣，三天一大打，兩天一小吵。」畢元石也跟著打趣，逗得熊谧君哈哈大笑。

「誰跟她是情侶啊。」田沐菜怪叫。

「如果她是我男朋友，我一刀戳死她。」丁妍羚撂下狠話。

「那很剛好啊，都說婚姻就是兩個人不斷想殺死對方，卻一直沒有動作。」藍老師隨便下了個註解後，要大家翻開課本。

我企圖和周映微說上幾句話，可她整堂課都坐直身體，眼睛緊盯著黑板，不停抄寫筆記。

考完期中考後，她就變成這樣了。

下課時間，我本想過去找她，但周映微全身都散發出「旁人勿擾」的氣息，於是我只能退開，一個人來到走廊。

「妳很在意？」沒料到丁妍羚也跟著走出來，她瞥了眼教室裡的周映微。

「沒辦法不在意吧？」我低聲說。

「在意只會逼死自己。」丁妍羚丟下這句話便離開，而畢元石和熊谧君此時也從教室跑出來跟在她身後。

「不要跟著我，你們好煩！」

丁妍羚的語氣裡帶著明顯的嫌棄，不過那兩個男生依然笑嘻嘻的，似是毫不在意，三個人漸行漸遠。

「那個女的跟妳說了什麼？」下一秒換田沐棻出現，她下巴朝丁妍羚離去的方向一抬。

「爲什麼熊益君和畢元石老是跟著她？」我好奇地問。

「他們三個是青梅竹馬。」

「就像妳和紀衛青嗎？」

田沐棻露出嫌惡的表情，「我和紀衛青才不是什麼青梅竹馬，只是剛好從國小那時就認識而已。」

「是喔。」

她回頭望向教室，確認紀衛青不在位子上後，俯身在我耳邊低聲說：「我之前說的那些話，妳別介意。」

「什麼話？」是對我說的，還是對莫娜說的？

「我之前說的一些話給人的感覺好像我很了解紀衛青，而這也許會讓人懷疑我是不是跟紀衛青有什麼，或是以爲我喜歡他。」她吐了吐舌頭，「我找妳說這些，只是因爲我不想再被人誤會。」

「丁妍羚誤會妳了……對吧？妳不像會搶人男友的那種女生。」

田沐棻眼睛一亮，「妳之前不是說我看起來很愛玩嗎？」

「那是我誤會了……」

「莫狄，妳眞的很奇怪呢。明明稍早才說我很漂亮，所以自然會廣受歡迎，但下一秒又說我看起來很亂。我本來以爲妳是雙面人，後來又覺得應該不是那麼回事。」

被她那雙慧黠的眼睛直勾勾地注視著，使我有些緊張，她彷彿已經看穿我和莫娜的祕密。

「每個人都有一、兩個祕密，」幸好她很快就轉開視線，不打算追究，「就像丁妍羚一樣。」

「妳也聞到了嗎？」我試探地問。

「那股菸味那麼重，當然聞得到。」她難得露出不解的神情，「而且我還發現，丁妍羚一直找我麻煩，不全然是爲了她的前男友。事實上我只和她前男友打過兩次籃球，之後就聽說他們分手了。所以開學那時，丁妍羚宣稱我搶她男友，我整個人都傻住了。」

「她爲什麼要這麼做？」

「我哪知道。」田沐棻抿了抿唇，「但她會這麼做一定有她的目的。反正每天和她吵架也挺有趣的，妳有注意到嗎？她每次攻擊我之前，都會先猶豫一陣才出手。」

「那她爲什麼要抽菸？我的意思是說，她是三行銀行的千金，應該……」

「應該保持形象，對吧？」田沐棻接過我沒說完的話，唇角諷刺地勾起，「也許就是因爲大家都認爲，那些出身豪門世家的千金、少爺都該要有個『樣子』，所以他們才不得不背負著一般人所無法想像的巨大壓力。」

我沒有接話，只是默默地想著，無論處在什麼樣的地位，家境是貧是富，天資是聰穎或是愚昧，每個人心中都有自己難以訴說的傷痛。

我看向依然坐在教室裡認眞念書的周映微，忽然想到二年級的學長姊曾經提過，「心事室」活動在去年校慶大受好評，所以今年將再次舉辦。

也許，所謂的「心事室」，確實有其存在的必要。

莫娜

莫狄今天早上死活不肯起床，將頭埋在被子裡，鬧著脾氣說：「我想要多睡一點。」這種孩子氣的抱怨，上次從她嘴裡聽見，我記得是在小學三年級的時候。媽媽很不高興，硬是把哭哭啼啼的莫狄推出門上學。

到了學校我才發現，莫狄之所以不想來上學，不是因爲貪睡，而是因爲隔壁班有個無聊的男生老是捉弄她。

我很生氣，氣那個男生，也氣我之前居然沒有發現，更氣莫狄不懂反抗。

爲此，我當時和莫狄小吵了一架，最後雙雙哭著道歉和好。

今天莫狄又再次說出這句話，以她膽小怕事的個性，不可能是爲了賴床而不去上學。所以我合理懷疑她是不是又在學校遇到什麼不開心的事了，好吧，就由我出馬解決，爲莫狄創造舒適友善的校園環境。

於是我非常順手地穿上莫狄掛在椅背的綠茵制服，並將長髮綁成馬尾，拍拍她的屁股說：「那今天我代替妳去上學好了，妳就繼續睡吧。」

她從棉被探出頭瞅了我一眼，眼神有些哀怨。

「幹麼？」

「……總覺得妳比我更適合綠茵。」

我一愣，隨即哈哈大笑，更用力地打了她屁股一下，「但考上的人可是妳啊！」

莫狄揉著屁股，再次用棉被蒙住頭。

「別胡思亂想了，我只是暫時代替妳去上學。」我背起書包，「明天妳可要自己去，知道嗎？」

「……明天是禮拜六。」

我拍了下額頭，「我忘了，那妳下禮拜一一定要去上學。」

語畢，我走出莫狄的房間，媽把她剛做好的三明治端上桌，笑著對我說：「小狄，娜娜還沒起床嗎？」

「她今天想多睡一會兒。」我在心裡竊笑，坐在莫狄的位子吃早餐。

「小狄，學校怎麼樣呢？」

「嗯，不錯呀，很好。」我隨口回答。

媽聽到我這麼回答，臉上露出狐疑的表情。

我趕緊咳了一聲，「媽媽，綠茵是間好學校，我在裡面過得還滿開心的。」

「這樣就好，能去綠茵念書眞是太好了。」媽似乎放下心來。

「那我先出門了。」好險，差點就被發現了，我連忙跑到玄關穿鞋。

走出家門沒多久，便看見田沐棻從對街的甜甜圈店推門而出，我站在原地大喊她的名字，田沐棻一見到我就揚聲說要我過去。

「過去？」我有點疑惑，要去學校的話，不用過馬路比較順啊。

田沐棻用力點頭，我左右張望了下，確認左右沒有來車後，快步跑過馬路，來到她身旁。

「嘿，媽，這是莫狄，我班上同學。」田沐棻領著我走進甜甜圈店，向店內一位在櫃台擺放甜甜圈的中年女性介紹。

我趕緊打招呼：「阿姨好。」

「哎呀，同學妳好。」田沐棻的媽媽滿臉堆笑，她和田沐棻一樣，給人一種豪爽的感覺。她夾起一個甜甜圈放進紙袋，走出櫃台遞給我，「這是店裡新推出的口味，妳吃吃看。」

「謝謝阿姨。」我二話不說咬了一口，發現是肉桂口味，「我喜歡肉桂！」

「是嗎？太好了，本來我還怕大家不能接受。妳吃得出來裡面有什麼不一樣嗎？」田沐蓁的媽媽殷切地問我。

「抱歉，我只會吃，分辨不出這個甜甜圈有哪裡不一樣，不過眞的很好吃！」我有些不好意思地笑了笑，隨即狼吞虎嚥地吃完甜甜圈。

見狀，田沐蓁的媽媽也笑了，又給我一個甜甜圈，說讓我帶到學校當點心。

於是我心滿意足地拿著裝有甜甜圈的紙袋，與田沐蓁一同前往綠茵。她皺著眉頭表示自己不喜歡肉桂，所以沒有吃，我說那是她不懂肉桂的好。

「冬天的時候，把山楂和肉桂混合米煮成粥，非常好吃又能暖身喔。」我大力宣揚肉桂的美妙。

「妳媽媽這樣煮過啊？」

「是呀，小時候我和莫……我是說，我小時候很常吃。」好險，差點就說溜嘴了！

「是喔，但我還是討厭肉桂。」田沐蓁絲毫沒有察覺異樣。

到了教室後，周映微還是不太理睬我，我雖然覺得無所謂，但又想是不是因爲周映微，莫狄才不想上學呢？

周映微，我到底哪裡惹到妳了？

儘管我很想這樣直接問她啦，然而以莫狄的個性，絕對不可能如此單刀直入，所以我得另尋他法。

瞄了一下課表，今天有體育課，也許可以趁著體育課，看看有沒有機會能和周映微說上幾句。

「莫狄，校慶的事妳還記得吧？」紀衛青一走進教室，連書包都沒放，就直接站在我桌邊問。

我注意到紀衛青的頭髮有些凌亂，站起身順手幫他理了理，「什麼事？不管是該記得的，還是該忘記的，我全都忘了。」

不能怪我這樣回答，因為我不知道他是不是有對莫狄說過什麼，莫狄這傢伙完全沒有跟我更新情報。

紀衛青忽然臉頰脹紅，一副很尷尬的樣子，他把手放在嘴邊咳了幾聲，「妳、妳……」

「幹麼？」我覺得有點莫名其妙，隨即發現班上所有人都在看我們。

畢元石更是在旁邊發出曖昧的鬼叫，我忍不住白了他一眼。

「妳幹麼啦！」紀衛青身體僵直，眼睛不斷左右亂轉，就是不敢直視我。

我突然覺得他這個樣子好可愛，興起了繼續捉弄他的念頭。

所以我把手放到他的肩上，故意將臉靠近他。

「妳……」這下紀衛青連耳朵都紅了。

「等等，我要提醒一下，這裡是學校，是一年五班的教室喔！」熊益君連忙大聲宣布。

這些人是以為我會在教室做出什麼事情啦！

「紀衛青。」我輕聲說。

他嚥了口口水，「怎、怎、怎麼了？」

我差點笑場，他居然結巴。

「你頭髮好亂！」

「莫狄！」

我哈哈大笑，往後一退，紀衛青氣呼呼地坐下。

其他同學臉上的表情像是鬆了一口氣，卻又好像有點惋惜，而我偷偷覷向紀衛青的側臉。

怎麼愈看愈覺得他很可愛呢？

結果今天一整天下來，我不僅找不到機會跟一直偷瞪我的周映微說話，體育課還被臨時調課，改上數學，這讓我非常不高興。

而且很不巧的是，藍官蔚今天請假，虧我還帶了小說來，看樣子要再把那本書帶回去了。

放學的時候，田沐棻跑來問我要不要一起去吃豆花，我才想起書包裡還有一個甜甜圈，就想把甜甜圈給紀衛青。

「噁，我不喜歡肉桂。」紀衛青毫不掩飾他的嫌惡。

「肉桂明明很好吃。」我反駁。

「而且你這樣很沒禮貌，那是我家推出的新品欸。」田沐棻也跟著怪叫。

「應該推出巧克力、草莓這種大眾比較能接受的口味吧。」

「那些口味早就都有了啦，紀衛青你根本不懂吃的！」田沐棻忿忿地說。

「什麼？我怎麼可能不懂！」這句話激起了紀衛青的勝負欲，畢竟他可是一心想朝餐飲業發展，哪裡容得了田沐棻這麼損他。

於是去往豆花店的途中，他們兩個一路爭吵，堅持自己比對方更懂吃。我沒有加入戰局，只是笑嘻嘻地聽他們倆互相攻擊。

進到豆花店，才吃到一半，田沐棻就接到家裡的電話，說新推出的肉桂口味大受歡迎，人手應付不來，要她快點回去幫忙。

「怎樣，你懂屁啊？」掛掉電話後，她高高挑起了眉，對紀衛青露出得意的表情，然後踩著開心的步伐走出豆花店。

紀衛青目瞪口呆，在她身後大喊：「我不能接受！」

我笑個不停，拍拍紀衛青說：「既然以後想從事餐飲業，就不能只看重自己喜歡的口味，這樣太狹隘了。」

「妳居然喜歡肉桂。」他斜眼看我。

「怎樣？我還喜歡肉圓和肉包喔！」我笑得快岔氣。

就在此時，外頭突然傳來一陣騷動，似乎還有女生的尖叫聲，豆花店的店員與顧客都好奇地往外張望，我和紀衛青也被吸引著走到店門外。

兩輛車停在馬路中間，應該是樁行車糾紛吧。兩個男人站在車子旁邊吵得不可開交，另外兩個女人也針鋒相對，兩方看起來似乎都不是好惹的。

「唉。」紀衛青嘆了口氣，然後就要走上前，我趕緊拉住他。

「你要幹麼？很危險耶。」

「很危險？我是誰？」他輕蔑一笑。

「綠茵的紀衛青。」我說，見他翻白眼，我又說：「居酒屋的紀衛青。」

「莫狄，妳故意的嗎？」

我嘿嘿一笑，輕拍紀衛青的手臂，對他說了聲加油，打算回店裡把豆花端出來邊吃邊看。

結果等我端了豆花出來，兩方竟然已經偃旗息鼓，一副大事化小、小事化無的和諧模樣。我瞪大雙眼，現在這是什麼情況？

「那年輕人是什麼人啊？居然一兩句話就讓他們都安靜下來了。」我聽到身旁的豆花店店員這麼說。

沒過多久，兩台車陸續開走，而紀衛青容光煥發地走了回來。

我舀起一杓豆花送進嘴裡，「怎麼回事？」

「妳沒看到？」他一臉訝異。

「我回去拿豆花。」我又吃了一口，紀衛青則顯得非常沮喪。

「妳竟然沒看到，我是要表……算了。」

然後他不知道在生什麼氣，逕自朝店外走去，我連忙把豆花放在最靠近店門口的桌上，追了上去。

「我本以為兩邊會打起來，才回去拿豆花的。」我解釋。

他不理我。

「結果我才剛出來，事情就解決了，你動作好快喔。」

他還是繼續往前走。

「好棒！好厲害！居然這麼快就讓兩個凶神惡煞的男人態度軟化，怎麼這麼棒！」我故意讓自己的語氣夾雜著崇拜。

他的腳步漸漸慢下。

「快告訴我，你跟他們講了些什麼啦，我好好奇喔！」

他終於停下，側過頭對我說：「我就只說了我是紀衛青，然後問他們到底發生了什麼事。」

瞧他一臉「這沒什麼大不了」的模樣，紀衛青這個人還眞愛口是心非，只是對於他這麼孩子氣的舉動，我竟然不討厭，反而覺得超級可愛的，這究竟是怎麼回事？

「哇，一句話就讓他們閉嘴，好厲害。」我說這話一半是刻意哄他開心，一半也是出自眞心。

他聳肩，「厲害的不是我，是紀家的名聲。那兩個男人剛好也是道上混的，才會我一亮出名號，就賣我面子。」

「還是很厲害啊，人又不能控制自己生長在什麼樣的家庭，擁有什麼樣的資源，但那又如何？只要好好善用不就行了？」我抬起手肘頂了頂紀衛青，見他臉色古怪地注視我，我不由得問：「怎麼了？」

「妳不覺得人生不公平？」

「人生本來就不公平，但我覺得能踩在這塊土地上，呼吸新鮮空氣，然後雙手雙腳健全，吃飽穿暖，已經很夠了。」我朝紀衛青一笑。

「莫狄，妳真的是個很奇怪的人。」紀衛青也笑了，夕陽照在他身上，像是將他整個人包覆在光圈之中，看起來閃閃發亮。

我是莫娜，不是莫狄。

在這個瞬間，我好想這麼告訴他。

莫狄

一大早，田沐菜便拿了一個肉桂甜甜圈給我。

「今天早上剛炸出來的，給妳吃。」我一聞到味道，就忍不住乾嘔一聲。

田沐菜和紀衛青面面相覷。

「對不起，但我不太喜歡肉桂的味道……」我連忙解釋。

「可是妳昨天吃得很開心啊。」田沐菜說。

「還吃了兩個。」紀衛青豎起兩根手指。

那是莫娜吃的，她喜歡肉桂。

眞是的，她怎麼不假裝一下啦！

「因爲我今天不太舒服，抱歉。」我揉了揉額角。

田沐蓁皺眉，「莫狄，妳有時候很奇怪，會一直道歉呢。」

「因爲、因爲我……對不起。」除了道歉，我眞的想不到還有什麼話可以說。

幸好上課鐘聲正巧響起，我像是得救般輕吁了一口氣，田沐蓁帶著她的肉桂甜甜圈回座，而紀衛青側頭凝視著我。

「昨天發生過什麼事，妳不會也忘了吧？」他忽然問。

「沒有啊。」我必須很小心地回話才行。

「那我們昨天放學去了哪裡？」

「去吃豆花啊。」我回答。

紀衛青瞇起眼睛審視了我好一會兒，才把頭轉回去，嘴裡還嘀咕了句：「是我神經過敏吧……」

聞言，我暗自鬆了口氣。

昨天吃晚餐的時候，莫娜說她放學吃過豆花，所以吃不下飯。還好她有說！

藍老師從教室前門進來，看了我一眼後，眼中流露出失望，表情明顯到我都看出來了。

他是希望莫娜能代替我來上學吧，他和莫娜之間發生了什麼事？

莫娜不告訴我的事情愈來愈多了，而且明明在綠茵念書的是我，但我的朋友和老師卻都與莫娜更熟悉。

下課時間，不出所料，藍老師又要我跟他到辦公室。

走進辦公室，我不等他吩咐便主動關上門，搶在他開口前提問：「藍老師，你昨天跟莫娜怎麼了嗎？」

「昨天？」他滿臉疑惑。

「昨天是莫娜來學校的。」

他恍然大悟，接著一副很扼腕的樣子，「我昨天請假。」

「是喔……」

「莫娜還好嗎？」

「藍老師，你想見莫娜嗎？」我咬著唇。

「她說她校慶那天會來。」他聳肩一笑，「不好意思，還特地叫妳過來一趟，我只是想確認她過得好不好。」

「沒關係的，莫娜沒事，她很好。」我低頭盯著自己的皮鞋鞋尖。

「那沒事了，妳可以先回去了。」藍老師沒有再多問。

我點點頭，轉身打開門走出辦公室。

莫娜從國中那時起，就和藍老師成爲網友相交至今，也許他們之間存在著我無法插入的世界吧。

沒走多久，便看見紀衛青站在前方轉角處，我不由得全身一震，他漂亮的雙眼眯起，我想從他面前默默走過，他卻喊住我。

「莫狄。」

「有！」我馬上立正站好。

「哈哈，妳在幹什麼？」他大笑。

沒料到他竟是這樣的反應，他笑得眉眼彎起，毫不設防，這好像是我第一次見到他這樣笑吧？

在莫娜面前，他都是這麼笑的嗎？

他朝我伸出手，我瑟縮了一下，隨即感受到他的手指輕柔拂過臉頰。

「妳頭髮黏在臉上。」他好笑地瞅著我，「昨天妳碰我碰得那麼自然，現在換自己被碰就怕了？」

莫娜也這樣觸碰他嗎？

他們現在究竟發展成了怎樣的關係？

「我覺得藍官蔚那傢伙怪怪的，怎麼老愛找妳去辦公室談話啊？」紀衛青看著我的眼神好溫柔，但他並不是在注視我。

爲什麼呢？爲什麼在我心底深處，寧願莫娜和藍老師日漸親近，也不希望莫娜和紀衛青變得更加熟悉？

「我、我想起來還有件事沒跟藍老師說。」

所以我轉過身，扔下搞不清楚狀況的紀衛青，跑回藍老師的辦公室。

我沒有敲門，直接推門而入，把正在改考卷的他嚇了一跳。

「我會幫你約莫娜。」我說。

莫娜

我騎著腳踏車往圖書館前進，前面的籃子裡放著的書不是我會看的類型。

週六的早晨，我原本計畫睡到自然醒，但莫狄一大早便把我叫起來，央求我幫她去圖書館還書。

莫狄很少拜託我做什麼事，所以我沒有猶豫太久，便起床盥洗。

媽今天難得休假，看見我要出門，很是訝異。我舉起手中的書揮了揮，向媽解釋緣由。

「她怎麼不自己去呢？」媽反常地如此回問。

「誰知道啊，說不定她有什麼目的喔！」這句話我只是隨口說說，當玩笑話。

然而當我停妥腳踏車，來到圖書館門口，我心中立刻明白，莫狄要我來這一趟，還眞的是另有目的。

藍官蔚坐在圖書館大門前的階梯上，雖然他平時在學校也穿便服，但此刻的他看起來不像老師，倒像個尋常的大學生。

更正，長得比較帥的大學生。

「藍官蔚，我猜世界上沒那麼巧的事，莫狄安排的？」我拿著書走向他。

「世界上確實有很巧的事啊，例如我們身爲網友，卻在綠茵相遇，這還不夠巧嗎？不過妳今天會在這裡見到我，是眞的沒那麼巧。」藍官蔚起身，雙手插進口袋，「的確是莫狄安排的。」

我嘖了聲，「她可以老實跟我說，不需要騙我。」

「我怕妳不來。」他的語氣像是被主人丟棄的小狗一樣可憐，「因爲妳很久沒回我mail了。」

「我後來不是回了嗎？」我撇撇嘴，「而且我不會不來的，我只是認爲校慶是一個滿好的碰面時機。」

藍官蔚聳聳肩。

我晃了晃手上的書，「我今天純粹是過來幫莫狄還書，不知道會遇見你，所以沒有帶你那本小說，心得也等下次再一起說好嗎？」

「可以，但別把我的小說給莫狄看。」他又叮嚀。

「那是自然。」

說完，我獨自進到圖書館還書，藍官蔚則在外面等我。

我很快還完書走出來，問他：「所以我們現在要去吃午餐嗎？」

「是差不多到午餐時間了。」藍官蔚看了手錶一眼，「也許該讓蔚藍海岸和莫那魯道來場正式見面？」

「這麼一想，我之前還真的從來沒在學校以外的地方見你耶。」我笑了起來，調侃他：「這樣好嗎？老師和學生私下碰面。」

「雖說老師不是離開學校就不是老師，但嚴格說來，妳不是我的學生，所以我也不是妳的老師。」藍官蔚瞇著眼睛微笑，那神情與紀衛青還真有幾分相似。

「身爲老師講這種話好嗎？不過算了，那蔚藍海岸，我們要去吃點什麼呢？」我走到他身邊，與他並肩而立。

「隨便在路邊挑間餐廳吧。」他嘴上這麼說，卻又熟門熟路地領著我往圖書館後頭的巷子走，在一間裝潢得頗似溫室的咖啡廳前停下，裡頭裝飾著很多倒掛的乾燥花。

「這叫做路邊隨便挑一間？我可不相信。」雖然沒有特別喜歡花花草草，但這間咖啡廳布置得倒是挺美的。

「妳剛剛去還書的時候，我稍微上網查了一下。」藍官蔚抓抓鼻子。

進到咖啡廳坐下，我們點了歐姆蛋套餐與紅酒牛肉飯。

看著藍官蔚坐在這充滿少女氣息的地方，我心裡就覺得好笑，他倒是完全不會不自在，只是狐疑地打量笑容不斷的我。

「怎麼了？」他終於忍不住問。

「你以前很常陪女朋友來類似的地方吃飯吧？」

「我不是很喜歡這樣的店，所以沒有。」他聳聳肩。

「藍官蔚，仔細想想，當時你爲什麼會和我一個國中生當網友？你都二十出頭了，難道你有戀童癖？」

他聽了差點將嘴裡的咖啡噴出來，「不是，我那時沒注意到妳的年紀，加上妳講話的口吻也不像國中生。況且交網友，年齡不是重點吧。」

「少來，那是交友軟體耶！」我哈哈大笑。

他示意我小聲點，「當時只是好奇，再加上我想試試交友軟體是怎麼一回事，當作小說取材。」

「那就當作是這樣吧，反正我會用那個軟體也是出自好奇。感謝我們的好奇，讓我們認識了。」我用手撐著下巴，「但我好奇的是，你曾說過，你和紀衛青是同父異母的兄弟。我的意思是，這種情況下你怎麼會想寫愛情小說呢？」

因爲他等於是父親外遇所生下的孩子，這樣的他又爲何還會相信愛情？

「我對父親沒有太多感覺，畢竟再怎麼樣我都是『外面』生的，雖然曾經住在一起，不過我還眞沒想過要繼承家業。」藍官蔚聳肩。

他高中畢業就從家裡搬出來了，後續人生的志向以及種種選擇，都與紀家無關，他甚至連姓氏都隨著母親。

「然而……即便如此，我依然願意相信愛情，因爲我的母親。對於我父親，她從來沒有怨懟，也不曾後悔，不爭不鬧，爲了她心中的愛情，她甘願委屈自己到這種地步，連我都不忍心說出責備她的話。」他坐直身體，咬下一口麵包，「而且仔細想了想，要是沒有紀家老頭，就不會有我的出生了，所以單就這一點，我還挺感謝他的。」

「但是紀衛青很看不開。」

「他還小，總有一天他會懂的。」藍官蔚似乎不願多做評論。

我們有一搭沒一搭地聊天，很快就吃完午餐。離開咖啡廳後，藍官蔚提議去公園走走，我答應了。

今天天氣很好，陽光普照，卻不炎熱，午後漫步在公園裡很舒適。藍官蔚幫我拍了幾張照片，我故意對著鏡頭做出各種千奇百怪的鬼臉。

走了一小段路，我們隨意選了一張樹蔭下的長椅坐下。

「妳眞的很沒有女生的矜持。」他雖然這麼說，卻笑得很開心。

我扭頭定定地注視他，直到他止住笑意，也回望我。

「藍官蔚，我坦白跟你說，我之所以會去玩交友軟體，是因爲當時的我很孤單，除了好奇以外，我想試試看是否能遇到聊得來的對象。」也許是陽光太好，也或許是他的笑容讓我卸下心防，我對他說出深藏在心裡的話。

那時與莫狄分別至不同國中就讀，對我來說其實也很難受。

尤其是當我還清楚認知到，從此以後，我與最親密的妹妹之間，將橫亙著一個難以鬆開的結。

「我很高興當時的莫那魯道可以認識蔚藍海岸，明明是我懼怕的海，卻令我覺得很安心。」我眞心如是說。

當時的我心情很抑鬱，幾乎是在海中載浮載沉的狀態，隨時都有可能滅頂，而藍官蔚是我唯一的浮木，他讓我得以暫時透出水面呼吸。

即便我們沒見過面，也沒有時常聊天，但他的存在讓我知道，有個陌生人只憑文字的交流就接受了我，這令我非常開心。

藍官蔚微微牽動嘴角，「我要說的話都被妳說完了。」

「是嗎？眞高興你也跟我有同樣的想法。」我笑著從長椅上站起來，「我們該回去了。」

「如果不是老師與學生……」

「你說什麼？」我轉頭看向藍官蔚。

「如果我們不是老師與學生，彼此能是另一種身分，是不是更好？」

他話中似乎另有所指，但我不打算細思，也不打算探究。

「我們現在就不是老師與學生呀，我們是蔚藍海岸與莫那魯道，或是藍官蔚與莫娜。」我回他一個眞誠且由衷的微笑。

藍官蔚沒再多言，只給了我一個同樣眞心的笑容。

回到家以後，莫狄緊張兮兮地瞅著我，害怕我會怪她擅作主張，可我只是輕輕捏了下她的臉頰。

「下次可以直接跟我說。」我的語氣絲毫不帶責怪。

聞言，她緊蹙的眉頭才稍微鬆開，然而眼裡卻夾雜著其他情緒。

「對不起，莫娜。」

但我不知道她是爲了什麼道歉。

莫狄

校慶當天，我和莫娜面對面站在客廳望著彼此，我舉起右手，她便舉起左手；當她將身體歪向左側，我就歪向右側。

然後我們相視而笑。

「很好，今天我們比平常更像彼此。」我滿意地說。

就像照鏡子一樣。

「今天很抱歉，媽媽沒辦法去校慶了。」媽媽手忙腳亂地穿上外套，隨後拿起文件，

「娜娜會去嗎？」

莫娜先是朝我一笑，才搖頭對媽媽說：「不了，我要在家裡看電視，禮拜六就是要好

好休息呀。」

媽媽似乎鬆了一口氣，露出微笑，「那我出門了。」

待媽媽走出家門後，我立刻回房拿出另一套制服給莫娜。

「就是今天，我們要把這件事告訴大家。」我再一次重複這句話。

「嗯，告訴他們，我們是雙胞胎。」莫娜深深吐出一口氣，「我好期待大家的反應。」

「我也是，不過在那之前，我必須先支援班上的活動，所以莫娜妳晚點再過來找我。」

「沒問題，妳先去吧。」

與莫娜告別後，我出門前往綠茵。快到學校的時候，路上的人潮明顯變多了，我對這點並不意外，每逢綠茵校慶或舉辦園遊會，總會吸引許多校外人士前來參觀。

不過非常誇張的是，綠茵在校門前鋪了一條長長的紅地毯，兩旁還用紅絨柱隔開，只有綠茵的學生能踩上紅毯走進學校，而其餘的校外人士只能先在一旁等待，目送綠茵學生進場。

大多數的綠茵學生好像都很習慣如此誇張的陣仗，陸續踏上紅毯，我卻覺得彆扭至極。

「快點，譚皓安，這應該已經不是什麼問題了啊！」

前方有幾個學長姊在紅毯前止步不前，其中一位學姊對一位學長大聲說，兩人神態親密，似乎是一對情侶。

我注意到白時凜學長與柯喻宸學姊也在其中，連忙上前打招呼。

「學長、學姊你們好。」我恭敬地向他們問好。

「嗯，房之羽做的優惠券你們都拿到了吧？」

「早就給了。」另一個捲髮女孩說，然後朝紅毯走去。

「今天的活動一定能順順利利的。」白時凜學長說完，便跟上那女孩的步伐。

柯喻宸學姊只朝我隨意點了個頭，沒多說什麼就出發了。

「好了，走了啦！」而那對像是情侶的學長姊也手牽手走上紅毯。

一下子，原地只剩下我和另一個學長。

「不覺得這很誇張嗎？」那個學長對我說。

如果我沒記錯，這位學長名叫華佑惟，紀衛青曾提到，他是促成心事室成功的最大功臣。

「眞的很誇張，我覺得不太好意思。」

「放心，等到下學期妳就會習慣了。」華佑惟學長聳聳肩，又多看了我幾眼後說：

「妳今天會過來心事室嗎？」

「應該會。」向紀衛青他們坦白之前，我可能需要先練習一下，心事室是個不錯的選擇，「學長，我最近覺得心事室的存在眞的有其必要，雖然學校的輔導室也有類似功能，但對方畢竟是老師，我們身爲學生總覺得無法暢所欲言。」

「哈哈，所以我們今年才會再次舉辦，希望心事室可以成爲綠茵的傳統。」說完，華佑惟學長朝我伸出手，邀我一同走上紅毯，他神態優雅自然，宛如王子在邀請公主共舞，「一個人走很尷尬，兩個人就不怕了吧？」

我望向站在紅毯兩旁的眾多校外人士，覺得更尷尬了，「感覺好怪，我們不能從後門進去嗎？」

「我想綠茵之所以這麼安排，就是要我們習慣被注目，這是綠茵的陰謀，既然我們身在綠茵，就坦然接受吧。」華佑惟學長說得輕鬆。

「好吧。」我一笑，把手搭在學長的手上。

受到群眾注目的壓力果然很大，眼角餘光中我瞥見有人拿起手機拍照，還有幾個國中生雙眼發光地看著我們，我完全能明白他們眼中的憧憬。

很多人都希望能進入綠茵高中就讀，我身上這套制服，對他們來說，就是一個極度渴望達成的夢想。

思及此處，我挺直了腰桿，穿著別人夢想中的制服的我，走路可不能畏畏縮縮的。

「妳表現得不錯啊。」進到校園後，華佑惟學長笑著說。

「謝謝學長，如果可以，下午我也許會帶我姊姊一起去心事室。」

華佑惟學長微微挑眉，「妳姊姊也是綠茵的學生？」

「不，她不是。」我四處張望了一下，確定附近沒有班上的同學後，才壓低音量說：「但是她今天會來，我們打算藉這個機會告訴大家，我們是雙胞胎。」

華佑惟學長露出恍然大悟的表情，「原來如此，我就覺得奇怪，怎麼妳有時候的言行舉止完全像是另外一個人。」

「學長也有發現？」我好訝異。

「嗯，妳和紀衛青來過我們班兩次，儘管頂著同一張臉，我卻怎麼看都覺得像是兩個不同的人，所以一直很在意，看來其中一次過來的人是妳姊姊吧。」

「學長好厲害，我們當時交換身……」我忽然瞥見周映微的身影，便趕緊住嘴，匆忙扔下一句：「學長再見，下午見。」

我朝周映微跑去，但她一見到我就加快腳步逃開，瞧見她那樣的反應，我也不好再追上去。

「妳們吵架了？」紀衛青正好從樓梯走下來，與周映微擦身而過。

我搖頭，「我也不知道是怎麼回事。」

「算了，她老是怪裡怪氣的。」紀衛青換上開心的笑容，「王大哥今天會過來。」

王大哥是誰？我在心中嘀咕。

「是喔……」

「姊姊和大叔也會來，我不久前才知道，姊姊居然是畢元石他姊，我之前一直以爲她只是一般的OL，沒想到她工作的那間保險公司根本就是她家開的！」紀衛青語帶興奮地繼續說。

我完全不知道該如何回話，只能乾笑。

「什麼啊，妳的反應很冷淡欸。」他輕輕推了我一下，「對了，妳到底要告訴我什麼事？」

「喔，我今天一定會告訴你，只是要等一下。」

「幹麼不現在說？」

「時機還沒到，放心，我絕對會告訴你的。我要先去教室了。」說完我立刻拔腿衝上樓梯。

每次和紀衛青相處，總讓我膽顫心驚，比起其他人，我更擔心紀衛青知道真相後的想法。

當他知道我不是他認識的那個莫狄，屆時他還會對我展露出這樣的笑容嗎？

莫娜

From 藍官蔚

感想什麼的就算了吧，我覺得怪不好意思的。

From 莫娜

是嗎？寫小說的人不是最希望知道讀者的想法嗎？

校慶我會去。

From藍官蔚
妳們打算告訴大家了？

From莫娜
沒錯，找個天時地利人和的機會，告訴大家。

From藍官蔚
紀衛青會嚇傻吧，我聽王大哥説過，妳時常過去居酒屋吃飯。
那個是妳，不是莫狄吧？

From莫娜
是我。
不過我沒讓紀衛青知道，你已經告訴我，你和他之間的事了。

From藍官蔚
妳想等他主動告訴妳嗎？

From 莫娜
是啊，然後我會告訴他，你已經跟我說了。
你們兄弟沒必要搞成這樣。

我想起紀衛青在親吻我後說出的那句話，當時覺得他簡直是個渣男，如今思及，卻從中品出了一份孤寂。

「只是一個吻而已，隨便跟誰都能做吧？」

From 莫娜
那根本不是你們的錯，小孩子是無辜的。

From 藍官蔚
這句話妳自己去跟紀衛青說吧。
妳何時來？

From 莫娜

下午。

放心，我會主動找你的。

From藍官蔚

迫不急待。

莫狄

也許是我太過緊張了，我渾身不舒服，好像隨時會暈倒。

所以我立刻打電話給莫娜。

「莫娜，妳在哪裡？我不太舒服。」

「我在家啊，妳怎麼了？」

「我可能太緊張了，我沒辦法站起來。不行，妳必須快點過來，假裝是我才行。」冷汗不斷涔涔冒出，手腳全然失去了力氣，我甚至連站直都做不到。

我被困在專科教室大樓的女廁馬桶上。

「妳沒事吧？妳人在哪裡？我現在馬上出發去找妳。」

「不用，我休息過一陣，應該就可以自己去保健室。妳一到綠茵就先去教室，不然會來不及參加班上的活動！」說完，我便要解釋班上的活動是如何進行。

「我知道那活動是什麼。妳真的沒事？可以一個人去保健室？」莫娜打斷我。

「我真的可以。莫娜，請妳先假裝是我好嗎？等我休息好了，再過去一起告訴大家，我們其實是雙胞胎，可以嗎？」

「好，沒問題。」莫娜的聲音堅定，「但是妳一到保健室就要傳訊息給我，讓我安心。」

「我知道。那就拜託妳了，莫娜。」我說。

這種時候，我真的慶幸自己是雙胞胎。

莫娜

我站在走廊上，遠眺人山人海的校門口。這實在太誇張了，綠茵校方居然在校門口鋪紅地毯讓學生走進來。

不過大概是時間差不多了，紅地毯與紅絨柱都已經被收起，準備開放校外人士進場。

「莫狄，我們是第一場的工作人員，這妳知道吧？」紀衛青走到我身邊，「姊姊說他們會晚一點到。」

我眼睛一亮，「姊姊等一下會來？那大叔呢？」

紀衛青一臉古怪，「妳是後知後覺的恐龍嗎？我之前不是就講過了？」

「我早上有點恍神，沒有注意聽。」我嘿嘿笑了兩聲，想必他是跟莫狄說的，「你早上還有跟我說什麼嗎？我大概全都充耳不聞了。」

「妳腦袋還好嗎？」紀衛青翻了個白眼，但還是再說了一遍。

「什麼！畢元石和姊姊是姊弟！」我立刻轉身對教室裡的畢元石大喊：「畢元石，你過來一下！」

「幹麼？妳不緊張喔？等一下就要上台表演了，我很緊張欸！」畢元石一邊搓手一邊走過來。

「你和姊姊是姊弟？」我問他。

「什麼？」畢元石丈二金剛摸不著頭腦。

「就是姊姊呀，我不知道她叫什麼名字，在紀衛青打工的居酒屋認識的。」紀衛青敲了我的頭一記，我忍不住扭頭看他，「你幹麼？」

「妳說出了我在居酒屋打工的事……算了，畢元石也知道。」

「喔喔，妳是說我姊喔！對啊，也太巧了，怎麼大家都上那間居酒屋去了？不過也因此讓我發現你們兩個的八卦。」畢元石曖昧地笑了。

「你少無聊，這世界也太小了，你姊也是綠茵畢業的耶。」

「那當然，我們這種家庭的小孩通常都會被安排進入綠茵，不過我姊比較特別，她是爲了那個大哥……啊，妳可別說是我告訴妳的，她會殺了我。」畢元石搖晃雙手，一副心有餘悸的樣子。

「畢元石！你在做什麼？快點進來幫忙！」教室裡傳來丁妍羚大叫的聲音。

「喔喔，來了來了！」畢元石聽聞千金小姐的叫喚，三步併作兩步回到教室。

「畢元石和熊益君都喜歡丁妍羚吧？」望著畢元石的背影，我說。

「嗯，不過我也是最近才發現的。」紀衛青瞥了我一眼，抓了抓鼻尖，「在我……總之，我現在還滿容易看出誰喜歡誰。」

「是嗎？恭喜你。」這也值得拿出來誇耀啊？

「妳還眞的是……」紀衛青似是拿我沒轍地聳肩一笑。

「好了，快點，要開始準備營業了！」田沐棻揮手要我和紀衛青過去，桌上已經擺好許多由她家提供的各式甜甜圈。

我們班推出的活動很簡單，在教室裡擺設好桌椅，讓逛累的人可以進來坐下休息，一邊享用甜甜圈和飲料，一邊欣賞台上的表演。

所謂的表演，其實比較類似故事分享，由我們班上幾位家庭背景比較特殊的同學，講述他們的日常生活，當然，對於普通人來說，他們的日常一點都不日常。

第一個上台的是畢元石，他說因爲家中經營保險業，所以從小就對生老病死看得很淡。他印象最深刻的是，有一次他們家爲了體驗喪親之痛，就模擬爺爺去世後的生活，還很認眞地拿了張爺爺的照片放大，擺上神桌。

「當時有個朋友來我們家玩，看見神桌上的照片，隨口問了那是誰，我姊只說了那是爺爺，也沒多做解釋。結果過了一會兒，爺爺從房間走出來，嚇得我那朋友差點要去廟裡收驚！」畢元石的描述生動有趣，配合後面幾個同學的誇張表演，讓場面十分歡樂。

不僅台下的顧客哈哈大笑，窗外也傳來一個女人輕快的笑聲：「這件事我還記得，超好笑的，順道一提，爺爺現在還活得好好的，請大家放心。」

我轉頭一看，姊姊和大叔就站在窗邊。

畢元石歪頭一笑，「那是我姊。」

「姊姊好。」班上一群同學齊聲對畢元石的姊姊大喊。

我開心地跑到窗邊，對姊姊和大叔說：「好久不見。」

「嗯……是……」姊姊轉動眼珠，非常機靈地沒直接喊出我的名字。

「我妹身體不舒服，現在在保健室休息。」我壓低聲音快速說完。

姊姊聽懂了，對我比了個噤聲的手勢。

「等等王大哥也會過來，他答應提供一些簡單的海苔飯糰。」紀衛青也走了過來。

「唉唷，回到綠茵還眞是懷念，可是青春已經離得好遠。」大叔故作感慨。

「那你要不要帶姊姊到處走走，畢竟你們雖然念過綠茵，但姊姊入學的時候，大叔已經畢業了吧，姊姊不是遺憾兩人沒有一起逛過校園嗎？現在就是好機會呀！」我朝兩人擠眉弄眼。

聞言，姊姊頓時眼睛一亮，興高采烈地挽起大叔的手，「好主意，我們就去逛一逛，約會一下吧。」

「別在大家面前這樣啦，多尷尬……啊，元石弟弟，你也看見了，是你姊姊主動挽著我的，別向你爸告狀。」大叔雖然嘴上這麼說，表情卻顯得十分高興。

「不管是誰主動，我爸都會找你算帳。」畢元石不以為然地聳聳肩。

「所以姊姊和大叔是一對？他們彼此都這麼認定了嗎？」我好奇地問。

「有時候，有些關係不需要彼此認定，也會自然而然建立。」紀衛青低聲說。

這話聽在我耳中似乎帶有另一層涵義，但我只是看了他一眼，沒有接話。

畢元石分享完心得，接下來輪到家裡經營鋼鐵事業的熊益君上台。他說他從小就常到鋼鐵工廠玩耍，還曾經差點被機器捲進去，我正聽得膽顫心驚的時候，有個人走到我身邊，毫不掩飾地上下打量我。

我沒好氣地轉過頭，正要問對方想幹麼時，那人卻忽然露出大大的笑容。

「莫狄！好久不見！」

眼前那張男生面孔頗為眼熟，已經褪去了過往的稚氣，我難以置信地驚呼：「李淳安？」

「妳還記得我，我真是太高興了，我們多久沒見了？後來辦的同學會妳們怎麼都沒來參加？大家很想念妳耶，沒想到妳會在綠茵，那莫……」

「李淳安，我們到外面聊，不要打擾台上的表演。」在他說出我的名字以前，我衝上前捂住他的嘴，並將他往外推。

「莫狄？」紀衛青狐疑地喊住我，企圖跟過來。

「這位是我國小同學，我們出去聊一下，拜。」我趕緊制止他靠近。

儘管我和莫狄決定今天要向大家坦白，但絕不是現在。

我拉著李淳安來到這層樓的露天陽台區。李淳安身上穿著便服，這讓我鬆了口氣，幸好他不是綠茵的學生。

「莫狄，怎麼那麼久不見，妳變得有點像莫娜了？」他誇張地模仿我剛才捂住他嘴巴的舉動，「妳們兩個畢業後就像是被神隱一樣，不僅搬了家，還與大家失去聯絡，到底怎麼回事啊？」

「因爲那時我們家發生了一些事，我爸媽離婚了，所以……」我聳聳肩，見李淳安露出抱歉的眼神，又說：「沒差啦，都過去很久了。」

「嗯，原來是這樣……我原本還以爲，是我的告白讓莫娜很不舒服，因此妳們都不想再見到我。」

李淳安所言讓我心頭一緊，雖然不是他的錯，但他的確是我和莫狄吵架的原因。

「放心，我和莫娜沒事。」在以前的朋友面前假裝成莫狄，感覺還眞奇怪，我連忙換個話題，「你過來參加綠茵的校慶，是因爲有認識的人在綠茵嗎？」

「我沒有朋友念綠茵啦，不過綠茵那麼有名，就算考不上，也要趁這時候來一探究竟啊。只是沒想到會在這裡遇見妳，但妳們姊妹倆從以前成績就很好，能考上綠茵也不意外，莫娜呢？」

「……李淳安，我是誰？」我有些遲疑地問。

李淳安挑眉，彷彿覺得我問的這個問題很莫名其妙，飛快答道：「莫狄啊！」

我覺得很奇怪，以前李淳安從來不會認錯我們兩個，難道是因爲太久沒見，所以他分辨不出來了嗎？

但是他方才又說了句「我變得像莫娜」，這表示他依然記得我的個性與言行舉止，也記得莫狄的，不然他不會這麼說。

不過現在不是問清楚這件事的好時機，於是我暫時將疑惑放進心底，只單純與他敘舊。

「莫娜不念綠茵，她念另一所高中。」

「是嗎？她念哪裡？」

我一頓，「你問這個幹麼？」

「如果可以，我當然想與莫娜聯繫上。」李淳安老實說。

我搖頭，「不行。」

「爲什麼？」

「妳只要、只要告訴李淳安，是我喜歡他就好，妳明明可以這麼做！」

我想起莫狄以前對我說過的話，和李淳安的再次相遇，或許是上天給予我和莫狄解開心結的一個機會。

「李淳安，我以前喜歡你，你知道嗎？」我這是在幫莫狄告白。

李淳安神情一僵，尷尬地說：「對不起，莫狄，我真的沒有發現。」

「嗯，但這已經是以前的事，所以也不重要了。」

「不，怎麼會不重要？當時我不知道妳的心情，所以和妳說了很多莫娜的事，我很抱歉，那是不是令妳很難受？」

我沒料到李淳安會這麼想，頓時有些心虛，他如此真心地回應莫狄的感情，而我卻只想著快點解決掉這件事。

這樣的我實在很糟糕啊。

「嗯，眞的沒關係啦，我當時也沒想過要向你告白，就算話題圍繞著莫娜，只要你能和我說話，我就很高興了。」眞不可思議，這一刻我彷彿變成了莫狄，這些話自然而然就從我嘴裡冒出來。

「莫狄，謝謝妳喜歡過我。」李淳安語氣誠懇，不帶敷衍，也不是打發。

我忽然明白，莫狄當時爲什麼會喜歡上他了。

聊了一陣，我忍不住問：「以前你總能輕易分辨出我和莫娜，爲什麼？」

「因爲妳們長得一點也不像啊。」李淳安笑了下，答得毫不猶豫。

「可是我們是雙胞胎，以前班上有很多同學都分不出來。」

「大家的眼睛也不知道是怎麼了，或許只是不想戳破妳們無聊的遊戲吧，妳們眞的一點也不像。」說完，李淳安又對我笑了笑，然後說他要去和一起來的朋友會合。

我低頭朝陽台下方望去，底下人群熙熙攘攘，歡聲四起。

我和莫狄明明容貌相似，可看在曾經的李淳安眼中也是不一樣的，只是如今對他而言，我和莫狄已經沒有分別了吧？

因爲，他完全認不出我了。

這樣一想，我不禁覺得寂寞了起來。

當我回到教室的時候，發現氣氛有些奇怪，此刻站在講台上分享的人是丁妍羚，而台下坐著的幾位客人，從年紀看來明顯不是學生，他們穿著西裝，表情嚴肅。

「怎麼回事？」我走到紀衛青和田沐棻身邊輕聲問。

「那個坐在中間的是丁妍羚的大哥，他們剛才一進來，丁妍羚的笑容就消失了。」田沐棻低聲爲我解釋。

而站在丁妍羚身後，負責演戲的畢元石和熊益君也不知道爲什麼，兩人的臉上都帶著些許敵意。

丁妍羚清清喉嚨，勾起唇角，「我家從事銀行金融業，家裡非常有錢，只是當大家羨慕我所能享有的物質生活時，是否也忽略了我必須承受的龐大期待與壓力呢？也許會有人說，如果能過上這種優渥生活，他很樂意承受這樣的壓力。但會這麼說的人，其實是最自私的，也永遠踏不進上流社會，因爲你們一點覺悟也沒有。」

聞言，場內許多人面面相覷。

丁妍羚接著又說：「我們這些有錢人家的孩子天生享有比別人更多的資源，理所當然地，身上承受的期待與壓力也比別人更大。幸運的是，我有個哥哥，父母把所有期望都寄託在他身上，我哥所承受的壓力遠比一般人所能想像的還要多上許多，考試滿分是最基本的要求，完全不值得稱讚，而只要一坐不直、站不好、說話不得體、笑容不眞誠，都會招來極盡惡毒的辱罵。」

她身後的熊益君忽然發出怒吼：「這些你都不會？你是白痴嗎？腦袋做什麼用的？你要丟我們家的臉嗎？以後你要將我們奮鬥得來的一切全部拱手讓人嗎？」

我被嚇了一跳，抓住田沐棻的手，她則皺起眉頭。

丁妍羚唇角弧度不減，笑盈盈地看著台下的哥哥，而她哥哥神色難看。

「我哥哥很優秀，非常優秀，他承擔了一切，且背下了父母所有的期望，以及所有的辱罵，所以我才能快樂地成長，謝謝我的哥哥。」

台上的畢元石勾起熊益君的手，兩人狀似愉快地轉著圈圈，眼睛卻死死瞪著丁妍羚的哥哥。

丁妍羚用力拍起手來，「請大家給我親愛的哥哥一陣熱烈的掌聲。」

儘管不明所以，但大家仍依言鼓掌。

丁妍羚的哥哥站起身，露出非常帥氣又陽光的微笑，「謝謝大家照顧我妹妹，我們三行銀行會繼續竭誠為大家服務。」

「我覺得很不舒服。」我低聲說。

紀衛青和田沐棻都深有同感。

「謝謝丁妍羚的分享，請各位不要走開，接下來還會有更精采的分享喔！」

主持人一高聲說完，丁妍羚的哥哥立刻衝上台要將丁妍羚帶出教室。

畢元石和熊益君迅速跟了上去，可丁妍羚的哥哥笑著對他們說：「兩位的家族最近向我們銀行貸了不少款項。」

兩人停住腳步，一臉不知所措。

丁妍羚哼了聲：「你們兩個跟屁蟲喔，我帶我哥逛校園你們也要跟。」

「這……」畢元石用力搖頭，「我們家資金很充裕，根本不……」

「喔？」丁妍羚的哥哥不冷不熱地應了一聲，氣場之強大，讓身材壯碩的熊益君都不由得微微一縮。

於是丁妍羚就這樣被她哥帶出教室。

我想上前問熊益君是怎麼回事，身旁的田沐棻一把拉住了我，「那些大家族之間往往有千絲萬縷的各種利益關係互相牽制，很麻煩的，反倒是我們這些普通人沒有這種壓力，我們追過去看看。」

「紀衛青，拜託你也一起去，我和熊益君……什麼都不能做。」畢元石焦急地懇求，熊益君也握緊雙拳。

紀衛青聽完，二話不說便衝出教室，我與田沐棻緊跟在後，其他幾個穿著西裝的人似乎想追過來，卻被熊益君攔住。

我湧起不好的預感，走廊上人滿為患，根本看不見丁妍羚的身影。

田沐棻站在欄杆旁四處張望，接著指向樓下中庭，「他們在那裡，我看到了！他們好像要往專科教室大樓那邊走。」

說完，她飛快跑下樓梯，紀衛青也長腿一邁，快步追了過去，只有我落在後頭，沿路辛苦地撥開人群才得以前進，而且還遇到了藍官蔚。

「莫娜？」不愧是藍官蔚，一眼就看出我是誰。

「我現在很忙，我們再聯絡！」我對他喊完一句，又繼續往下跑。

等我終於來到一樓，遠遠就瞧見田沐棻和紀衛青躲在專科教室大樓後方的轉角，我趕緊跑到他們身邊，紀衛青舉起食指抵在唇邊，示意我安靜，而田沐棻正拿著手機錄影。

「怎麼回事？」我用嘴型無聲地問，紀衛青正要回答，我便聽見前方傳來說話的聲音。

前方就是專科教室大樓後面的花園，被我稱作「被遺忘之地」，即便是在最熱鬧的校慶，這裡依然沒什麼人過來。

「妳說那些是什麼意思？」

「我沒有什麼意思。」

「妳在丟我們家族的臉。」

「我那是丟臉嗎？我是在讚揚你耶，哥！」

那是丁妍羚和她哥哥的聲音。

我小心地從牆後探出頭，瞥見丁妍羚跪在草地上，而她哥哥站在她面前，下巴抬得高高的。

「既然妳享受了優渥的生活，又無需擔負任何責任，那就該保持安靜。」語落，她哥哥毫不猶豫地抬腳往丁妍羚身上一踹。

我差點驚叫出聲，紀衛青和田沐棻也都瞪大了眼睛。

「我們要去阻止——」我話還沒說完，丁妍羚的哥哥又朝她的肚子踹了一腳。

「安安靜靜享受妳的榮華富貴就好，若妳表現良好，以後等我繼承家業，或許還會願意給妳零用錢。」

「不用了，哥，謝謝您的慷慨。」丁妍羚手捂著肚子，強忍疼痛，臉上猶帶笑意。

「妳還眞是……不乖。」她哥哥露出令人不寒而慄的笑，隨即解開褲頭上的皮帶扣，緩緩抽出皮帶。

丁妍羚倏地面露恐懼，渾身顫抖著從草地上爬起來，不斷往後退。

她哥哥逐步逼近，冷著聲音吩咐：「跪好。」

這句話像是無法違抗的命令一樣，丁妍羚又乖乖跪坐在地上，她閉上雙眼，咬緊牙根，接著她哥哥手一揚，皮帶在空中畫出一個半弧。

「住手！」我衝到丁妍羚身前抱住她，她哥哥來不及收手，皮帶就這樣狠狠落在我的背上。

「啊！」我痛得大叫，那火辣辣的疼痛眞不是開玩笑的。

丁妍羚沒料到我會出現，驚慌地大喊，我抱緊她，她的身子果然很瘦小。

「搞什——」她哥哥話還沒說完，紀衛青就已經衝了過來，一拳揍到他臉上。

田沐棻也沒閒著，立刻上前繼續錄影，丁妍羚的哥哥捂著臉頰，先是驚訝地看向田沐棻的手機鏡頭，隨即伸手要搶，但紀衛青迅速上前在他身上補了一腳。

「你誰啊！」丁妍羚的哥哥怒吼。

紀衛青沒有理會他，逕自扶我和丁妍羚站起身。

「莫狄，妳是白痴嗎？」他的語氣既焦急又心疼，看著我的眼神充滿責怪。

「靠，皮帶打在背上好痛！丁妍羚，他常這樣打妳嗎？我挨一下就快要痛死了！」我忍不住大聲抱怨，紀衛青的手一碰到我的背，我馬上哇哇大叫：「不要碰，很痛！」

「你們這群該死的傢伙到底是誰？我們家可是……」丁妍羚的哥哥眼中燃著熊熊怒火。

「對對對，我知道你們家好棒棒，是間大銀行，很多人都要看你們家的臉色做事。不過我家只是賣甜甜圈的，小本生意經營，和貴銀行沒有往來，這位紀衛青家裡是黑道，也許你爸還有把柄落在他們家手上。我建議你最好從今天起，別再隨便打丁妍羚，否則……」田沐棻揚了揚手機，「下次你看見這段影片，就會是在網路上了。」

丁妍羚的哥哥瞬間臉色刷白，在夾著尾巴離開之前，還不忘撂下一句老套的狠話：

「你們給我走著瞧！」

我仔細檢查丁妍羚的臉與四肢，露在衣服外面的部分全都沒事，連塊破皮都沒有。

想了想，我手腳俐落地解開她襯衫的扣子，紀衛青鬼叫一聲，飛快背過身去，當我和田沐菜看清她襯衫底下的慘狀時，不禁倒抽了一口氣。

白皙的肌膚上布滿大大小小的傷痕，新舊傷都有，有些甚至都留了疤。

丁妍羚咬著下唇，快速扣上襯衫，「不要告訴其他人。」

「他這樣對妳多久了？」我驚駭不已，怎麼會有這樣的哥哥！

「從我升國中以後。」

「畢元石和熊益君知道嗎？」田沐菜冷著聲音問。

「……不知道情況這麼嚴重。」丁妍羚小聲地說，忽然落下眼淚，「他們以爲我哥只是會對我冷言冷語，三不五時用言語奚落我而已。請不要告訴他們眞相，我不要他們爲了我做出傻事，我哥哥……眞的會抽回貸給他們兩家的資金！」

紀衛青握緊雙拳，「我眞該再多揍他幾拳。」

「丁妍羚，這是家暴！妳爸媽不知道嗎？」我好心疼。

丁妍羚冷笑，「我爸媽本身就是促成家暴的推手，他們不必動手，只需要動口，就把我哥變成了那樣的怪物。銀行家的千金，哈，什麼千金！」

我不知道能說些什麼，只能緊緊抱著她，除了這樣，我不知道自己還可以做些什麼，好讓她遠離那些醜惡。

「妳都沒想過要求救嗎？」田沐菜問她。

丁妍羚輕輕勾起嘴角，那表情似是不屑，又似悲傷。

田沐菜忽地睜圓了眼睛，「難道，妳一直不斷找我麻煩，就是希望我可以發現妳身上的傷？」

「我想妳粗手粗腳的，或許在和我打架的時候，有機會失手撕破我的衣服，這樣我身上的傷痕就能被看見了。如此一來，新聞上的標題就不會是『銀行業千金求助一一三』。」丁妍羚抬手抱住我，「謝謝你們終於發現了。」

我們簡直不敢相信自己所聽見的，丁妍羚就連遭遇這樣的慘事，都還在為家族的名譽著想，不願主動求助社工團體或警察，因為怕被媒體大作文章。然而她內心深處又希望有人能發現她的困境，所以才做出諸多怪異的行徑。

「抱歉，田沐菜，我之前口口聲聲說妳搶了我的男朋友，但我知道妳其實什麼事都沒做。」

「哼，算了啦，妳都這樣了，我還跟妳計較的話，我就太不是人了。」田沐菜伸手替丁妍羚整理衣服。

鬆懈下來後，我背上的疼痛更強烈了，我忍不住皺眉。

「我帶妳去保健室吧。」紀衛青擅自拉起我的手。

我心中一驚，不行，莫狄在保健室裡！

「不用了，這只是一點小傷。」我連忙推辭。

「妳說那是什麼話啊！要是留下傷疤怎麼辦？」紀衛青不假思索地斥道，然後愣了一下，對丁妍羚說：「抱歉，我沒有別的意思。」

丁妍羚毫不在乎地聳聳肩。

「這段影片該怎麼處理？」田沐棻徵求丁妍羚的意見。

「……如果他再犯，我再跟妳說。」最後，丁妍羚還是決定再給她哥一次機會。

「嗯，我尊重妳的意見。就算畢元石和熊益君這兩個白痴幫不上忙，也還有我和紀衛青，要是他眞的又對妳動手，就叫紀衛青帶人抄他全家！」

「欸，我們已經沒有動用私刑了好嘛！」紀衛青澄清，又小聲補了句：「大概吧。」

「你要抄我哥全家，可是我也是他家的一份子耶。」丁妍羚聞言，不禁笑了起來。認識她這段時間以來，這是我第一次看見她由衷的笑容，非常可愛。

丁妍羚在田沐棻的陪同下回到教室，而紀衛青非常堅持要帶我去保健室，我找不到機會傳訊息給莫狄叫她離開，最後只能抱著破罐子破摔的心態被拉到保健室。

「阿姨，她受傷了。」紀衛青一進到保健室，便將我推到其中一張床坐下。

保健室阿姨稍微打量了下我全身，「哪裡受傷了？」

「其實還好……」我低垂著頭，不敢查看其他床位是否有莫狄的身影，只想快點離開這裡。

「什麼還好，她背上挨了一鞭皮帶。」紀衛青搶著開口。

「怎麼會被皮帶打到？」阿姨大吃一驚。

「這……」顯然紀衛青在過來之前，並沒有想過要如何給出一個合理的解釋。

我趕緊接過話：「我們班在玩遊戲啦，因爲同學操作不慎，才會誤傷到我，應該沒什麼大礙，只是有點痛而已。」

「你們年輕人玩遊戲都不知道分寸，讓我看看。」阿姨要紀衛青站遠一點，接著拉上床邊的布簾，並要我脫下上衣。

我戰戰兢兢地解開鈕扣，如果莫狄還待在保健室，希望她聽見這番動靜後，能好好躲起來。

「哎呀，好在沒有很嚴重，只是有點紅腫，留下來冰敷一陣應該就沒事了。」阿姨拉開布簾。

紀衛青一臉擔憂，「阿姨，她沒事吧？不會留下疤痕吧？」

阿姨笑了下，「既然這麼擔心，就不要讓女朋友去玩這麼危險的遊戲啊！」

「她不、不是我女朋友啦！」紀衛青的臉猛地脹紅，他這反差還眞大。

「把這個放到她背上，再冰敷十分鐘就沒事了。」阿姨從冰箱取出一個冰枕，用毛巾裹好後交給紀衛青。

「喔，好。」紀衛青有些僵硬地走到床邊，我趴在床上，比了一下大致的位置，他將冰枕放上我的背之後，就愣愣地杵在一旁。

「你可以回去了，我一個人留在這裡冰敷就好。」我想打發他離開。

「只有十分鐘，我陪妳。」紀衛青不肯。

「你不是應該要去找王大哥了嗎？如果王大哥帶著一批贊助的食物過來，卻沒看見你，那很不禮貌欸！」我這番言論明顯讓紀衛青產生動搖。

「好吧，那妳好好在這裡休息，我先回去教室。」他又叮嚀了幾句，才轉身離開保健室。

一直到聽不見他的腳步聲後，我才暗自鬆了口氣。

「眞好啊，有這樣擔心妳的男朋友。」阿姨笑盈盈地說。

我懶得解釋，直接問出那個我最關心的問題：「阿姨，妳有見到另一個我嗎？」

「另一個妳？這是什麼鬼故事嗎？我不喜歡鬼故事喔！」阿姨雙手搓著手臂，彷彿我那個問題讓她起了一身雞皮疙瘩。

「不是啦！稍早我雙胞胎妹妹的身體不太舒服，她說要來保健室休息，妳有碰到她嗎？」

「沒有啊，今天一整天都沒人過來，妳是第一個。」阿姨面露疑惑，「今年有雙胞胎入學嗎，我怎麼不知道呢？」

「奇怪……她去哪兒了？」我喃喃低語。

莫狄

去往保健室的途中，我突然覺得身體好多了，因爲不想引起不必要的麻煩，我決定去圖書館找個安靜的地方待著。

校慶活動的熱鬧喧擾完全傳不進圖書館，等到時間差不多了，我才離開圖書館，想找莫娜一同去心事室做好心理建設後，再找紀衛青等人坦白。

於是我打電話給莫娜，和她約在一處被她命名爲「被遺忘之地」的花園碰面，我以前從未發現學校居然還有個如此偏僻的地方。

我到的時候，莫娜已經站在那邊了，她簡短地跟我說了一遍剛才發生的事。我聽完後非常驚訝，原來丁妍羚之前種種的怪異行徑都是爲了求救。

「要是心事室可以更早出現，或許丁妍羚就能藉此求救了。」我忍不住說。

「所以我們現在要先去找……妳說那學長叫什麼？」

「華佑惟學長，我想指定去他擔任聆聽者的那一間，他讓我感覺很安心。」

「嗯，那我們走吧。」莫娜沒什麼意見。

「等一下，如果我們一起走過去，在路上被同學撞見了怎麼辦？」我趕緊拉住正要邁開步伐的莫娜。

「反正我們不都要向大家坦白了？」莫娜不以爲然地反問。

「但我希望第一個知道的，是紀衛青。我不想他從別人的嘴裡聽見事實。」

「好吧，我也是這麼想的。」莫娜猶豫了片刻，嘆口氣說：「我遇見李淳安了。」

這消息我完全始料未及，「眞的假的？他也念綠茵？」

「不，他只是過來參觀而已。有一點很奇怪，他以前明明分得出妳我，可今天他一直叫我莫狄。」

沒想到待在教室就可以再次遇見李淳安，早知如此，即便我身體再不舒服，也會死撐著留在教室。

「這麼多年過去，他對我們已不再熟悉，自然也分辨不出我們了。」我覺得這也不是不能理解。

「但是他對我說了一句『妳變得有點像莫娜』，也就是說，他還記得我和妳的個性不一樣，也覺得我表現出來的樣子和妳不同，卻又認不出來我就是莫娜，我覺得好奇怪！」莫娜不解，「不過我沒告訴他，我就是莫娜，我假裝成是妳。」

「爲什麼？」

莫娜聳肩不答。

靈光一閃，我忽然明白她的顧慮，「莫娜，我已經不介意了，妳可以坦白地告訴他，妳是誰啊。」

「算了啦，反正也不會再見面了。對了，我有順便問他，爲什麼他以前總是可以輕易分辨出我們，結果妳知道他說了什麼嗎？」

我搖搖頭，關於這點我也很好奇。

莫娜先指向我的臉，又指向自己的，「他說，我們長得一點都不像。」

聞言，我心中一驚，想起了那個夢境，李淳安在夢裡也說過這句話。

「怎麼……怎麼會？我們明明長得很像。」我每次見到莫娜，就覺得自己像是在照鏡子一樣。

「這件事不是重點，我還要跟妳說另一件重要的事，妳千萬別生氣呀。」

我有不好的預感。

「我用妳的身分向他告白了。」莫娜說完立刻往後一跳，對我吐舌裝可愛。

「莫、娜！」我大喊，「妳幹麼啦！」

「妳以前不是抱怨我不幫妳告白嗎？我現在完成妳的心願啦！」

她俏皮一笑，讓我想氣也氣不起來。

說也奇怪，比起向李淳安告白這件事，我更在意他說我和莫娜一點都不像，那令我十分不安，好像在提醒我什麼……很重要的事，可是我想不起來是什麼事。

我深吸一口氣，「李淳安的事就算了，我們現在必須先去心事室。莫娜，我先過去，妳收到我的訊息後再出發，我會請工作人員優先讓妳進去。」

「喔，好啊。不過妳眞的不在意李淳安了嗎？」莫娜問。

我點頭，「都過去了，算了吧。」

「太好了，終於了卻了一樁心事。」莫娜高興地找了塊相對乾淨的草地坐下，「那我就在這邊等妳訊息通知。」

我往二年五班的教室走去，果不其然，心事室的排隊人龍很長，幾位面孔熟悉，而我叫不出名字的學長姊正在協助控場。我走過去向其中一位捲髮的學姊出示手中的優惠券。

「喔，一年五班的學妹呀，感謝捧場，妳直接進去就可以了。」

「我想指定華佑惟學長。」

「華佑惟？他還真受歡迎，那妳進去後跟裡面的人說一下。」捲髮的學姊秀氣的眉毛微微挑起。

「等一下我的雙胞胎姊姊也會過來，我們想要一起……」

「沒問題沒問題，只要有優惠券就沒問題，快進去吧。」學姊明顯不想聽我廢話，擺擺手要我快點入場。

我只得摸摸鼻子，走進掛滿厚重黑布的教室。學長姊用黑布將教室分隔成四個小房間，空氣中飄散著淡淡的精油香氣，有人引導我來到一個小房間前，我先掏出手機傳訊息通知莫娜可以過來了，才緩緩拉開布簾。

小房間裡光線昏暗，但仍隱約可以看見中央放了兩張面對面的桌椅，兩張桌子中間隔著一塊黑布，有個人就坐在黑布後方的椅子上。

「我是莫狄。」我拉開他對面的椅子坐下，開門見山地說。

學長笑了起來，「其實我們這邊是採匿名的方式，不過既然妳都說了，而且還特別指定我……好吧，我是華佑惟。」

「學長好。」

「妳不是要帶姊姊過來嗎？」

「是的，但我們還沒向我班上的同學坦白，所以決定分開過來，以免路上被同時撞見，她等等就會抵達。」

「那在她來之前，妳有什麼想單獨告解的嗎？」

華佑惟學長的嗓音十分輕柔，讓我有種錯覺：無論我說了什麼，他都能接受並且原諒。

就算我不需要他的接受或原諒。

然而我還是想告訴他，我希望有人可以傾聽我的煩惱。

於是我說出了在那年海邊發生的事，以及我的自責與痛苦，我和莫娜向來無話不談，只有那件事是唯一的例外。

「學長，我該怎麼做，才能與我姊解開這個心結呢？」

「心事室不提供意見，只負責傾聽。」華佑惟學長溫聲說。

「嗯，這樣也好……」

「還有其他需要傾訴的嗎？」

「我……有些在意紀衛青。」我輕咬下唇，猶豫了片刻後，還是把這件事說出來了，「但我感覺得出他喜歡莫娜，如果繼續這樣下去，當年的李淳安事件只會再次重演。」

其實我對紀衛青的感情還不到喜歡，只是我確實在意紀衛青的一切，即便我根本不了解他，即便他對我的所有溫柔與關懷，都是給予莫娜的。

所以我才想儘快讓紀衛青知道，我和莫娜其實是雙胞胎，讓他和莫娜眞正認識對方，之後看他們是要在一起或是怎樣都可以，只要能讓我快點遏止，這還稱不上是喜歡的感情就好。

「就依照妳想要的方式去做吧。」華佑惟學長果然沒有給我任何建議。

我的手機震動了一下，莫娜傳來訊息，說她現在就站在布簾外。

「我姊到了。」

「請她進來吧。」

我起身拉開布簾，站在簾外負責引導顧客的學長狐疑地看了我一眼，而莫娜走了進來。

「哇，裡面好暗！」莫娜說。

「往這邊。」我的眼睛已經習慣黑暗，拉著莫娜走到我剛才坐的椅子坐下，自己則站在她身旁。

「學長，這是我姊，她叫莫娜。」我向華佑惟學長介紹。

「咦？是哪個學長啊？」

莫娜伸長手，企圖掀開隔在兩張桌子中間的黑布，我趕緊制止她，「莫娜！」

「哈哈，不好意思，我想起來了，是華佑惟學長吧。我們之前見過，但當時我假裝自己是莫狄，不知道你記不記得？」莫娜語帶笑意地說。

華佑惟學長在黑布另一側安靜了許久，我和莫娜在昏暗中面面相覷。

「請問學長……」我忍不住開口。

「抱歉，我剛才在想事情。」華佑惟學長終於出聲，「一聽到妳說話，我就想起來了。我早上才跟莫狄說過，那時我就覺得怪怪的，原來是因爲……雙胞胎啊。」

「是呀，學長你很厲害喔！紀衛青那個笨蛋還一直說我們是人格分裂，怎麼就沒想到其實我們是雙胞胎呢？」莫娜哈哈大笑。

「聽說妳們決定今天向紀衛青坦白一切？」

莫娜停住笑聲。

我點點頭，「是的。」

「妳們打算怎麼跟他說？由誰來告訴他？」

「我……打算讓莫娜先跟他談。」我說出自己盤算好的想法。

「爲什麼？他認識的是莫狄，這裡是妳的學校、有妳的朋友，當然是妳先跟他談。」莫娜怪叫，「紀衛青一開始一定不肯相信，到時候我再走到他面前，哇！光是想像他驚嚇的表情，我就覺得好有趣。」

「我建議，由妳們其中一個人作爲代表跟他說即可，另一個人下次再跟他見面。」

我心中不由得升起疑問，華佑惟學長剛剛分明說過，心事室只負責聆聽，不會給予任何建議。

不過，既然向來不給建議的他都給出了建議，想必是認爲有其必要。

「這樣好嗎？」莫娜詢問我的意見，「我是都沒差啦。」

「那就這麼做吧。」我微微鞠了個躬，「謝謝學長，我覺得舒服多了。」

莫娜站起身，正準備要和我一起離開，卻被華佑惟學長叫住。

「莫娜，妳要不要也跟我聊聊呢？」

「聊聊？」莫娜滿臉狐疑。

我立刻開始遊說她：「妳還沒到之前，我也跟學長聊了一會兒。反正妳都來了，就多聊幾句吧，機會難得。」

「可是……」莫娜仍有些遲疑。

「外面排隊排得這麼長，有多少人想進來心事室啊，妳還不把握機會！」我把莫娜推回椅子上坐好，對她揮揮手，「我先走啦！」

「那麼，莫娜，妳有什麼話想說嗎？」

拉開布簾前，我聽見華佑惟學長如此問。

莫娜

「我沒什麼特別想說的耶。」眞搞不懂莫狄爲什麼要把我留下來。

「莫狄剛才告訴我……那天在海邊發生的事，也許妳可以說說看？」

天啊，莫狄居然跟他說了！她都能和幾乎是半個陌生人的華佑惟談論這件事，爲什麼就從沒試過要與我談談？

或者正因爲華佑惟幾乎是半個陌生人，她才有辦法對他說出口吧。

「眞沒想到莫狄會告訴你。好吧，我們兩個的確總是對那件事避而不談，因爲那件事帶來的影響眞的很大，不僅僅只是我差點溺死，最後爸媽甚至因此離婚，或許這只是他們感情破裂的其中一個原因，但肯定是起因。」我坐直身體，「學長，我們在這裡的談話絕對不會被流傳出去，對吧？」

「當然。白時凜逼我們每個傾聽者，在聆聽前都要先發下毒誓。」

華佑惟念了幾句毒誓內容，我忍不住大笑。

「眞的很狠毒，很像白時凜學長會做的事。」

「是啊。」華佑惟的聲音聽起來倒沒有多少無奈，而是相當贊同，「那妳對這件事是怎麼想的？」

「溺水嗎？也沒什麼，反正我還活得好好的，也還是很愛莫狄和媽，唯一改變的，大概只有我變得很怕水，連泡澡或泡溫泉都不行。」

「莫狄會怕水嗎？」

「不會，她游泳游得可好了，像美人魚一樣，速度超快！」講起這個我就驕傲。

「是喔……」華佑惟沉吟了一陣，低聲說：「妳有沒有想過，也許妳會怕水，只是出自心理因素？」

「心理因素？」

「妳原本不害怕水，是因爲遭遇溺水，才對水產生畏怕。妳不妨找個心理醫生治療看看，或許能逐漸克服恐懼。」

「不用，這太麻煩了，況且不會游泳、不能泡溫泉，對我的日常生活也不會造成什麼太大的問題。」我擺擺手，眞心覺得無所謂。

「那麼，也許妳和莫狄可以一起去看心理醫生，這說不定能化解妳們之間……」

我用力拍了下桌子，儘管隔著黑布，我似乎仍能看見華佑惟的身體隨之一震。

「學長，謝謝你的關心，不過，是我的錯覺嗎？你一直要我去看心理醫生，你是覺得我有病嗎？」我覺得被冒犯了，說話也開始變得不怎麼客氣。

「不是，很抱歉讓妳有這樣的感覺。」華佑惟溫呑道，「因爲我也曾經歷過類似的情況，所以碰上差不多的事，我會比較著急。」

「啊……」沒料到會得到他如此的回應，我爲自己的魯莽感到十分羞愧，「學長，對不起……」

「不用道歉，是我太心急了，眞是丟臉啊。」華佑惟笑了幾聲，「那請妳牢記一件事就好。無論何時，無論發生什麼事，妳身邊都一定會有愛妳的人，像是家人、朋友或伴侶，妳不會是孤單的。」

他說完這段話，就沒再開口了。

儘管不是很懂他爲什麼要特別叮囑我這些，我還是禮貌地向他道謝，然後拉開布簾，走出二年五班的教室。

外頭的光線相當刺眼，我彷彿從另一個黑暗的神祕世界回到現世。

From 藍官蔚

妳在哪？

From 莫娜

我剛去了心事室。

對了，來碰面吧！

From 藍官蔚

可以。

但別拿著小說過來，今天學校裡的人太多，被看到我還要不要活了。

我忍不住笑出聲。

From 莫娜

你想當愛情小說作家還怕人知道，哪有這麼奇怪的事啊！

From 藍官蔚

少囉嗦！

約在游泳池那裡好了，比較沒有人。

我頓了下，本想回覆他我怕水，要他再另外找個地方，不過……想起藍官蔚帶給我的那股安心感，以及我也不是一看到水就會發抖，我還是很喜歡大海，只要別浸到水裡就好，於是我改變了心意。

From 莫娜

好，我現在過去。

我將手機收進口袋，朝游泳池的方向走去。

游泳池這邊果然人煙稀少，我環顧四周，卻意外看見周映微一個人坐在角落的階梯上念書，對，念書。

我立刻傳訊息給藍官蔚，告訴他周映微在這裡，要他過來的時候稍微注意一下。

然後我走向周映微，現在明明是校慶，是學生可以盡情玩鬧的日子，她卻獨自躲在這裡念書，還眞是夠怪異的，仔細回想，之前在教室也沒有瞧見她。

「妳怎麼連校慶也在念書？好認眞喔。」

她沒注意到我已經站到她身畔，大吃了一驚，迅速用手擋住膝上的參考書，憤恨地瞪著我，「怎樣？妳要嘲笑我嗎？」

蛤？我剛才有說什麼難聽的話嗎？

「妳要嘲笑我即使這麼認眞，也還是比不上妳，比不上任何人嗎？」

「妳冷靜點，我哪有那樣啊。」我將雙手舉在胸前，帶著點防衛的姿態。

周映微的黑眼圈很深，眼睛裡布滿血絲，看起來好像念書念到走火入魔了。

「妳就是那樣，妳一定也在背地裡嘲笑我，你們全部都在嘲笑我，因爲我家很窮、因爲我成績很差、因爲我到了不符合自己身分的高中，所有人都在嘲笑我，美佳說像我這種人，永遠都是最底層的，永遠都是自抬身價……」她愈說愈小聲，咬著指甲喃喃自語起來。

我大概了解周映微心裡是怎麼想了，她和我一樣家世平凡，是憑藉自身努力好不容易考上綠茵，她或許以爲自己也能在期中考取得好成績，不料結果卻不如預期，所以才如此憤恨不平吧。

「人生本來就不公平，遇到挫折再繼續努力就好啦，我也……」

「不要再叫我努力了！」周映微忽然用力推了我一把，害我整個人跌坐在地上，她發狂似地喊：「我還不夠努力嗎？我每天念書念到半夜一點，每堂下課都抓緊時間念書，憑什麼你們這些忙於玩樂的人會比我高分、憑什麼含著金湯匙出生的人就會受到矚目！憑什麼憑什麼！」

「好痛！」我今天也太衰了吧！才挨了一鞭皮帶，現在又被推倒在地上，我眞的要生氣了。

「我哪裡做錯了！我都這麼努力了，爲什麼還是比不上別人？我這麼努力，爲什麼你們都看不見？爲什麼！爲什麼！」周映微彷彿陷入她自己的世界，不斷失控咆哮，甚至把怨氣出在我身上，一直死命地推我，讓我爬不起來。

「夠了，妳先冷靜一下！」我大喊，卻更惹惱了她。

「不要再叫我冷靜了！」她揪住我的衣領，不知是哪來的力氣將我整個人往上提，「妳才該冷靜！母親。」

接下來，一切就像是電影裡的慢動作鏡頭，我眼睜睜看著周映微將雙手鬆開，而我往後墜倒，她的臉離我愈來愈遠，我像是飄浮在空中一樣，驚駭地瞪大眼睛，還來不及尖叫，泳池裡的水便搶先一步灌入我的喉嚨。

那些水不留情面地從我的耳朵、嘴巴、鼻孔沒入，我絕望地胡亂滑動四肢掙扎，身體卻如有千斤重般，逐漸往水底沉去。

莫狄！對不起，對不起，我不該如此，我應該要告訴妳的，請不要生我的氣，請不要離我遠去，妳是我最親愛的妹妹。

我彷彿回到了那片海域，回到了那個瞬間，恐懼與淚水交織，卻無法自救。

在我完全失去意識之前，好似看見那片蔚藍的海岸。

莫狄

距離莫娜再次溺水已經過了一個禮拜，我也請了一個禮拜的假。

我非常氣周映微，但為了照顧莫娜，我甚至沒有時間去學校打她幾巴掌。

當媽媽接到莫娜溺水的消息時，她差點崩潰，這輩子我都不想再見到那樣的表情出現在媽媽臉上。

「對不起……」莫娜醒過來的第一句話便是道歉，不知道是對我說，還是對媽媽。

「我才要跟妳說對不起……」我泣不成聲。

是藍老師從游泳池裡救起莫娜的，聽說當時周映微不僅袖手旁觀，還在岸邊叫囂：「妳不是很會游泳嗎？不要裝了！」

周映微只知道有莫狄這個人，而莫狄確實很會游泳沒錯，可她不知道被推下水的是莫娜，莫娜怕水，連泡澡都不行。

好在藍老師及時出現，他二話不說便跳進游泳池救起莫娜，周映微直至看見一臉蒼白的莫娜陷入昏迷，才發現自己闖下大禍。

藍老師要周映微打電話叫救護車，將莫娜送往醫院的途中他不斷試圖聯絡我，但我沒接到電話，甚至連有電話打進來都不知道，直到他聯絡上媽媽，直到莫娜醒了，我才抵達醫院。

爲此我相當自責，我明明離莫娜最近，卻是最後一個趕來陪伴她的人。

「沒關係，媽媽不怪妳，妳平安就好。」

媽媽握緊我的手，坐在莫娜的床邊哭泣，她溫熱的淚水就像點點火星一樣，燒痛了我的心，我充滿自責，像是又回到三年前的那一天。

在這個禮拜裡，藍老師與紀衛青傳了無數則訊息過來，我全部沒有回應，因爲他們關心的對象是莫娜，該讓莫娜自己回應。

「我沒事了，妳可以去學校了啦。」躺在床上休息的莫娜嘴唇泛白，她身體沒事了，但內心依舊無法擺脫恐懼。

「我一定會揍周映微的，妳放心。」我摸摸莫娜光潔的額頭。

「由妳說出『揍』這個字好奇怪喔。」莫娜輕輕一笑，「結果我們還是沒能告訴紀衛青，我們是雙胞胎。」

「嗯，不急，還有很多機會可以告訴他。」我瞄了一下手錶，「我去學校了，回來會跟妳報告，周映微是怎樣向我求饒的。」

「莫狄，不用這樣。」莫娜拉拉我的手。

「她傷害了妳，我再怎麼軟弱，都該爲自己的姊姊挺身而出！」我拍拍胸膛。

「謝謝妳。」莫娜微笑。

我囑咐她好好休息，便準備出門。

坐在餐桌旁的媽媽見到我穿著制服走出來，驚訝地站起來，「妳今天要去學校？」

「嗯，莫娜身體已經沒事了，我不用繼續待在家裡陪她，況且我還得去學校找周映微算帳。」

莫娜告訴過我事情大致的經過，儘管我明白周映微當時也許只是因爲情緒激動才狀若癲狂，但我依然無法原諒她的所作所爲。

「小狄……妳可以再休息幾天，沒關係的。」媽媽十分擔憂。

「莫娜休息就可以了，我要爲她討回公道。」我給媽媽一個擁抱，「那我出門了。」

「小狄，有事情的話，隨時聯繫我。」媽媽看起來還是很不放心，可至少沒阻止我去學校。

一進到教室，班上同學紛紛驚訝地圍過來，七嘴八舌地關心我的身體狀況。

畢竟他們都以爲溺水的人是我，只有藍老師知道溺水的是莫娜。

「妳不是很會游泳，怎麼會溺水？」紀衛青眼中有著深深的擔心，語氣卻不怎麼客氣。

「這就叫做『善游者溺，善騎者墮』。」田沐棻走到我身邊仔細端詳我，「妳的氣色似乎好多了。」

「妳吃早餐了嗎？如果還沒吃，這給妳。」而丁妍羚把一袋熱騰騰的早餐遞給我。

「唉唷，妳怎麼這麼好？」田沐棻調侃她。

「哼，妳現在才知道我是好人嗎？」丁妍羚回嘴。

她們兩個之間的相處變得融洽許多，這都是多虧了莫娜吧？

「謝謝你們……」我由衷地說，由衷感謝他們都如此擔心莫娜。

「好了，快點回座位，然後把早餐吃完。」紀衛青催促我。

我注意到周映微的座位空著。

「她這個禮拜每天都遲到，妳們那天在游泳池到底發生了什麼事？」紀衛青低聲詢問我。

「藍老師沒說？」

紀衛青搖頭，「他只說那是場意外，不管班上同學怎麼追問，他都不肯再透露更多，周映微也避而不談，大家不想妄下定論，所以打算等妳來學校再問。」

這時我發現全班的目光都集中在我身上，等著我給出答案。

當我正想告訴大家，是周映微推莫娜……也就是將我推進游泳池的時候，周映微從前門走進教室。她一瞧見我，儘管面色如常，身軀卻明顯一震。她雙眼凹陷，形容憔悴，看上去像是老了好幾歲。

周映微緩步走近，什麼話都沒有說，逕自在位子坐下。

「周映微，妳不需要說些什麼嗎？」紀衛青率先開口。

周映微置若罔聞，只是默默從書包取出課本，並打開習題作業本開始寫題目。

「周映微，妳耳聾嗎？」丁妍羚看不過去地高喊。

畢元石以及熊益君也跟著附和：「說話啊！」

我盯著周映微瘦弱的背影，忽然覺得她可能下一秒就要暈倒。

她緩緩側過頭，但沒有看向我，輕聲吐出一句：「妳明明很會游泳……卻溺水，是在裝給誰看嗎？」

「周映微！」紀衛青大吼。

從前只要紀衛青開口，周映微便宛如驚弓之鳥，如今她只露出一個冷笑。

「眞好啊，莫狄，有很多在乎妳的朋友，妳受到大家的關心，眞好啊。」說完，她又繼續低頭在作業本上振筆疾書。

田沐菜臉色一變，就要站起來走向周映微，我心念一轉，立刻大喊：「我們兩個在游泳池畔打打鬧鬧，然後我推了她——」

聞言，周映微有些詫異地轉頭看我，我只瞥了她一眼，又看向紀衛青，最後對著全班說：「周映微也反推回來，可我一時沒站穩，就摔進了游泳池，她……她本來要下來救我，是我說不用，我很會游泳，可以自己上去，卻沒想到腳突然抽筋，幸好藍老師路過救了我，就是這樣。」

全班鴉雀無聲，而紀衛青仍一副不太相信的樣子，「眞的？」

「真的，我騙你們幹麼？」我用手推了周映微一下，「妳爲什麼不跟大家解釋？」

周映微沒有作聲，只是睜大眼睛直勾勾地瞅著我。

「反正，就是這樣，不信你們可以自己去問藍老師。」我指了指正巧走進教室的藍老師。

「嗯，就是那樣。」藍老師見到我，神情一鬆，隨即笑著向全班說：「好了，再過不久就要放寒假了，別以爲寒假就能輕鬆，綠茵的作業可是很多的喔！」

有些人被轉移了注意力，提前爲堆積如山的寒假作業哀號連連，然而有些人的心思卻明顯還在我溺水一事上，比如周映微。

她既驚且疑的目光在我臉上打轉了好半晌，可她什麼話都沒說，又轉頭埋首在習題之中。

「妳說謊了，對吧？」紀衛青的直覺實在準確。

不過這麼敏感的他，怎麼會沒發現我和莫娜是不同的人呢？

我聳聳肩，不作回應。

但我很高興紀衛青出面護著我，同時心中有種前所未有的情緒。

那一整天，沒有人再提起我溺水一事。

周映微依舊獨來獨往，不是在念書，就是不知道消失到哪去。

中午用餐時間，我和丁妍羚、田沐蓁一起到綠茵草原吃午餐，畢元石和熊益君後來也加入了，然後紀衛青拎著便當從另一頭走來，卻裝得像是無意間與我們巧遇一樣。

涼風徐徐吹來，吹得如茵的綠草略略低下了頭，也吹起了我的髮梢，我舒服得瞇起眼睛。

從來沒想過，有一天我會和這群我原先認定絕對不可能往來的人成為朋友。

這一切都應該要感謝莫娜吧。

然而在這段美好的時光裡，我心中卻一直無法放下周映微，她的言行舉止明顯有異，上次在空中花園的那通電話也是……莫娜曾告訴我，她被周映微推下水的時候，周映微嘴裡喊了一句「母親」。

不是媽媽，而是「母親」。

「那個……周映微家裡是什麼狀況，你們有人了解嗎？」我忍不住問。

大家彼此互看一眼，幾個男生都表示不清楚，也沒興趣知道。

丁妍羚不疾不徐地開口：「在妳溺水後，我有稍微查了一下，她是單親家庭，家裡除了她，還有一個弟弟和一個妹妹，她媽媽似乎工作得非常辛苦，才勉強撐起一個家，為了供所有兒女念書，還向銀行貸款。」

田沐棻吹了記響亮的口哨，「看樣子我們心有靈犀，我也調查過了。不過調查的方向和妳不一樣，我是從鄰居們的閒言閒語下手，可別小看甜甜圈店的情報網呀。」

根據住在周映微家附近的鄰居所言，周映微的媽媽自一間知名學府的研究所畢業後，便進入人人稱羨的大公司，不但月薪優渥，還嫁給富二代，之後她辭職在家，很快就生下三個孩子，可以說是人生勝利組的代表。不料後來丈夫外遇，選擇了外頭的小三並果斷離婚，也不肯撫養三個孩子，周映微的媽媽鬥不過前夫高價請來的律師，不僅沒拿到半毛贍養費，還幾乎是淨身出戶，於是她性情一夕大變，開始嚴格要求周映微在每一方面都要表現得出類拔萃。

「我這麼優秀都會碰上這種倒楣事，妳必須得更優秀才行，要成爲人上人才行！」田沐菜神情凶狠地模仿周映微的媽媽，說鄰居經常聽到她對周映微如此耳提面命。

「難怪周映微老是捧著書苦讀。」畢元石語帶同情道。

我們陷入一陣沉思。

「但這並不能成爲她推妳下水的理由。」紀衛青冷聲對我說。

「我之前說了，是我自己不小心……」被紀衛青凌厲的眼神一掃，我趕緊閉上嘴。

「家家有本難念的經。」熊益君嘆氣。

非常耳熟能詳的諺語，儘管早已明白其意，卻要等到經歷過類似的事情之後，才更能深刻體會到話裡的沉重。

後來，我幾次主動向周映微搭話，但她對我不理不睬，雙眼無神，似是沉浸在自己的世界裡。

她再這樣下去，會垮的。

看著這樣的她，我憂心忡忡，主動跑去找藍老師反應，他卻說：「這些事情我都知道。」

「你都知道？那爲什麼沒有幫助她？」我大吃一驚，我以爲藍老師不是那種旁人有難，只會作壁上觀的人。

「莫狄，滿腔熱血想拯救每個人，這種想法並沒有不好，可是妳有沒有想過，有些人也許不想被拯救？」

我不明白他的意思，藍老師悠悠地嘆了一口氣：「深陷泥沼的人，若是自己先失去了求生的意志，妳再怎麼努力想拉她上來，也是徒勞無功的，最終只會跟著她一起下沉而已。」

「但……不試試看怎麼會知道？我們不也拯救了丁妍羚嗎？」

「這兩個人的情況完全不同，丁妍羚其實有透過很多方式自救，周映微則壓根沒想過要逃出來，旁人愛莫能助。」他目光透著一股說不出的寂寥，「心病之所以難醫，正是因爲有時自身根本不想得救。」

我第一次覺得無力至極，明知道周映微正身處水深火熱之中，卻什麼忙也幫不上，唯有她自己也想得救，旁人伸出援手才有用。

「或許有一天她會走出來，只是不是現在，幫助她的人也不會是我們。」

藍老師所言聽起來冷酷無情，卻也是事實。

「我良心很不安，這麼做太消極了。」

「然而我們別無選擇。莫狄，我見過很多類似周映微這樣的人，曾經我也跟妳一樣想拯救他們，可是，有時候我們連自己都拯救不了。」藍老師的眼神十分哀傷，「妳……能叫莫娜出來嗎？」

「莫娜在家休息。」我拭去眼角的淚水。

「是嗎？」

藍老師那挫折的神情，我始終無法忘懷。

莫娜

放寒假了，我高呼三聲「萬歲」。

今天莫狄去了圖書館，媽則在醫院值班，我一個人在家努力打掃，想在過年前讓家裡煥然一新。

莫狄

我闔上小說，手托著下巴望向窗外。

寒流來襲，其實我應該要待在家和莫娜一起打掃，但是我另有要事。

「莫狄。」紀衛青站在圖書館的窗邊，屈指敲了敲窗戶，似乎不打算進來。

於是我趕緊收拾好東西，出去和他會合。

一陣冷風吹過，我不禁打了個寒顫，將脖子上的圍巾裹得更緊，而紀衛青鼻子通紅，頭上罕見地戴了頂帽子。

「妳約我出來，是要來念書嗎？」他指指圖書館，看起來不是很想進去。

「不是。我們隨便走走吧。」我把雙手插進外套口袋，往前走去。

「天氣很冷，不然我們去王大哥那裡？」他提議。

我知道他指的是王大哥經營的居酒屋，但那裡只屬於莫娜與紀衛青。

所以我搖搖頭，「下次再去，今天我們去一些以前沒去過的地方吧。」

「嗯，也好。」紀衛青點頭。

不知道是不是我的錯覺，他朝我靠近了些。

我們來到以種植大量玫瑰聞名的某處官邸，雖然寒風凜冽，可前來參觀的人潮絲毫不減，讓我和紀衛青又挨擠得更近。

即便隔著厚重的冬衣，我仍可以感受得到他身體僵硬，當他在又一次的推擠中與我肩膀相碰之後，便再沒有離開。

在經過栽植了一大片天藍色玫瑰的花圃時，我興致勃勃地拿出手機蹲下來拍照，紀衛青安靜地站在一旁看著。

良久，當我站起身時，他才緩緩開口：「妳之前說校慶那天有事要跟我說，但後來發生太多事了，所以……」

「啊，那個……」

「不好意思，請問可以幫我們拍張照片嗎？」有位長相可愛的女孩突然打斷我們的談話。

「喔，好啊。」我尷尬地瞅了紀衛青一眼，接過對方的手機。

女孩自然地挽起一旁男孩的手，兩個人對著鏡頭露出青澀又開懷的笑容。

「謝謝。那你們要不要也拍一張？」我將手機還給女孩時，她貼心地反問。

紀衛青紅著臉正要拒絕，我卻把自己的手機交給她。

「麻煩妳了。」

紀衛青似乎對於我的舉動很訝異，僵直地站在我身邊，我們身後是一大片天藍色的玫瑰。

「謝謝妳。」我拿回手機檢視相片，笑著對紀衛青說：「你看起來好僵硬。」

「我沒想到妳會要拍。」紀衛青咕噥，「所以……我們……」

然後我主動牽起他的手，紀衛青瞪大眼睛，不同於我指尖的冰冷，他的手十分溫暖。

「妳幹麼啦？」他的聲音帶著緊張與喜悅，更多的是不好意思。

「我們晚上可以再見一次面嗎？就在王大哥的店裡，到時候我會把所有事情統統告訴你。」

「妳真的很古怪。」這不是他第一次這麼對我說，接著他露出靦腆的笑容，眼神充滿柔情。

然而我卻好想哭。

我是什麼時候喜歡上紀衛青的？

是在他把我當成莫娜，不斷找我麻煩的時候？

還是在他把我當成莫娜，不斷對我噓寒問暖的時候？

或者是在他把我當成莫娜，答應我今天赴約的時候？

又或者是在他把我當成莫娜，對我露出那些或開朗或率眞或羞赧的笑容的時候？

儘管他總是把我當成莫娜。

我看著手機螢幕裡的照片，眼眶發熱，視線逐漸模糊，這是莫狄與紀衛青的第一張合照，大概也是唯一的合照。

背後的天藍玫瑰是巧合，抑或是命中注定？

天藍玫瑰的花圃前立著一塊介紹牌，上面寫著：

花語：奇蹟與不可能實現的事。

當送給戀人時，傳情花語爲：暗戀你卻又開不了口，每天想的都是你，是否你也會想起我？

我要把紀衛青，還給莫娜。

莫娜

莫狄回來後便把自己關在房內，我在門口偷聽了一陣。她在哭。

本來想敲門問她怎麼了，轉念一想，又覺得這種時候給她一些私人空間比較好，所以我決定先去洗澡再說。

在浴室的時候，我聽見莫狄走出房門的聲音，我喊了她一聲，但她沒有回應。等我洗完澡，一打開浴室的門，就看見莫狄站在門外等我，嚇了我好大一跳。

「妳幹麼啦！要上廁所？」怎麼不敲個門，是要嚇死我喔。

「莫娜，紀衛青找妳晚上去居酒屋。」莫狄面無表情地說。

「紀衛青？他找我？等一下，他爲什麼會找我？妳告訴他了？」我大驚。

「沒有，他還不知道我們是雙胞胎，妳等一下就過去，然後把這件事告訴他吧。」莫狄說完，轉身要回房間，我連忙拉住她。

「不是說好一起告訴他嗎？」

「不了，妳就自己去吧，我要去睡了。」

「莫狄，妳還好嗎？」我有些緊張，莫狄的樣子好奇怪。

「我從來沒有這麼好過。快點，莫娜，快去吧。」莫狄微微一笑，「回來記得告訴我情況。」

莫狄走回房間關上門，連燈都沒開，彷彿是真的要睡了。

我正納悶這是怎麼一回事的時候，紀衛青打了通電話給我。

「快點過來吧，妳還是要在十點前離開，知道嗎？」紀衛青的聲音聽起來很高興。

「這……」我又看了一眼莫狄緊閉的房門，「好，我等等就過去。」

「晚點見啦！」

掛斷電話後，我趕緊回房間換好衣服，並把頭髮吹乾，匆匆準備出門時，我又問了莫狄真的不一起去嗎？

「不了，莫娜，妳好好和紀衛青聊聊吧。」

「我會盡量早點回來。」媽今天也值夜班，我不想讓莫狄一個人在家太久。

走在夜晚的街道上，我深吸一口氣，讓胸腔灌滿冰冷的空氣，試圖冷靜一下自己紛亂的心緒。

沒料到這麼突然就要告訴紀衛青實話，不過按照原先的計畫，早該在校慶那天就跟他坦白了，只是後來我在泳池發生意外，才拖到現在。

來到許久未來的居酒屋前，我拉開拉門，不意外地瞧見姊姊與大叔都在裡頭。

「歡迎！好久不見啦！」姊姊朝我揮手。

「好久不見。」我輕快地笑著，眼睛瞄向手上正端著兩杯啤酒給其他客人的紀衛青。

「妳先和姊姊、大叔他們聊天吧，我還要再忙一下。」紀衛青看起來神采奕奕。

「喔。」我走到姊姊他們那桌，注意到姊姊手上的戒指，訝異地問：「等一下，你們……」

姊姊神祕一笑，拉起大叔同樣戴著戒指的手，「就先跟妳說聲謝謝啦！」

「哇！恭喜你們！」我忍不住驚叫，大叔一臉赧紅，「喜宴是什麼時候？我一定會去參加！」

「不辦喜宴，我討厭排場。」姊姊表情無奈，「但我爸媽很堅持要盛大舉辦，所以目前還在協調。」

大叔露出有點爲難的神情，「要是我也出身富裕，或許……」

「欸！」姊姊伸手捂住大叔的嘴，「不是說好了不講這件事嗎？」

大叔聞言，露出欣慰的笑容，注視姊姊的眼神充滿愛意。

兩人甜蜜的互動頓時令我好生羨慕，故意促狹地調侃：「是呀，當初喜歡上家世顯赫的姊姊，就該要有承受輿論壓力的心理準備，例如飛上枝頭當鳳凰之類的。」

姊姊聽完後大笑，「莫娜，妳是第一個敢在我們面前這樣說的人！我知道很多人都這麼想，但沒有講出來，然而他們表現出來的一言一行，擺明了就是在說啓祥是個吃軟飯的，我痛恨那些人的想法與做派，難道啓祥和我結婚就不能單純只是因爲兩人相愛嗎？」

「認識這麼久，我今天才知道原來大叔名叫啓祥。」我也笑了。

「是啊，很普通的名字，見笑了。」大叔寵溺地看著姊姊，「我已經不會在意那些流言蜚語了，在喜歡上小畢時，就做好了心理準備。」

如果是平時聽見這種肉麻的話，我一定大吐特吐，可或許是最近接觸太多令人傷心的事了，此刻看見兩情相悅的姊姊和大叔，我由衷替他們感到開心，一股暖意自心中蔓延開來，掃去嚴冬的寒冷。

「那妳怎麼樣了？」姊姊對我挑眉，瞄向正在忙碌的紀衛青，「和他。」

「紀衛青？」我張大嘴，「就是好朋友啊。」

「我們剛開始也是好朋友。」姊姊挽起大叔的手，「我看得出來，他很喜歡妳。」

我不自在地撥了撥頭髮，「但你們也知道，真正和紀衛青同校的是我妹妹莫狄，也許他喜歡的是我妹妹。」

「這也有可能，畢竟妳說過妳和妳妹長得很像……好痛！」大叔的話令我心一沉，姊姊連忙打了他的頭一下。

「別傻了，他看著妳的模樣，很明顯就是喜歡妳，如果心裡有疑慮，問清楚不就好了！」說完，姊姊忽然豎起食指抵在嘴唇上，示意我噤聲。

還沒會意過來是怎麼一回事，紀衛青已經一屁股在我旁邊坐下，身上也換下店裡的工作服。

我嚇一跳，「你下班了？」

「是啊，妳早上跟我約好晚上要見面，所以我和王大哥說今晚要提早下班。」紀衛青理所當然地說。

我皺眉，「早上？在哪裡？」

「妳失憶了嗎？我們早上不是一起去官邸看玫瑰？」紀衛青好笑地說，我卻臉色一沉。

莫狄明明說她要去圖書館的……

姊姊見狀，趕緊說：「怎麼早上她才跟你見過面，晚上還要約你見面啊？」

「因爲莫狄說有事情要談，唉唷，我幹麼跟你們解釋那麼多啊，又不關你們的事。」

紀衛青站起來，拉起我的手，「走吧。」

「去哪？」我一驚。他爲什麼這麼自然而然就拉起我的手？

「隨便走走，反正不要在這裡。」紀衛青的目光掃過姊姊和大叔，神情有些彆扭，最後還覷了吧台裡的王大哥一眼。

「年輕眞好啊！莫狄，紀衛青就麻煩妳照顧嘍。」王大哥曖昧地笑。

「很煩欸！」紀衛青拉著我就往外頭走。

我連忙向姊姊和大叔道別：「再見，下次見！」

「加油，莫娜，下次相見時，我也會用這個名字稱呼妳，再見啦！」姊姊對我豎起拇指，大概是想著反正我就要向紀衛青坦白一切了，她便直接喊我莫娜。

走出居酒屋，刺骨寒風陣陣刮過，我卻覺得十分溫暖，低頭望向紀衛青牽著我的手，我稍微抽了抽手，但沒有用力。

「幹麼？白天不是也牽過？」紀衛青滿臉通紅。

他的話令我心口一揪。

「姊姊爲什麼會那樣叫妳？」他又問。

我深吸一口氣，決定無論如何都要告訴他實話。

「紀衛青，我有話想和你說。」

他扭頭認眞注視我，「我也有。」

我們走到另一條巷子內，找了間店坐下，店員打量了我們好幾眼後說：「你們應該未滿十八歲吧？十一點前必須離開。」

「我們知道。」紀衛青說，熟練地點好飲料及食物。

等店員離開後，我瞪大眼睛看著他，「爲什麼這裡可以留到十一點，你卻總要我十點就回去？」

「妳一個女生這樣比較安全。」紀衛青強詞奪理。

「呿。」我雙手抱胸，「紀衛青，你之前說你爸給你五年，讓你闖出自己的名堂，當時我問過你，難道你家沒有其他人可以繼承家業，你那時本來要跟我說什麼？」

「這麼快就進入主題？也好，時間晚了，別讓妳媽又像上次那樣擔心，今天我會早點送妳回家。」紀衛青點亮了手機螢幕，時間顯示是九點半。

我內心十分緊張。

拜託，紀衛青，拜託你一定要老實告訴我，你和藍官蔚之間的關係。

對我來說，那是你信任我的表現。

「我還有一個哥哥。」

聽到紀衛青這麼說的時候，我眞的大大鬆了一口氣。

「藍官蔚就是我哥。」紀衛青淡淡地說。

接下來他所說的，與之前藍官蔚告訴我的並無二致，而且正如我所猜測的，他們都誤會了彼此。

「我哥是我爸和外面的女人生的，所以儘管藍官蔚從小就和我們一起生活，可他總是……與我們保持距離。我們家的關係很奇怪，藍官蔚他媽媽……我都叫她阿姨，阿姨和我媽和平共處在同一個屋簷下，在一般人眼中，這樣的關係很奇怪，但我從小就生長在這樣的環境，對人與人之間的親密行爲這件事有點……」他聳聳肩，「所以我之前對妳做出了那樣的事，很抱歉。」

「你是指你忽然親我的那次嗎？」

「不然呢？」

「你只親了我一次嗎？」

「白、白痴喔！不然幾次？妳自己都不記得了嗎？」紀衛青滿臉通紅，我也跟著臉上一熱。

但是我必須確認，你有沒有錯親過莫狄啊！

「總之，我曾經以爲，或許我爸就只是同時愛上兩個女人，難以取捨，那麼我勉強能接受這樣的家庭關係，反正我和藍官蔚相處得也還算融洽。直到後來我才發現，我爸時常與不同女人亂搞，我媽和阿姨只是正好懷孕，才會被他接回家，而我和藍官蔚根本不是什麼愛情的結晶，純粹是放縱情欲的產物。可當我把這件事告訴藍官蔚時，他卻嘲笑我。」

「他怎麼嘲笑你？」

紀衛青嘆了口氣，「他要我別幼稚了，說我以後會繼承家業，也會變成像我爸那樣的人。成為黑道是一回事，對女人忠誠又是另一回事，我無法接受藍官蔚的說法，一時又想不出話反駁，便回了句該繼承家業的人是他，他才會變成像我爸那樣的渣男。」

「然後呢？」

「然後他就說，他不會繼承家業，還有別的事想做。接著等他高中一畢業，他二話不說便從家裡搬出去，那讓我覺得……」

「你被背叛了。」

「對！」紀衛青拍了一下桌子，「他有沒有想過他是長子？怎麼能把家裡的爛攤子丟給我一走了之？我也有自己想做的事啊！他怎麼不跟我討論一下？所以當我在綠茵看到他成為我的班導時，我氣得要命，他完成了他的夢想，那我呢？」

即便是藍官蔚的媽媽先有了孩子，也先被接回紀家，卻是紀衛青的媽媽被娶為正室，原因無他，只因藍官蔚的媽媽出身普通，而紀衛青的媽媽是另一個幫派大佬的小女兒罷了。

「藍官蔚的夢想不是當老師。」我緩緩地說。

紀衛青一愣，「妳怎麼知道？」

「我說了，今天會把所有事情都告訴你。」我告訴他我與藍官蔚是多年的網友，也告訴他藍官蔚其實是想成為小說家。

我想藍官蔚應該不會因我的擅作主張而生氣，畢竟他也不希望紀衛青一直誤會他。

「小說家？」比起我和藍官蔚是網友，紀衛青更訝異的其實是這一點，「我以前時常看到他對著電腦不知道在打些什麼，難道他是在寫小說？」

「可能吧。」我忍不住竊笑，「而且是愛情小說喔。」

紀衛青差點將嘴裡的飲料噴出來，「愛情小說！」

「嗯，我還看過內容了，那是他念高中的時候寫的。」

「是個什麼樣的故事？」紀衛青一臉好奇，眼中帶著笑意。

「男主角很肉麻喔，你改天不妨跟他借來看，他也許不會借你，但你一定要想辦法翻一下。」我哈哈大笑。

「我一定會的。」紀衛青喝了口飲料。

「我好高興你願意告訴我這件事。」我誠摯地望著他，「這對你來說，一定是件很重要的事。」

「沒什麼，妳……」紀衛青摸摸鼻子，移開視線，「妳不一樣。」

他的聲音很輕，卻深刻地印在我的腦中。

是時候了，該我說了。

於是我深吸一口氣，鼓足勇氣，「可以告訴我，你白天做了哪些事嗎？」

紀衛青失笑，「妳真的失憶啦？這些事不是才發生……」

「拜託你。」我打斷他的話，「我會告訴你原因，請你告訴我吧。」

或許是我堅定的態度讓紀衛青暫時壓下心中的疑惑，他遲疑地點點頭，開始娓娓道來他今天早上與莫狄的行程。

「就……妳傳訊息約我到圖書館，碰面後我提議去居酒屋坐坐，白天沒有客人，坐在裡面聊天也不錯，但妳說想去其他沒去過的地方，所以我們一起去官邸看玫瑰，還拍照了……」他似乎在猶豫是否該繼續往下說，我朝他頷首，他臉上又是一紅，「然後妳主動牽了我的手，約我晚上在居酒屋見面。」

我咬著唇，心中隱隱作痛。

「而且，不知道是不是我的錯覺。」紀衛青小心翼翼地瞅著我，「妳那時候好像哭了。」

「哭了嗎……」

莫狄看男生的眼光向來都很奇怪，除了李淳安我比較能理解外，她喜歡過的都是一些怪咖。

原本我一直以爲，雙胞胎同時喜歡上一個男人，這種狗血又芭樂的糾葛絕對不會發生在我們身上，但也許是我太天眞了。

莫狄是什麼時候喜歡上紀衛青的？

她喜歡他多久了？

隱瞞我多久了？

而她白天瞞著我私自約紀衛青出去，又安排晚上讓我和紀衛青見面，這個舉動代表她決定斬斷這段感情。

這一刻，我的心好痛。

我和莫狄都不是小學生了，我不會再隱瞞她任何事情，李淳安事件已經讓我得到足夠的教訓。

而我也不會因爲莫狄喜歡紀衛青，就做出讓自己後悔的決定。

「紀衛青，你、你還有沒有其他話要跟我說？」我感覺自己渾身顫抖，「你爲什麼親我？你現在有更好的回答了嗎？」

他歪著頭，尷尬地抓了抓後頸，再次抬眼看我時，眼中已是一片清明。

「我想，我喜歡妳。」

「你喜歡我哪裡？」我笑了出來。

「喜歡妳很奇怪，還有喜歡妳總是突然出現在居酒屋，喜歡妳不畏懼的模樣……哪有人這樣問的，我哪知道啦！」他滿臉脹紅，像是喝了酒一樣，「那妳呢？」

「我……」

「很抱歉打擾你們的告白，但快十一點了，請你們離開。」店員不識相地來到桌邊，手還指向從窗外鳴笛而過的警車，「警察在巡邏，你們快回家吧。」

我和紀衛青先是一愣，隨即大笑，趕緊結帳離開。

「我送妳回去。」他說，並朝我伸出手。

我盯著他的手心好半晌，才緩緩將手放入他的掌心，「那就麻煩你了。」

我們十指緊扣，走在寒風凜冽的街頭，走在回家的路上。

我還是第一次和男生這樣牽手，我的心臟跳得好快，我從來沒有這麼高興過，高興到甚至快要忘記莫狄正在失戀，忘記莫狄可能正在哭泣。

在距離我家剩不到幾條巷子的地方，我停下腳步，紀衛青也跟著停下。

「怎麼了？」

「莫娜。」

「什麼？」他一臉莫名其妙。

「在離開居酒屋前，姊姊叫我莫娜。」我抬頭，對上他的眼睛，「我名叫莫娜。」

「莫狄，妳在說什麼啊？」紀衛青笑了，「很晚了，快點回……」

「我不是莫狄，我是莫娜。莫狄是我的妹妹。」我摸著自己的臉頰，「我和莫狄，是雙胞胎。」

紀衛青愣住，「這是什麼整人遊戲嗎？還是妳在開玩笑？」

「你時常覺得我們好像人格分裂，那其實是因為出現在你面前的是不同的人，有時候是我，有時候是莫狄，我們偶爾會交換身分。莫狄膽小，做事小心翼翼，講話也很小聲，她不夠大方，但很女孩子氣；而我動作粗魯，對很多事都毫不在意，講話也很大刺刺。」

我向他解釋我和莫狄的不同。

「不過去居酒屋的人一直都是我，所以我第一次在那裡遇見你的時候，才會不認識你。早上約你去圖書館的是莫狄。還有，莫狄很會游泳，可是我很怕水。在校慶被丁妍羚的哥哥打的是我，被周映微推下泳池的也是我，然後現在、現在你牽著手的對象也是我。」我深吸一口氣，「你喜歡的，是我，對吧？」

「等一下，妳一下子說了太多事，我反應不過來。」紀衛青一手扶住額頭。

我好怕他會鬆開牽著我的手，但他沒有，他依舊握著。

他放下那隻扶住額頭的手，定定地注視我，「所以，我喜歡的是妳，沒錯吧？」

「這是我剛才問你的。」我怪叫著，伸手打了他一下。

而他抓住我的手，嘴角勾起，「這樣的反應就沒錯了，我喜歡的是妳。」

我開心極了，終於鬆了口氣，笑著投入他懷中。

「雖然妳的反應已經很明顯了。」紀衛青鬆開握著我的手，改用兩手環抱住我，「但我還是想聽妳說。妳喜歡我嗎？」

「明天再告訴你。」

「欸！」

「明天你來我家，我們三個正式見一下面吧。莫狄、你，還有我，莫娜。」我從他的懷中抬頭看他。

「妳一直以來想告訴我的事，就是妳和莫狄是雙胞胎？」他低頭凝視我。

「嗯。」而且我好擔心，也許你喜歡的並不是我。

「什麼啊，就這點小事。」他將我摟得更緊，「那明天，妳要告訴我喔。」

我點點頭，而他微微傾身，第二次親吻我。

抵達我家樓下，我們都有些依依不捨，但明天很快就到了，明天就可以再次見面。

「再見，紀衛青。」

「再見，莫娜。」他說。

這是他第一次喊我的名字，我才知道，原來我的名字可以這麼特別。

踩著雀躍的步伐回到家中，莫狄已經睡了，而媽還沒回來。我跑進莫狄的房裡，想把事情的經過告訴她，不過瞅著莫狄沉睡的臉，也許……明天再告訴她會比較好。

我怕我過於開心的表情會傷害到她，而這是我最不願意的。

於是我輕手輕腳地離開莫狄的房間，轉而走向媽的房間。

自從搬家後，我們以前的照片幾乎都被媽丟掉了，我和莫狄都認為，那是因為媽不想再看見爸，所以並沒有多問，而剩下為數不多的照片都被收在媽的房間裡。

明天紀衛青要過來家裡，他一定會想看看我和莫狄小時候的照片，我想提前準備好，反正我現在根本睡不著覺。

我打開媽房裡的燈，在書櫃上找了一陣，但始終沒找到相簿，正想放棄時，想起之前曾看到媽在睡覺的時候，手上拿著一個相框，裡頭擺著一張全家人的合照。

我在媽的床邊翻找著，卻沒找到那個相框，棉被與枕頭底下也沒有，我又打開床頭櫃的抽屜，同樣沒找到。

「到底在哪……」我隨手拿起一旁的兔娃娃。

那個兔娃娃其實是我的，我小時候很喜歡這個娃娃，搬到新家後，媽說她想要有個東西可以抱著睡覺，還指定要我的兔娃娃，所以就給了她。

只是，我怎麼覺得兔娃娃的手感很奇怪，好像裡面塞了什麼東西。

我連忙拉開兔娃娃背後的拉鍊，裡頭居然放著一個相框。

媽在搞什麼呀，把相框放在娃娃裡面幹麼？

我不禁失笑，取出相框，看了一眼照片。

那張照片是我和莫狄國小畢業前，全家特地一起去相館拍的全家福，爸媽坐在前面，而我和莫狄分別站在他們兩個身後……

咦？

這個女的是誰？

站在媽後面的是我，那站在爸後面的是誰？

還是站在媽後面的是莫狄？

但站在爸後面的是一個我不認識的女生啊！

可是，她穿著和莫狄……或是我，一樣的衣服……

等一下，我記得那一天，莫狄吵著說她要站在媽後面，所以是我站在爸後面，然而照片裡站在爸後面的那個女生不是我啊！

「娜娜！娜娜啊！不要啊——」

有個聲音在我腦中迴盪，我雙手抱著頭，忽然頭痛欲裂。

「娜娜，醒醒啊，醒過來看看媽啊！」

「娜娜、娜娜，爸在這，爸在這！」

「莫娜，不要，莫娜……」

一些本不該存在於我腦中的記憶片段不斷浮現，那片海域、海水湧進我口鼻的痛楚，還有……

我站在旁邊，看著莫娜死白的臉。

「以前你總能輕易分辨出我和莫娜，爲什麼？」

「因爲妳們長得一點也不像啊！」李淳安一笑，毫不猶豫。

莫狄

我居然睡著了。

當我睜開眼睛時，天色已然大亮。

我從床上爬起來，感覺眼睛無比乾澀，昨晚一定哭得很慘，我不敢想像自己的眼睛會浮腫到什麼程度。

但是，我已經下定決心，要帶著笑容恭喜莫娜，這可是莫娜的第一個男朋友呢。

他們昨晚必定向彼此坦白了心意，莫娜也必定告訴了紀衛青我們是雙胞胎。

雖然我的心仍隱隱作痛，不過沒關係，莫娜開心我就開心。所以當我走進浴室準備刷牙洗臉時，儘管從鏡中瞥見自己慘不忍睹的眼睛，我還是不禁微笑了起來。

因爲失戀而哭得隔天眼睛依然浮腫，這也是人生的一種體驗。

在鏡子前練習了幾次微笑後，我拍拍臉頰，爲自己打氣，然後走出浴室朝莫娜的房間前進。

「莫娜，起床了。」我敲門，可是莫娜並沒有回應。

「小狄，早安。」媽媽從廚房探出頭，「早餐已經在桌上了。」

「莫娜還沒起床嗎？」

「那就讓她再多睡一會兒吧，妳先過來吃東西。」

我又看了莫娜緊閉的房門一眼，接著走向廚房。

「媽媽，妳昨天幾點回來？」我問。

「很晚了，怎麼了嗎？」

「妳回來有跟莫娜聊天嗎？」

「……沒有啊，我回來的時候妳們都已經睡著了。」媽媽喝了一口咖啡，「發生什麼事了嗎？」

「莫娜等等說不定會自己告訴妳，可是我想先跟妳說一聲。」我壓低聲音，不時覷向莫娜的房門，深怕她會突然推門而出，「她交男朋友了。」

媽媽拿著咖啡杯的手停在半空中，臉上露出了幾乎可說是驚駭的神情，「什麼男朋友？」

「她和我班上的同學交往了，莫娜待會應該會跟妳細說。不過，媽媽，妳的反應也太大了吧？我們都是高中生了，交個男朋友也沒什麼吧……」看到媽媽的反應，我頓時有些後悔貿然就將事情說出口，該不會媽媽其實不希望我們在這時候交男朋友吧？

「妳怎麼……她怎麼可以交男朋友！」媽媽慌張道，還不小心打翻了咖啡。

「哇，媽媽，妳弄髒衣服了！」我驚呼。

媽媽卻沒有立刻處理衣服上的咖啡污漬，反而盯著我問：「娜娜呢？」

「莫娜？她在睡覺啊。媽媽，妳再不處理，咖啡污漬就很難去掉了。」

「妳去叫娜娜起床。」媽媽嚴肅地說。

糟了，我不會闖禍了吧……

媽媽明明不是那麼保守的人啊……

我只得依言緩緩朝莫娜的房間走去，敲了幾下門後，低聲說：「莫娜，大事不妙了啦，妳快起床。」

但門後依舊沒有傳來任何回應，我只好逕自打開門，「莫娜，慘了，我跟妳說……」

然而莫娜的房裡空無一人，床單平整，像是沒有人睡過一樣。

我狐疑地從莫娜的房裡走出來，媽媽一邊拿抹布擦去桌上的咖啡，一邊對我說：「娜娜，小狄說妳交了男朋友……」

「媽媽，莫娜不見了。」我茫然地說，除了困惑莫娜一大清早究竟去了哪裡，也對媽媽的反應感到不解，「媽媽，妳怎麼會把我錯認成莫娜？」

她從來不會認錯人的。

「我不是叫妳喊娜娜起床嗎？」媽媽的語氣多了幾分嚴厲。

「我有啊，但是她房裡沒人。」

媽媽瞪大眼睛，衝過來抓住我的肩膀，「娜娜呢？娜娜去哪了？」

「我、我不知道，她可能跑出去了，也許是出去買什麼東西？」我不是很肯定地猜測，畢竟在這之前，莫娜從來沒有在週末忽然不見過。

「叫娜娜出來！娜娜！娜娜妳快出來！」

媽媽像是發瘋似地不斷搖晃我的肩膀，我被她的舉動嚇壞了。

「媽媽，我不是莫娜，我不知道莫娜去哪了！」我大叫。

這一叫彷彿喚回了媽媽的理智，她停下手上的動作，面容呆滯地看著我。

「是、是啊……妳怎麼會知道娜娜去哪……」媽媽咬著下唇，「小狄，妳今天就待在家裡，不要出門，如果娜娜回來，也叫她留在家等我，媽媽要出門一趟，很快就會回來。」

她邊說邊拿起包包，穿上羽絨外套。

「媽媽，怎麼了？發生了什麼事？」我被媽媽搞得很緊張。

「沒事。答應我，今天妳們兩個都要乖乖待在家裡，知道嗎？」

我點頭，覺得媽媽的臉色好蒼白。

「乖。」她虛弱地笑了下，摸摸我的臉頰，便離開家門。

我走回房間拿手機，撥電話給莫娜，電話卻直接轉入語音信箱，正當我覺得奇怪之際，發現紀衛青傳了訊息過來，我連忙打開。

莫娜，我快到妳家了喔。

再三分鐘吧。

爲什麼紀衛青會把要傳給莫娜的訊息傳給我？

我正狐疑著要不要回傳時，又發現通話紀錄裡，竟然顯示昨晚我和藍老師有過一通視訊電話。

這到底是怎麼回事？

我什麼時候有藍老師的電話了？

我跳回紀衛青的訊息頁面並不斷往上滑，不解裡面的訊息內容怎麼有我發出去的，也有莫娜發出去的。

還有，為什麼妳和莫狄會共用同個帳號與號碼？

紀衛青又再次傳了訊息過來，接著門鈴響起。

我迅速跑過去開門，來人是紀衛青。

他瞇眼打量了我好一陣子，然後說：「妳應該是莫狄，對吧？」

「莫娜都告訴你了？」

「對，然後她要我今天過來，想讓我親眼看看妳們兩個站在一起的樣子。」紀衛青偷偷瞄向屋內，「她人呢？」

「莫娜一早就不見了。」我側過身，「你先進來吧。」

「她跑去哪了？」紀衛青脫下鞋子走進玄關，拿起手機撥了通電話，「妳家沒有其他人在嗎？」

「我媽媽剛出去。」與此同時，我的手機鈴聲響起。

紀衛青皺眉，「啊，我忘記妳們共用同一支手機了，這也是我為什麼沒有往妳們是雙胞胎的方向想的原因，畢竟妳們的LINE帳號和手機號碼都一樣。」

「什麼？我們怎麼可能共用……」我低頭查看手機，猛地止住了話。

的確，我手機裡留有許多莫娜使用過的痕跡，甚至通訊錄裡儲存的莫娜的手機號碼，也是我的號碼。

「可能是莫娜無聊的惡作劇吧……」我喃喃低語，抬頭看向紀衛青，注意到他的目光落在廚房的餐桌上。

「啊，我還沒收拾。」我趕緊走進廚房，三份早餐裡我和媽媽的都只各吃了一半，莫娜那份則是連一口都沒被動過。

「莫娜沒吃早餐嗎？她跑去哪裡了？」紀衛青又問。

「我不知道，我起床的時候她就不見了，可能等一下就會回來吧。」我勉強回道，然而內心這股愈來愈濃厚的不安是怎麼回事？

「那昨天深夜妳有看見她嗎？」

紀衛青的聲音從我身後傳來，他居然也跟過來一起幫忙收拾碗盤。

「沒有，我昨天很早就睡了。」我連忙接過他手上的碗盤，「你們昨天應該……很順利吧？」

紀衛青臉上一紅，神情靦腆，又帶著隱藏不住的喜悅，「等她回來，妳就知道了。」

雖然見他露出這個我從未看過的一面，讓我有些心痛，可是一想到莫娜能與他兩情相悅，我又覺得開心，這種複雜的情緒我還是第一次體會到。

但三十分鐘過去了，莫娜還是沒有回來，期間我不但洗好了所有碗盤，還切了一盤水果招待紀衛青。

「她跑去哪了？會不會出事了？」紀衛青也從原本的從容轉爲焦急，他在客廳裡來回踱步。

「不會啦……還是，我帶你參觀一下我家？」我趕緊提議。

我急於找些事情做，希望藉此忽略心中的不安。於是我領著紀衛青來到莫娜的房門前，將門打開。

「這是莫娜的房間嗎？」紀衛青的問題很奇怪。

「是啊。」我說，也覺得好像有哪裡不太對勁。

「莫娜的東西也太少了吧。」紀衛青說出癥結點。

確實如此，書櫃上雖然放了幾本莫娜喜歡看的漫畫，冊數卻不如我記憶中的多，而書桌上更是幾乎什麼東西都沒有。

「莫娜讀哪所高中？」紀衛青忽然又問。

「她讀……」我一愣，腦中一片空白。

莫娜念的是哪所高中？

她和我考上不同學校，我念綠茵，她念……她念哪裡？

「怎麼了？」紀衛青察覺我的不對勁。

我匆匆走向衣櫃，不安地笑了下，「看看她的制服就知道了。」

我倏地拉開衣櫃，裡面卻只有幾件莫娜會穿的衣服，沒有一件制服。

「怎麼……」我慌了手腳，立刻翻箱倒櫃地翻找，可仍然找不到莫娜的制服與書包。

「妳們姊妹該不會是在玩什麼奇怪的遊戲吧？」紀衛青也感受到我的不安，「還是說，其實根本沒有莫娜，從頭到尾都只有妳，而妳昨天只是在愚弄我？」

「不！怎麼可能，我們不會那麼無聊！」我大喊，突然想起有一樣東西能證明我們沒有說謊，「我去拿照片給你看。」

然後我衝進媽媽的房間，卻一直找不到相簿。我知道媽媽把很多照片都丟了，因爲她不想看見爸爸，怕觸景傷情，但我分明記得她還有留了幾張下來啊。

然而，任憑我怎麼找，幾乎要將媽媽的房間翻過來，還是一張照片都沒找到。

「這間房間可以進去嗎？」紀衛青在走廊上問，不等我回答，就推開了另一間房間的門。

我趕緊從媽媽的房間跑出去，跟在紀衛青身後來到我房間，「這是我的房間。」

「妳房間裡的東西好多……」

紀衛青的話讓我臉一紅，我沒想到會有客人來家裡，沒來得及整理。

「可是這才是一般正常的房間吧，莫娜房間裡的東西……少到像是沒人住在裡面。」

我不知道該怎麼回答，只能囁嚅地說：「奇怪，我找不到照片。」

但心中那股揮之不去的怪異的感覺到底是什麼？我好像忘了一件很重要的事，卻怎麼都想不起來。

「妳們兩個房間的擺設都一樣耶……」紀衛青走到我的電腦桌前，拿起一個面朝下的方形相框，「欸，是這個嗎？」

「那是……」

咦，我怎麼沒有發現電腦桌上多了一個相框？什麼時候擺的？

我走到他旁邊粗略一看，那是張合照，我對這張照片有印象。

「那張照片是我和莫娜國小六年級那年，我們全家一起去相館拍的，我以爲媽媽把爸爸的照片都撕光了！」

我大喜過望，不僅是爲了還能留有爸爸的照片而開心，也是因爲有了這張照片，就能證明我和莫娜是雙胞胎。

可是紀衛青的表情充滿狐疑，他指著相片說：「這個是妳，還是莫娜？另外旁邊這個女生是誰？」

「咦？」我定睛看向相框裡的照片。

拍照那天的經過我記得很清楚，因爲和爸爸鬧了一些不愉快，所以在拍照時，我賭氣地不肯站在爸爸身後，莫娜拿我沒辦法，就站在爸爸後面，而我站在媽媽後面。

可是……在爸爸身後的那個人……

她的眼睛比我還大，皮膚白皙，嘴角掛著盈盈淺笑，容貌雖然與我有些相像，但不是莫娜，她是誰？

「這個女生長得和妳們有點像，她是妳們的親戚嗎？」紀衛青問。

我搖頭，忍不住渾身顫抖，站在那個位置的人應該是莫娜，怎麼會是個我不認識的女生？

我忘記什麼了？

那個笑容我在哪裡見過？

是了，我想起來了，那個女孩曾親密地拉著我的手。

「莫娜，妳爲什麼要騙李淳安，毛毛蟲會變成蝴蝶？」

「我沒有騙他啊，毛毛蟲本來就會變成蝴蝶，只是不是所有的毛毛蟲都會變成蝴蝶。」莫娜眨著大眼睛，俏皮地吐了吐舌頭，「好吧，我是稍微誤導了他，不然他老是拿毛毛蟲嚇唬大家，我不喜歡這樣。」

「可是……我挺喜歡的……」

「喜歡被嚇？」莫娜睜圓眼睛。

「不是啦，就是……當他追著我跑的時候，我雖然害怕他手上的毛毛蟲，但是我挺喜歡他追著我。」

「好奇怪喔！啊，妳該不會是喜歡他吧？」莫娜露出淺笑，「妳早說嘛，我可以讓妳繼續被他嚇。」

那個笑容，與照片上的女孩一模一樣。

這是莫娜嗎？

可是……可是莫娜不是和我長得一模一樣嗎？

「不——」

一聲尖叫忽然打斷我紛亂的思緒，媽媽飛快搶走我手上的相框。

「妳看了嗎？妳看到了嗎？」媽媽倉皇地問我。

我茫然地望著媽媽。

這是怎麼回事？

她怎麼回來了？

她身後還跟著兩個男人，其中一個男人我有點眼熟，他已經有些年紀，我卻想不起他是誰，另一個則是……藍老師？

「藍官蔚？」紀衛青驚訝地喊。

「你知道了嗎？」藍官蔚嚴肅地問紀衛青。

「知道什麼？」紀衛青也驚慌了起來，他看向那個有些年紀的男人，「怎麼回事？」

那個男人走近我，輕輕扶住我的肩膀，他凝視我的雙眼，輕聲問了一句：「妳現在是莫狄，還是莫娜？」

然後我就暈倒了。

藍官蔚

我從沒想過會碰上這樣的事情。

事實的眞相，遠比我想像得更加殘酷。

校慶那天，當莫娜掉入游泳池，我想都沒想便跳進泳池，將她救上來。

「她會游泳的！她明明會游泳！」周映微在一旁聲嘶力竭地喊，面色慘白。

「快叫救護車！快點！」我朝她大吼，不能怪周映微，她不知道莫娜怕水。

周映微緊張地拿出手機撥號，而我立刻爲莫娜施行人工呼吸，她失去意識的模樣讓我的心臟跳得飛快，在心中千萬遍祈求她千萬不能出事。

在她終於將嗆入肺部的水吐出來後，我稍稍鬆了口氣，但依舊不敢大意。

救護車很快就趕到了，我正準備跟著上車，卻注意到周映微呆立在原地渾身發抖，雙眼無神，嘴裡叨念著她什麼都不知道，也不是故意的。

我抓住周映微的肩膀，看著她的眼睛說：「這只是場意外，妳什麼都不需要說，知道嗎？」

周映微慌張地點頭，然後我上了救護車，並且馬上聯絡其他老師，請對方協助從資料庫調出莫娜媽媽的聯絡方式。

期間，我撥打了莫狄的手機，鈴聲卻在救護車裡響起。

我覺得奇怪，掛斷後重撥，鈴聲再次從莫娜放著手機的口袋傳出。

於是我改打給莫娜，可響起鈴聲的一樣是那支手機。

她們兩個的手機號碼居然是同一個，這是怎麼回事？

等其他老師找到莫娜媽媽的聯絡方式，救護車正好抵達醫院，莫娜被救護人員推進急診室，而我則在外頭打電話。

「您好，請問是莫娜的媽媽嗎？」

對方一愣，「你是？」

「不好意思，我是綠茵的老師，莫狄的班導，是這樣……」

「你怎麼會知道莫娜這個名字？」對方激動地問。

我對於她的激動感到有些困惑。

「莫娜……她溺水了。」

「什麼？在、在哪裡？爲什麼莫娜會溺水？」

「請您先過來醫院，我再當面向您解釋。放心，莫娜沒事，不過我聯絡不上莫狄……」

「不用找小狄了，我馬上過去！」

大約過了二十分鐘，莫娜的媽媽趕到醫院，此時莫娜已經被轉往一般病房，但還是沒醒來。

她快步衝到莫娜的病床邊，滿臉擔憂，一隻手不斷輕撫莫娜的臉頰，淚水沿著雙頰滑落。

「很抱歉發生這樣的事，莫娜與朋友在泳池邊起了爭執，一時不慎摔落……」我解釋事發經過，並轉述醫生說莫娜必須住院兩、三天的醫囑，順便將住院需要塡寫的資料表單遞給她。

「啊……謝謝老師。」莫娜的媽媽跳過了病患名字那欄，迅速寫完其他資料後交給我。

我瞅了一眼莫娜的媽媽簽在緊急聯絡人那欄的名字，「不好意思，施小姐，莫娜的名字沒寫上。」

她此時的表情幾乎可以稱得上是絕望，顫抖著手在病患名字那欄寫下「莫狄」二字。

「莫狄？溺水的是莫娜，莫狄還在學校。」

「我不知道這是怎麼回事，爲什麼她們兩個都跑到了綠茵，曾醫生明明說過，大腦的保護機制會自動過濾掉危險狀況……」

我愈聽愈糊塗，「施小姐，您在說什麼？」

她淚流滿面，雙眼盛滿愁苦，「她們是同一個人。」

「什麼？」

「莫狄和莫娜，是同一個人。」

我看著躺在床上仍未清醒的莫娜，無法會意過來她話裡的意思，「她們不是雙胞胎嗎？」

「是，曾經是……但是莫娜死了……她是莫狄。」她一邊拭淚，一邊輕柔地撫摸莫娜的臉，「老師，請您什麼都別說，這孩子也許……也許就快發現了，最近發生了太多不在我掌握中的事，要是她再次崩潰該怎麼辦……」

莫娜的媽媽後來又說了些什麼，我完全沒聽進耳裡，只是呆愣愣地望著床上的莫娜，動也不動。

稍晚，有位曾醫生過來病房探視，莫娜還沒醒來，莫娜的媽媽則焦急地拉著曾醫生到走廊談話。我盯著床上的莫娜看了許久，最後也步出病房，走向正在走廊末端嚴肅交談的兩人。

「藍老師，這段談話不方便讓你聽見。」曾醫師語氣禮貌地對我這麼說。

「我有權知道眞相，莫狄是我的學生。」我握緊雙拳，「施小姐，妳話不能說一半，不管怎樣，莫狄都是我的學生，如果她有什麼狀況，我必須知道，才有辦法幫她。」

莫娜的媽媽淚眼矇矓地望著我好一會兒，才輕嘆一聲，接著對曾醫師說：「是啊，我早該先跟老師說……也許就能避免這種事情……」

「施小姐，妳別自責了，妳已經做得夠多了。」曾醫生也嘆氣，仔細打量我一番後說：「你看起來是個關心學生的好老師，既然施小姐同意，我也沒什麼好隱瞞。」

於是他邀我一起去訪客休息區，我們一行三人在沙發上坐下，「這是一段很長的故事，而且殘酷到近乎絕望。」

故事的前半段，大都與莫娜曾經告訴過我的一樣，最大的差異只有一個，莫娜和莫狄其實是異卵雙胞胎，她們兩個的長相雖有相似之處，但又不完全相像。

兩人從小就感情很好，卻在升上國一前陷入冷戰，莫娜說她想去另一所國中就讀，不想總是和雙胞胎妹妹綁在一起，她們的父母覺得這個心態不是不能理解，於是便同意了。直到後來，漸漸發現兩姊妹之間的相處變得有些奇怪，才決定在國一開學後的某個週末，全家一同去海邊遊玩，希望藉此修復姊妹倆的關係。

然而，這樣的安排卻成了最大的錯誤，也是不幸的開端。

莫娜不幸溺水，醫護人員搶救了許久，依然回天乏術，姊妹倆的父母心都碎了，而莫狄更是瀕臨崩潰。

正是在那個時候，莫狄的父母在機緣巧合下認識了曾醫生，曾醫生協助夫妻倆逐漸振作起來，讓兩人意識到，無論失去莫娜有多傷心，他們還有莫狄，必須為了莫狄堅強。

但……

「媽媽，媽媽快過來！」

那是在莫狄國一的寒假，因莫娜的死亡而體重驟降十公斤的她，在那次意外過後第一次眼底閃耀著光芒，站在床邊叫喚正在午睡的雙親。

「小狄，怎麼了嗎？」

莫狄拉著父母親來到客廳，指著L型沙發說：「你們看，莫娜在那裡睡覺。」

夫妻倆頓時一驚，定睛看向空無一人的沙發，放在沙發旁邊的連身鏡映照出莫狄纖瘦的身影。

「小狄，妳在說什麼呀？」當時還是莫太太的施小姐顫抖著聲音問。

「娜娜已經不在了，小狄。」莫先生也在莫狄身邊蹲下。

可是莫狄只是歪著頭，狐疑地說：「什麼？莫娜溺水後好不容易清醒過來了，就在那邊啊。」

莫狄指著鏡子，然後跑到連身鏡前，注視著鏡中的自己，「莫娜，妳還不快點說幾句話！」

「夠了，小狄，我知道妳很傷心……」

「爸、媽，你們好過分，為什麼說我死了？」

那曾屬於莫娜的聲音，就這樣從莫狄的口中出現。

莫狄的父母驚駭不已，眼前的莫狄一下子用她自己的聲音說話，又時而轉用莫娜的聲音發言。

他們焦急地帶莫狄去找曾醫生，而他提出了「心理防衛機制」這個說法。所謂的心理防衛機制就是，人類的心理有一種很巧妙的機制，當遇到一些讓人感到很焦慮的事情時，會自主產生一個防衛性的機制，用來保護自我，避免受傷。

「小狄她這是……人格分裂了嗎？」莫太太泣道。

「嚴格說來，這並不完全是人格分裂。童年的創傷或是太過痛苦的回憶，都有可能引發人格分裂。也許莫狄對於莫娜的離開有非常大的罪惡感，而這股罪惡感吞噬了她，她才用這種方式保護自己不陷入崩潰。」

「你的意思是，我的女兒現在變成雙重人格了？另一個人格是她自己幻想出來的莫娜？這太可笑了！」莫先生不能接受這樣的說法。

「老實說，不論你們接不接受，莫娜都用了她的方式保護自己的精神狀態，身爲父母，你們沒有更好的選擇。」曾醫生用字簡潔卻嚴厲。

莫先生始終無法認同曾醫生的看法。

然而，莫狄的狀況逐漸好轉是事實。

她開始願意按時吃飯，開始會笑，開始慢慢重拾正常的生活。

只是莫狄竄改了自己的記憶，她相信莫娜溺水後被救了回來，除此之外，她還多了另一項與事實不符的認知，就是她認定莫娜與自己長得十分相像。莫狄的腦袋把所有不合理的記憶，全部自行合理化。

見狀，莫狄的父母也只能默默接受，並暗自期望終有一天，莫狄能清醒過來。

但時間一長，莫先生實在很難接受好好的一個女兒竟然變成這樣，時不時用兩種聲音與自己一來一往對話。而且說也奇怪，當莫狄用莫娜的聲音說話時，她表現得完全就是莫娜的樣子，包括言行舉止與性格，甚至「莫娜」還擁有自己專屬的記憶。而一旦角色切換回莫狄，她完全不會有那些只有「莫娜」才知道的記憶，莫狄和「莫娜」的記憶是分別獨立的。

久而久之，夫妻倆有了截然不同的想法。

莫太太非常高興，覺得她的另一個女兒又回來了，她依然擁有兩個女兒，只是她們同在一個人的身體裡而已。

莫先生卻非常恐懼，他覺得這一切都很不正常，儘管勉強接受了人格分裂這個理由，但是……

「莫娜」這個人格居然知道只有死去的莫娜才知道的事情。

「爸，關於你那天在海邊問我的問題……」

「海邊？」莫先生不解。

「莫娜」這個人格又說：「就是在我溺水以前，你曾問我和莫狄怎麼了。」

他驚駭地瞪著眼前這個「莫娜」，她憂傷地眨著雙眼，那雙屬於莫狄的眼睛，此時此刻卻展露出全然屬於莫娜的神韻。

「你說我們是彼此最珍貴的禮物，既然身為手足，便不該糾結於小事。可是我和莫狄似乎生了嫌隙，永遠無法再聊起那天在海邊發生的事了。」

「小……小狄？」他睜大雙眼。

「莫娜」搖頭，「不要叫醒她，我是莫娜。」

在那個瞬間，莫先生對自己的女兒生出了強烈的懼怕。

他把這件事告訴妻子，也告訴曾醫生，他懷疑莫狄並非人格分裂，而是被附身了，莫娜的靈魂依附在莫狄身上。

曾醫生對這個論點非常不能認同，「有些父母會這樣想，藉此讓自己好過些，但根據醫學研究……」

「放你媽的狗屁醫學研究！小狄說出了只有我和娜娜知道的事！而且那件事發生在娜娜死亡之前，小狄根本不可能知道！」莫先生失控地在診間怒吼。

然而莫太太卻相當高興，「老公，這樣不是很好嗎？我們的女兒還在……沒有消失啊……」

對於莫太太竟然如此認爲，莫先生完全無法接受。

他在那樣離奇詭異的家中待了幾個月，終於再也無法忍受一個女兒分飾兩角，而自己的太太還接受了這種荒唐的狀況，分別叫她「娜娜」與「小狄」。

「娜娜已經死了！妳們能不能清醒一點！」他忍不住咆哮。

「莫娜」一愣，站在一旁盯著他看。

「老公，你在做什麼？不要這樣……」莫太太驚慌地想要制止他。

莫先生抓著她的肩膀用力搖晃，「我們該做的是帶著小狄往前走！不是這樣留在過去！娜娜死了就是死了，我們要接受這一點！妳這麼做不是在幫小狄，是在害她，害這一整個家！」

「如果你不能接受，就滾出這個家！」莫太太用力推開他。

她的兩個女兒明明都在這個家活得好好的，這樣的生活很好。

於是莫太太怒斥：「娜娜沒有死，她就在這裡，她只是用另一種方式活下來了！」

莫先生內心深處又何嘗不希望莫娜能活過來，但這樣蒙著眼睛過日子是不對的，也是不健康的，他們要如何向外人解釋？莫狄未來又要如何生活？

「縱容莫娜的存在，只會害莫狄也走向死亡。」莫先生說完這句話後，便離開了這個家，永遠地離開了。

他不忍心看深愛的人走向深淵，卻也無力拉回。

「後來我分別帶著莫狄和莫娜去見曾醫生。」施小姐嬌小的身軀撐起了這般沉重的負擔，但她的站姿始終筆挺，她是我遇過最堅強的女人。

聽完這段往事，儘管我一時未能完全消化，卻也將前後種種都串連了起來，這下子之前所有不合理之處全說得通了。

「我認識莫娜……在她國一下學期的時候，我們是透過交友APP認識的……」我摀住雙眼，想起當年那段對話。

「那說謊的時候呢？」

「說謊就很難判斷了，人類永遠都想知道對方是不是在說謊，但就連測謊機也不能百分之百確定。」

「謊言這麼厲害喔？」

「是啊，怎麼了？妳怎麼對這件事這麼好奇？稍微google一下，就可以找到很多論點喔。」

「因爲我覺得自己的人生，就像是一個謊言。」

那時因爲交情還不深，我並沒有追問莫娜那句話是什麼意思，然而現在回想起來，難道莫娜其實隱約知道一切嗎？

「依照莫狄的狀況，她與第二個人格『莫娜』是兩個完全不同的個體。所以你和莫狄說過的話，『莫娜』不會知道，而『莫娜』經歷的任何事、產生的任何情緒，莫狄也不會感受到。」曾醫生解釋，「這兩個人格有一個共同的特性，便是保護彼此。換言之，她們不會做出可能讓『她們其實是同一個人』這件事情曝光的危險行爲，當莫狄在學校時，『莫娜』就陷入沉睡，而當她是『莫娜』時，她也不會去疑惑自己白天人在哪裡。」

我消化著曾醫生的話，心裡很複雜。

曾醫生又繼續說：「就算旁人說想看她們的合照，她們也會很自然地閃過話題，絲毫不會覺得有怪異之處。『莫娜』這個人格雖然存在於莫狄體內，但主人格還是莫狄，『莫娜』不會有自己的朋友與生活，她的存在只是爲了減輕莫狄的罪惡感……但……」曾醫生疑惑地看著我，「你說，你在『莫娜』國一時就認識她了？」

「是。」我點頭，不明白有哪裡不對。

「這是怎麼回事啊，曾醫生？藍老師還說小狄和娜娜會交錯去學校。」莫狄的媽媽著急地問，事情的發展已經超乎她的理解範圍。

「『莫娜』有了自己的朋友，出現的次數也愈來愈頻繁，甚至要……壓過莫狄了。

「這種情況很危險，要是第二人格吞噬了主人格，這樣的話……」曾醫生沉吟道。

「會怎樣？曾醫生！」莫狄的媽媽更驚慌了。

「那莫狄也許就會消失。」曾醫生眼中有著悲憫。

「不！我已經失去娜娜，不能再失去小狄了。」莫狄的媽媽捂住臉，跪倒在地上痛哭失聲。

在這一瞬間，我明白莫狄的媽媽內心深處其實明白莫娜早已死去，只是當她在莫狄身上看見莫娜的蹤影，這在一定程度上安撫了她失去莫娜的悲傷。她無法割捨這樣虛幻的幸福，即便這讓她幾乎快要忘記莫娜的長相。

「我每天都看著照片中的女兒，卻覺得照片裡的娜娜愈來愈陌生，娜娜到底是死了還是活著，我也愈來愈糊塗了……所以我把所有照片都藏在我媽那裡，除了不想觸景傷情，更是怕她們看見照片，發現彼此其實長得一點也不像，怕她們想起眞相……我之前已經失去一個女兒，好不容易娜娜回來了，如今我哪一個都不想再失去了……」

莫狄的媽媽說，她每年都會去莫娜離去的海邊祭拜，接著去娘家沉澱幾天，然後再打起精神回家，與「兩個女兒」繼續共同生活下去。

咬牙苦撐的這些年，她早已接受莫娜的死亡，只是擔心莫狄會不會哪一天突然想起眞相，又再度陷入崩潰。

曾醫生難受地拍拍她的肩膀，「隨時都該要有心理準備，或許某天其中一個人格就會忽然消失。但是施小姐，您要知道，這才是對的……」

我呆坐了好一陣子，才起身返回病房。

當我站在病床前，凝視著躺在床上的莫娜，又或者該稱呼她莫狄，以及在床邊拭淚的莫狄媽媽時，我實在無法想像這些年，她是如何一個人藏起這驚人的祕密。

經過一番審愼的思考，我認爲我必須幫莫狄的媽媽一起隱瞞。

我們誰都不能確定，讓莫狄知道眞相後會發生什麼事，輕的話，也許只消失一個人格，嚴重的話，也許兩個人格都會崩潰，事態會如何發展連曾醫生都不敢斷言。

「人心是非常非常複雜的，很多事也不是目前的醫學與科學所能解釋的。」曾醫生語重心長地說。

莫狄的媽媽不斷感謝我願意幫忙隱瞞，同時我也向她保證，在學校的時候會多加注意莫狄及莫娜的狀況。

過了一個禮拜，聽聞莫狄回來學校上課，我立刻跑去教室，碰巧聽見莫狄正向大家解釋，她是因爲和周映微在游泳池邊打打鬧鬧，才會不小心跌入泳池。

看到她好端端地站在教室，言行舉止依然是「莫狄」該有的模樣，我不由得鬆了一口氣。幸好，她知道眞相的那一天還沒有到來，還不是今天。

下午的一個下課時間，莫狄主動過來找我，當她神情自然地關上辦公室的門時，我竟瞬間產生了她是莫娜的錯覺。

「藍老師，謝謝你。」莫狄站在辦公桌前對我說。

我輕輕搖了搖頭。

惱。

接著，她一臉擔憂地對我說起周映微的情況，以及自己無力拯救周映微而生出的苦

她居然還有空擔心別人，見到她這副模樣，我頓時鼻子一酸。

「莫狄，滿腔熱血想拯救每個人，這種想法並沒有不好，可是妳有沒有想過，有些人也許不想被拯救？」我幾乎是哽咽地說出這些話。

就如同妳。

妳也不想被拯救不是嗎？

不，或許妳就是爲了拯救自己，才產生「莫娜」這個人格。

「深陷泥沼的人，若是自己先失去了求生的意志，妳再怎麼努力想拉她上來，也是徒勞無功的，最終只會跟著她一起下沉而已。」像是妳媽媽一樣。

可是莫狄很天眞，她說不試試看怎麼會知道。

「這兩個人的情況完全不同，丁妍羚其實有透過很多方式自救，周映微則壓根沒想過要逃出來，旁人愛莫能助。心病之所以難醫，正是因爲有時自身根本不想得救。」

妳準備好被拯救了嗎？

妳想被拯救嗎？

妳想眞正清醒過來嗎？

「妳……能叫莫娜出來嗎？」

莫狄擦去淚水，「莫娜在家休息……」

「是嗎？」

我還能再見到莫娜嗎？

莫娜沒再來過學校，但我會定期與莫狄的媽媽通電話，從她話裡聽來，莫娜還好端端地「活著」。

這段期間以來，我翻閱了許多書籍，對於人格分裂這個現象該如何痊癒，卻一直沒能找到個確切的說法，有些人可以靠心理諮詢或是吃藥而恢復，但也有些人的病情反而變得更加嚴重。

儘管不正常，可是莫娜的存在並不會傷害到誰，我私心希望，莫娜能繼續存在。

但莫狄往後的人生該怎麼辦？

難道我們眞的只能被動地等待？

等著哪天莫狄自行察覺眞相？

我忘了之前曾經在哪裡看過一個說法，當兩個完全獨立，互不知道彼此共用一個身體的人格察覺到眞相時，其中一個人格就會消失，這個說法是眞的嗎？

一天深夜，我的手機鈴聲響起，那是一通視訊電話。

我立刻接起，莫娜哭泣的臉出現在螢幕上。

是的，我一眼就看出那是莫娜。

「蔚藍海岸，眞是奇怪，在這個時候，我唯一想到的人是你，我只能打給你。」

「莫娜……」

「藍官蔚，你有看見我身後是誰躺在床上嗎？」她應該是坐在書桌前，房間的燈開著，而她身後整齊的床鋪上並沒有人。

「莫娜，妳怎麼了？」

她又哭又笑地拿起一個方形相框，把正面轉向我，我心中頓時一驚。

「床上並沒有人對吧？但在我眼中，莫狄分明躺在床上睡覺，可在你眼中看來，床上空無一人對吧？」

她發現了，我心中涼了一截。

我定睛看向莫娜湊在手機鏡頭前的照片。

這是我第一次見到真正的莫娜，她的確長得和莫狄只有幾分相像，漂亮的大眼睛，五官如洋娃娃般精緻，嘴角掛著淺淺的微笑。

「我怎麼會到現在才想起來，看見這張照片我才想起來，這才是我，我應該是這個樣子的，然後……我已經、已經死了啊……」她纖細的食指指著照片裡的莫娜。

「莫娜，妳先冷靜一點，深呼吸，妳還存在於這裡，不是嗎？」我輕聲安撫她。

但畫面中的莫娜用力搖頭，我一邊開啓側錄軟體，一邊安慰她別哭。

「我感覺到，好像快要……」她慢慢低下頭，沒有把這句話說完。

我著急了，立刻大喊：「莫娜！醒醒！莫娜，妳聽我說，莫娜！」

然後她抬起頭，對我露出笑容，並擦乾眼淚，「藍官蔚，你一直都知道是嗎？知道我和莫狄其實是同一個人？」

「不，我是……在妳溺水之後才知道的。」我大略跟她講了當時的事情經過，而莫娜愈聽，表情愈是難受。

「謝謝你為了我和莫狄隱瞞了這麼長一段時間，我覺得我的時間不多了，所以我必須好好道別，也許當莫狄再次出現，我就會永遠消失了。」

「不要這麼說，莫娜，妳媽媽呢？她不在嗎？」

莫娜用力搖頭，「還好她不在，不然我可能眞的無法承受，如果我的心碎裂了，莫狄是不是也會跟著碎裂？」

「莫娜，妳聽我說，妳現在或許應該……」

「不，藍官蔚，你聽我說，我眞的覺得自己沒時間了，我必須要好好道別才行。幫我跟我媽說，我很愛她，很抱歉她又要再一次失去我，但求求你，別讓我媽再次陷入失去我的痛苦。還有莫狄，告訴莫狄我一點也不氣她，我好高興能再活一次，體驗到高中生活，認識了你、認識了大家……」

我眼眶一熱，不敢打斷她。

「我還欠你小說的讀後感想，藍官蔚，我看到哭了，你的心思很細膩，文筆也很好，繼續努力下去一定可以成為小說家，不要說不可能，你還活著，沒有什麼事情是不可能的。然後把那本書拿給紀衛青看，他會明白的，你那個故事根本是在寫你家裡的事，裡面主角對弟弟的種種寵愛有夠肉麻的！」她輕輕一笑，淚水從她的眼角滑落，又很快被她抬手抹去。

「還有周映微，我希望你能盡你所能幫助她，就算她依舊故我，老是怨天尤人，起碼也要讓她知道她並不孤單，還是有人願意關心她，你可以找田沐蓁幫忙，她向來見義勇爲、仗義執言，就像是古代的俠女一樣。還有丁妍羚，你一定要注意她哥哥有沒有再亂來，然後叫畢元石和熊益君拿出男人的樣子去保護喜歡的人。可惜我來不及參加姊姊和大叔的婚禮，還有王大哥開的其他間日本料理店我都還沒去過，還有……」

莫娜忽然停住話，淚水潰堤，她抬手蓋住雙眼，那哭聲叫人心碎。

「我還沒……還沒告訴紀衛青，我也喜歡他啊！」

「莫娜，這些話妳可以自己去說、那些事妳也可以自己去做！只要妳別再探究……或許還有機會活下來，跟莫狄一起……」

「縱容莫娜的存在，只會害莫狄也走向死亡。」

她說完這句話後，就朝一旁倒去，頭重重往桌面一撞，手機大概是掉在地上，螢幕裡失去了她的身影。

「莫娜……莫娜？莫娜！莫娜，妳快說話，快說……」

然後手機再次被拾起，莫狄神情恍惚地望了螢幕一眼，隨即切斷通話。

我渾身顫抖，立刻撥電話給莫狄的媽媽，但是被轉入語音信箱，曾醫生的電話亦然。

沒事的、沒事的，莫娜只是睡著了……睡著了而已。

我強迫自己相信莫娜是因爲哭累了，所以睡著了。

然而隔天一早，莫狄的媽媽卻打來一通電話，讓我不得不面對殘酷的事實，莫娜就這樣毫無預警地消失了。

我原本還暗自期盼，莫娜沒有消失，只是這個時間輪到莫狄出現而已。在前往莫狄家的途中，我不斷如此安慰自己。

當我與莫狄的媽媽以及曾醫生會合，一同來到莫狄家中，便瞧見神情茫然且空洞的莫狄，她手上拿著昨晚莫娜給我看過的那個相框，而紀衛青一臉莫名其妙地站在一旁。

「妳現在是莫狄，還是『莫娜』？」曾醫生立刻衝上前，輕輕扶住她的肩膀，凝視她的雙眼輕聲問。

聞言，莫狄瞬間暈了過去，所有人一陣驚慌。

「快！快把她抱上床！」我和紀衛青趕緊將莫狄抱到床上。

「這是怎麼回事？你怎麼會來？」紀衛青問我，他完全在狀況外，「莫娜呢？」

莫狄的媽媽忍不住痛哭失聲，「娜娜呢？娜娜還在嗎？」

「這……我也不敢肯定……既然莫狄已經察覺到真相……」曾醫生擰緊眉心，「『莫娜』……也許不會再出現了。」

「不……不要啊，我還沒跟娜娜道別，我甚至還沒抱到她……」莫狄的媽媽撕心裂肺的哭聲迴盪在房間裡。

紀衛青瞪大眼睛看向我，我感覺呼吸困難，心裡像是空了一塊似的，很艱難地開口：

「也許我該更早告訴你……」

緊閉雙眼的莫狄，當她再次睜開雙眼，會變成什麼樣子？

莫狄

很奇怪，他們說的每句話我都聽得懂，卻不明白莫娜去了哪裡。

那天我醒過來的時候，床邊圍了一圈的人，除了紀衛青和媽媽，甚至連藍老師都來了，還有一位長得有點眼熟的大叔。

「怎麼了？」我努力坐起身，但身體好重，這樣一個簡單的動作都花了我好大的力氣。

靠著枕頭坐好後，我忽然流下眼淚。

我不明白這眼淚所爲何來，我並不覺得難過，身體也沒有哪裡疼痛。

我抱緊了自己。

「妳怎麼了？」

那位大叔要我描述現在心中的感覺，但我很難形容。

「媽媽，妳爲什麼在哭？」我好久沒見到媽媽哭成這樣了，上一次是莫娜在海邊溺水的那時候，「莫娜呢？」

我問出這句話似乎讓媽媽更難過了，她緊抓著我的肩膀問：「娜娜呢?娜娜在哪？」

「施小姐，您先不要……」那位大叔上前拉開媽媽。

藍老師蹲到我身邊，他的眼睛流露出一股哀傷。

「莫狄，妳記得些什麼呢？」他開口問我，好像我該記得什麼一樣。

我抬眼瞅著站在最後面的紀衛青，他臉色鐵青。

「我記得紀衛青告訴我，他和莫娜約好了要來家裡，可是莫娜不知道去……」我開始回想。

「那昨天晚上呢？」藍老師眼中帶著懇切。

「昨天晚上我很早就睡了……」

他神情黯然，我知道，我說出的話不是他想要聽到的。

「我們等個幾天看看，也許莫娜會回來。」藍老師站起身，語氣充滿落寞。

「莫娜去哪了？」我疑惑地問。

我的問題得不到答案，沒有人願意回答。

媽媽衝出房間，藍老師追了出去，過了一會兒，兩人手裡拿了許多相簿回來。

「施小姐。」那位大叔好像想阻止媽媽做什麼事。

媽媽連看都沒看他一眼，逕自將所有相簿放到我面前，接著坐在床沿，拉起我的手。

「小狄，沒關係的，媽媽在這裡，媽媽與妳一起面對。」

面對什麼？媽媽？

大叔點點頭，將藍老師和紀衛青帶出去。

媽媽打開相簿，第一張是我和莫娜嬰兒時期的照片，我們兩個躺在床上看著彼此，是張很美的照片。

「妳和娜娜剛出生的時候都不怎麼哭，害我和妳爸爸擔心得很。還有這張，妳們在搶冰淇淋，最後是娜娜讓給妳了。」媽媽話裡帶著笑意，「妳看這張，娜娜跌倒了，她沒哭，妳卻哭個不停。」

媽媽帶著我看過一張又一張的相片，我完全不知道她還留著這些，我以爲照片全被她扔掉了。然而我心中卻逐漸升起一陣怪異感，隨著年齡漸長，照片裡的莫娜逐漸變得與我不再那麼相像。

那已經不是我記憶中的莫娜。

看著看著，我的眼淚不知不覺掉了下來，我想起了暈倒前發生的事。我不禁哭著投入媽媽的懷裡，她緊緊地抱住我。

「莫娜在哪裡？媽媽，莫娜呢？」

我想起了那片海，莫娜面色蒼白地躺在沙灘上，爸媽臉上爬滿淚水，而我跪坐在一旁看著那樣的她，怯生生地伸手碰她。

莫娜的身體好冰，那股冰冷直搗我的心口。

「她……她死了嗎？但是她明明被救回來了，我在醫院看見她醒過來了……」

「小狄妳仔細想想，妳是在哪裡見到娜娜醒過來的？不是醫院吧？仔細想一想。」媽媽捧著我的雙頰，眼神滿是悲傷，卻又隱含一股堅毅。

我愣愣望著她紅腫的雙眼，腦海中浮現一幅畫面，有白色窗簾、L型沙發，還有一面連身鏡。

「她……她在沙發上睡覺啊，莫娜明明……明明活著啊！」我絕望大哭。

「我們一起見過曾醫生的，花了好長一段時間定期去看醫生，妳記得嗎？還有妳記得爸爸離開的原因嗎？妳知道娜娜在妳身體裡嗎？」媽媽的聲音非常溫柔。

「莫娜在我的身體裡？」我抱緊自己，我就是莫娜嗎？

「娜娜曾經在妳的身體裡，然後她現在又離開了。」媽媽將下巴抵在我的額上，她溫熱的淚水沿著下巴滴落在我的額頭。

「莫娜……她一定還活著。」我抬頭看著媽媽，話聲哽咽，「她如果在我身體裡，就一定會再次出現。」

「小狄……」

我掙脫媽媽的懷抱，大聲喊：「莫娜，莫娜！出來，莫娜！莫娜妳在哪裡？這一點都不好玩啊！」

我的尖叫聲引來曾醫生他們，一行人再度走進房裡，而我只是不斷叫喊莫娜的名字，媽媽想阻止我，可是曾醫生按住了媽媽。

之後，所有人緩緩退出房間，在離開之前，紀衛青那略帶驚恐，但更多的是難受的神情讓我心痛。

莫娜，妳在哪裡？

他們都需要妳，我也需要妳。

妳不能不告而別，妳不能就這樣消失。

如果妳還在我體內，就請妳出來啊！

然而無論我怎麼呼喚，無論我記起多少與莫娜曾經擁有的回憶，莫娜依然消失得無影無蹤，也不曾出現在我的夢裡。

每晚，當我長久地凝視鏡中的自己，總會不由自主地想，鏡子裡的那個人曾經是莫娜，但又不是眞的莫娜。

莫娜即便存在於我的體內，也不曾眞正活著。

「對不起，莫娜，活下來的是我，對不起……對不起，我不該賭氣、我不該生氣，莫娜，求求妳出來好嗎？我什麼都不要，連身體都可以給妳，只求妳出現……」

只是鏡中的倒影，終究只有我一人。

曾醫生說過，造成第二人格出現的原因有很多，以我的情況來說，是因爲主人格想要逃避某件事情，便產生了第二人格。我對莫娜的死懷有強烈的罪惡感，所以自行製造出莫娜又活過來的假象。

然而我不這麼認爲，我不是主要人格，莫娜也不是什麼第二人格，她是眞實存在於我身上的第二個靈魂。

可如果她是眞實存在的另一個靈魂，那爲什麼她會消失呢？

「縱容莫娜的存在，只會害莫狄也走向死亡。」

爸爸和莫娜，都說過這句話。

最終，莫娜的死去，都還是因爲我。

*

我不知道自己這樣渾渾噩噩地過了多久，每天每天我都在呼喚莫娜，甚至故意一直陷入沉睡，找各種機會浸泡在莫娜最怕的水中，然而莫娜就是沒有出現。

媽媽要我接受莫娜再一次死去的事實，但是我不想相信，直到紀衛青打了通電話過來。

「難道妳都沒有事情要向我解釋嗎？」他的聲音緊繃，像是在忍耐著什麼，「連學校也不來。」

「我以爲……你不會想再見到我了……」我的眼淚又再次落下。

「我剛開始也很不想相信，哪有可能這麼扯啊，可是……只有這樣事情才說得通，妳們共用手機號碼和LINE帳號，長相一模一樣，性格卻截然不同，時常講話不連貫，我覺得妳們是人格分裂，但妳們又反駁說妳們是雙胞胎，結果現在……這樣更說得通，從來沒有人見過妳們同時出現不是嗎？」紀衛青自嘲，停了一下又說：「帶我去見莫娜。」

「連我都找不到莫娜了……」我心痛地閉上眼睛。

「不是妳想的那樣，我想去看看莫娜、莫娜的……」他哽咽道：「莫娜長眠的地方。」

我驚訝地睜開眼睛，倒抽一口氣，「我不要！莫娜沒有長眠，莫娜她活在我……」

「如果她還活著，那妳找到她了嗎？」紀衛青嚴厲地反問。

我愣住了，久久無法言語，「好……我帶你去……」

透過話筒，彷彿聽見他啜泣的聲音。

我將一朵天藍玫瑰放在莫娜的墓前，覺得自己像是從一場很長的夢境醒來。

爲了來這裡，我花了好久的時間準備，做了好多心理建設，我好怕自己崩潰。

但是當我瞧見管理員熟稔地與媽媽打招呼的時候，我忽然意會過來，這幾年來，媽媽時常獨自前來莫娜的墓地，她承受了多大的壓力？

爲了不讓我脆弱的心崩裂毀壞，媽媽只能偷偷過來祭拜莫娜，而我這個妹妹又爲莫娜做了什麼？

我立刻上前牽起媽媽的手，她一愣，接著我對她露出微笑。

在這個瞬間，我明白了自己無論如何，也該爲媽媽堅強。

側頭望向隔了一段距離的紀衛青，他又是帶著什麼樣的心情來到這裡？

「莫娜，好久不見。」我輕聲說

照片中的莫娜既熟悉又陌生，我的淚水又落了下來。

媽媽從我身後環抱我，爲了來到莫娜的墓前，我們兜轉了多少年。

千言萬語都無法表達出我情緒的千萬分之一。

在決定來這裡探視莫娜的前一個晚上，藍老師先確定我已經接受了莫娜的離去後，才將他錄下的那段莫娜最後的影片給我們看，我和媽媽幾乎無法承受。那段影片證明了莫娜確實存在，可也確實已經消失了。

「這是一場玩笑嗎？」紀衛青雙眼紅腫地注視莫娜的照片，「我不認識這個女孩，我喜歡的是莫娜，但這不是莫娜。」

我鬆開媽媽的手，走到紀衛青身邊，難受地承認：「她就是莫娜，眞正的莫娜。」

「那妳又是誰？」紀衛青冷聲問，就像是第一次見面那時一樣陌生，「一開始是莫狄，後來變成雙胞胎姊姊莫娜，再隔一天又變成雙重人格？那麼我喜歡上的人，到底是誰？」

我說不出話，瞅著紀衛青難受至極的模樣，心痛無比。

「所以或許……」紀衛青緩緩開口，眼眶中溢出一滴淚，「再隔一天，莫娜又會出現。」

他伸手探向莫娜的照片，跪坐在地上，在莫娜的墓前不斷哭泣。

「對不起，紀衛青……」我能對他說的話，竟然只剩下這一句。

我和媽媽決定搬到鄉下住一陣子，那邊有一幢外婆以前留下來的房子，外婆說那邊很偏僻，出入也很不方便，連郵差一個禮拜都只會去一次，更別說網路了，可能連電視都收不到訊號。

但我和媽媽一致認爲，那就是目前最適合我們的暫居之處，正因爲太想在這個社會繼續生存下去，我們才更必須放空自己，讓一切歸零，重新開始。

去辦理休學手續以前，我走過了莫娜曾經走過的每個地方，雖然屬於莫娜的記憶仍然只屬於她自己，我並未能共享，但我想，至少要替莫娜和她的朋友道別。

這是我現在唯一能爲莫娜做的。

居酒屋白天沒有營業，我寫了一封信給王大哥，告訴他莫娜要暫時遠行。

而就在我把信放在店門口，剛轉過身之際，卻看見穿著套裝的一男一女站在不遠處觀察我，接著女人主動走向我，試探地問：「妳是莫狄對吧？」

「妳是……」

她頓時笑開，「果然！哇，妳和莫娜長得一模一樣耶！可是我一看見妳，就知道妳不是莫娜，這種感覺眞的好神奇啊！」

「原來妳就是莫狄啊。」站在她旁邊的男人摸著下巴，視線在我臉上打轉。

「你們不會就是姊姊和大叔吧？」

「莫娜告訴妳的嗎？她人呢？之前她說過下次要找妳和我們一起吃飯！」姊姊興奮地說。

我被她的無心之言刺得心中一痛。

「她……我們要搬家了，她在幫媽媽打包，一時走不開，所以由我過來……」我指向放在店門前那封要給王大哥的信。

「搬家？」姊姊皺眉，「怎麼會這麼突然？」

「因爲我……身體不太好，媽媽決定帶我搬到鄉下療養，那邊空氣比較清新，也比較安靜。」我每說一句話，就覺得一陣心痛。

「這樣啊，那也沒辦法，妳要好好保重身體。」姊姊拉起我的手，她手心傳過來的溫暖讓我很想哭，「那請妳轉告莫娜，下次有機會再見吧，反正啓祥和我是這間店的死忠顧客，她隨時回來都能找得到我們。」

但是莫娜已經不會回來了。

「沒問題，祝你們新婚愉快。」我強忍淚水，盡可能不讓姊姊起疑。

姊姊先是露出開心的笑容，又向我解釋，他們之所以出現在這裡，是因爲附近有個店家約他們過來談保險的事，時間差不多了，他們得先走了。

「不然我們還能去幫妳們打包行李，重物交給他來搬就對了！」姊姊用力拍了下身旁的大叔。

「謝謝你們，眞的很謝謝你們。」我眼眶一熱，彎腰對他們道謝。

謝謝你們當莫娜的朋友，謝謝你們見證了莫娜的存在。

「妳太客氣了啦！下次我們再一起喝一杯，當然，是等妳們成年以後。」姊姊遞給我一張名片。

接著，我們互道再見，我目送他們的背影，想像莫娜曾經在許多個夜晚，與他們一同談天說地，那是我不曾進入的世界。

姊姊與大叔，是眞眞切切只屬於莫娜的朋友。

在綠茵的校門口，我遇見了藍老師，應該說，他似乎專程在這裡等我。

「藍老師，我正要去學校。」

他靠在一輛白色的車上，一見到我就站直身體，打開副駕駛座的車門，「上車。」

「要去哪裡？」

他沒有回答我的問題，逕自將我推上車，並迅速關上車門。

藍老師坐上駕駛座發動車子，並繫上安全帶，「去海邊。」

「該不會是……」

「妳媽媽告訴我，妳今天會過來學校一趟，是準備要向大家道別對吧？」藍老師眼睛直視著前方道路，「那妳也必須跟莫娜道別。」

我倒抽一口氣，「我還沒有準備好……」

「如果妳不跟莫娜好好道別，要怎麼重新開始？」

我遲疑地說：「也許我不想重新開始呢。」

「那這樣妳休學就沒有意義。」他重重踩下油門。

「你特地問過我媽嗎？不然你怎麼知道莫娜是在哪裡離開的？」

藍老師沒有出聲，間接肯定了我的猜測，這表示媽媽同意藍老師這麼做，她也認為我應該要再去一次莫娜當年離開的那片海岸。

那片海岸離市區並不遠，僅約三十分鐘的車程就到了。因為今天不是假日，沙灘上的遊客並不多。

這裡的景致依然是我記憶中的樣子，但令我意外的是，再次來到這裡，我心中居然沒有一絲恐懼。

站在沙灘上，我望向眼前的那片海，不敢相信就是這樣美麗的海帶走了莫娜的生命。

藍老師站在我身畔，我們兩人無言看著那片湛藍的大海許久。

「這些年莫娜和我一起活在我的體內，我的記憶雖然空白缺失了一大段，我卻覺得很充實，我們的人生確實相互交錯，那麼感情呢？我對紀衛青的情感，到底是莫娜的，還是莫狄的？而我又是誰？」

我緩緩開口，無論藍老師有沒有在聽，都沒有關係。

「如果說，莫娜的存在只是我的自我救贖，那我怎麼可能會知道只有真正的莫娜才知道的事呢？媽媽告訴我，爸爸當年離開這個家的其中一個原因，是因為我身體裡的莫娜對他說了只有他和莫娜知道的事，這讓他覺得非常可怕。所以，這幾年出現的莫娜不是我想像出來的自我安慰，我的姊姊，她真的曾經與我共用一個身體，與我一同活著。」我是真心這麼想的，不然要怎麼解釋這件事呢？

藍老師依舊不發一語。

我告訴自己不能掉淚，扭頭看向這位奇特的老師，我問：「藍老師，你也喜歡莫娜嗎？」

他聳肩不答，我從他臉上的表情讀不出情緒，而他的視線始終落在遠處。

過了很久，他終於反問一句：「妳說呢？」

「我……要休學了。」其實我心裡已經有了答案，「我和媽媽都覺得，我們需要暫時休息一下，只有我和媽媽……」

「嗯，我會在綠茵等妳回來。」藍老師側頭對我說：「紀衛青也會在居酒屋等妳回來。」

我眼眶一熱，「是我喔，不是莫娜……」

「妳就是莫娜，妳們是一體的。」他說。

他雙眼清澈，就像是這片海域一樣，爲我帶來了平靜。

而後藍老師載我回學校，讓我在綠茵校門口下車後，他便離開了。

目送他的車子消失在街角，此生不知道還有沒有機會再見到這個人，我恭敬地朝他離去的方向鞠躬。謝謝他，見證了莫娜的最後一刻，謝謝他，在莫娜離開前陪伴她，至少讓莫娜在那個時候不是孤單一人。

我很快填好了所有資料，休學的理由是我身體不好，醫生建議我暫時休養一陣子。也許是藍老師事先和學校打過招呼，又或許是媽媽私下跟學校說了眞正的理由，所以承辦老師並沒有多問，過程十分順利。

我原本想親自向一年五班的同學道別，卻又臨時打了退堂鼓，我怕看見紀衛青難過的神情，更擔心我的出現會讓他更難走出來。

或許現在，我最該擔心的是我自己，還有媽媽，爲我犧牲了一切的媽媽。

在離開綠茵之前，我想去綠茵草原坐一會兒。

才走下樓，我意外碰見華佑惟學長，他手裡拿著一本小說，面露訝異。

「嗨。」他向我打招呼，卻沒喊我的名字。

我突然想起，在心事室裡的時候，他親眼目睹莫娜與我同時存在於我的體內，當時他心裡是怎麼想的？

「華佑惟學長，我是莫狄。」我勉強一笑，「我好恨自己爲什麼這麼脆弱。」

他微微挑眉，往我手上的文件瞥了一眼，「妳自己察覺到的嗎？」

我搖頭，「連最先察覺有異的人都不是我，是莫娜。學長，你在心事室裡同時看到莫娜與我，當時你是什麼想法？我很奇怪嗎？我生病了嗎？」

華佑惟的目光落向前方的綠茵草原，「在這世界上，誰心裡沒有一點病呢？也許心事室的存在該要擴及整個社會。醫生是找不到病人的，必須由病人主動向醫生求助。」

「我由衷希望心事室能在綠茵長久留存。」

「妳打算去哪裡？」

「去一個環境清幽的地方，過著半隱居的生活吧。」我半開玩笑地說。

「莫娜會很高興的。」華佑惟學長誠懇道，「我想她若是在這裡，一定也會說，妳能活下來眞是太好了。」

我鼻子一酸，隱忍的情緒忍不住爆發，「只有我活下來，是不是太過分了？很抱歉留下來的人是我，不是莫娜，莫娜不該死……」

「誰都不該死。」華佑惟學長打斷我的話，「但事情發生了就是發生了，妳無力改變，只能接受，然後堅強地活下去。」

「即便很痛苦？」我緊抓著自己的手臂，覺得吹來的風好冷好冷。

「即便很痛苦。」華佑惟學長臉上的微笑夾雜著幾分淒楚，「如果是莫娜，她一定會說，活著的是妳太好了，妳活著不需要有罪惡感，我們誰都不需要有罪惡感。」

「莫狄！再見了，相信我們很快就會再見面的！」田沐棻的聲音從樓上傳來。

我抬頭一看，丁妍羚、畢元石、熊益君，甚至連周映微都在。

「無論多久，網路不斷，我們就不會斷。」畢元石大喊。

「我們幾個人都很好找，google 一下就能在新聞裡找到我們的近況，妳以後一定要跟我們聯絡！」熊益君也說。

「要是妳五年內沒出現，我可是會動用所有關係，讓妳無法申請信用卡喔！」丁妍羚威脅道。

而周映微沒有說話，只是盯著我看，然後輕輕揮手。

他們都不知道我身上發生了什麼事，甚至連莫娜曾經存在過也不知道，他們把那些與莫娜共有的過往都當作是與我的。

「或許這正是莫娜出現的目的。」紀衛青喘著氣跑到我面前。

見狀，華佑惟學長點點頭，向我道別後便轉身走開。

我愣愣地看著紀衛青，在離開之前，我還是又見到他了。

「莫娜拯救了每個人，也許這就是她爲什麼會出現。爲了遇見大家，爲了讓大家得到救贖。」

我抑制不住淚水滾落，摀著嘴哽咽道：「但我們卻無法拯救莫娜。」

「不，她不需要誰的拯救。如果妳身體裡的那個莫娜，是眞正的莫娜，那我想我很了解她。」紀衛青微微一笑，「妳就是她最想拯救的人，她拯救了妳身邊的人，也就等於拯救了妳。」

他的手往上一抬，一陣狂風驟地吹過，似是在附議他所言。

「莫狄，一路順風。」這是畢元石和熊益君。

「保持聯絡啊！」這是丁妍羚。

「希望妳身體快點好起來！」這是田沐蓁。

他們拚命對我揮手，給了我許多祝福，帶著淚水與我道別。

「不管他們知不知道，莫娜都活在我們每個人的心中。」紀衛青的眼角淚光閃爍，「她安排我們來到妳身邊。」

我大哭了起來，哭得聲嘶力竭，衝上前擁抱紀衛青。

「眞的很抱歉，沒辦法讓莫娜與你在一起更長的時間。」

紀衛青也抱住我，「但若不是妳，我也沒辦法遇見她，我知道她會希望妳快樂。」

是什麼樣的因緣巧合，將我們這些人緊緊繫在一起？

或許，莫娜會消失，其實是因爲她發現她正在逐漸取代我，所以才決定離開。莫娜不是我的第二個人格，她是我的姊姊，她是另一個靈魂。

我的姊姊眞的與我一起活過這些年。

而她爲了拯救我，選擇了死亡。

如今，她活在每個人心中。

全文完

後記
對於雙胞胎的怪異執念

這個系列的第二個故事在此與大家見面了，非常感謝購買這本書的你們，也謝謝你們看到這邊。

對於大家都在猜測這系列的名稱一事，我感到十分有趣，就讓我暫且先賣個小關子吧，謎底會在下一本系列書出版時揭曉。

怎麼辦？後記好難寫，才寫到第三段就詞窮了。所以就來討論一下《最親愛的我們》這本書的內容吧，不過勢必會爆雷，所以請還沒看完整個故事的人翻回前面，不要再往下看了。

不可以再往下看了喔。

你還在看？

還在看嗎？

那我要爆雷了喔。

下一句就要爆雷了。

還看？再給你最後的機會。

……

我已經給過機會了喔。

莫狄和莫娜是同一個人。

爆雷爆得很乾脆吧！誰叫你要繼續看，哈哈哈。

我一直很愛有關雙胞胎的設定，這份愛於多年前在電視上看到偶像劇《愛殺17》後，有了很大的轉變。

小時候我就對雙胞胎懷有無限的遐想與憧憬，很想知道若是世界上有另一個和自己長得一模一樣的人，那會是什麼感覺，對方眞的會與我有難以言喻的心電感應嗎？我們之間的情感會比一般兄弟姊妹還要親暱嗎？

而《愛殺17》完全顚覆了我對雙胞胎的美好想像，更爲雙胞胎憑添了許多的神祕，以及邪惡……

受到那部劇的啓發，我在大二那年，第一次寫下雙胞胎相愛相殺的故事，第二次寫則是在四年前，兩篇都走黑暗路線。

對於雙胞胎有怪異執念的我，一直很想再次以雙胞胎爲題進行創作，很高興這次終於有機會啦！

剛在POPO連載《最親愛的我們》時，有個讀者看完楔子後，在底下留言：「最後一句毛毛的。」

怎麼會有這樣的感覺呢？明明是很有愛的雙胞胎姊妹呀！等這位讀者看完全文一定會改觀的。

其實我滿熱衷於分別透過莫狄與莫娜的視角交錯寫下這個故事，個性截然不同的兩個人格遇到同樣一群人，會發生什麼樣的事情呢？而那群人自然會覺得很莫名其妙，所以紀衛青才會對莫娜說：「妳是人格分裂嗎？」

雖然莫狄與莫娜都覺得紀衛青的說法很好笑，但事實還眞的就是如此。

而隨著故事的進展，不曉得你們是在什麼時候察覺到莫狄與莫娜根本就是同一個人，還是直到故事的最後，才跟著藍官蔚一起知曉眞相？

又或者是被後記雷到？誰叫你們要偷看後記啦！

相較於莫狄，我想大家應該會比較喜歡莫娜的個性。有話直說，總是直搗黃龍解決問題，必要時就會出手，不讓人欺負到自己頭上。

莫狄的性格膽小怯懦，所以從小就格外倚賴姊姊莫娜，尤其在遇到困難的時候。而當這樣的姊姊死去，而且死因還與自己有關，對莫狄來說，等同於陷入天崩地裂的困境裡。

於是，莫狄在心中幻化出莫娜，幻想自己的姊姊並沒有死去，而是與自己一同成長。

究竟莫娜是否眞的只是莫狄幻想出來的，一個藉此消除自己罪惡感的人格，或是眞的是另一個存在於莫狄體內的靈魂呢？

在故事中並沒有寫明白，就讓你們自己選擇，想相信的去相信吧。

而這本書裡也出現了《我想聽見你的聲音》的幾個主要角色，看到華佑惟的出現，大家心中是否會油然生起一股感傷，也唯有他能站在同一個角度對莫狄說出那句「即便懷抱罪惡感也要活著」。

《我想聽見你的聲音》出版後，我收到許多讀者的感想，裡面有提到希望心事室是眞實存在於世上的。這個願望並不難達成呀，下次學校舉辦園遊會的時候，你們不妨自行舉辦心事室這個活動，不過聆聽者必須要發下毒誓，絕對不會把顧客的告解說出去就是了（來自白時凜的強烈要求XD）

回到《最親愛的我們》，故事的最後，莫娜徹底消失了，又或許她是自願選擇消失，因爲她很明白，縱容莫娜的存在，只會害莫狄消失。

雖然很感傷，卻也是事實，莫娜的確正在取代莫狄，最終也許眞的會占據莫狄的身體，讓莫狄從此消失。

說到這裡，關於這個系列的下一本書會是什麼樣的主題，大家有猜到了嗎？

嗯，很抱歉，我又要再度賣關子啦！

眞的非常感謝大家看到這裡，總覺得要說的話還有好多，但開始撰寫後記時卻又腦中一片空白。

其他的，我們就留在讀書會聊吧。

又是新的一年，今年也請大家多多指教，新年快樂。

Misa

城邦原創 長期徵稿

題材

(1) 愛情：校園愛情、都會愛情、古代言情等，非羅曼史，八萬字以上，需完結。
(2) 奇幻／玄幻：八萬字以上，單本或系列作皆可；若是系列作，請至少完稿一集以上，並附上分集大綱。

如何投稿

電子檔格式投稿（請盡量選擇此形式投稿）

(1) 請寄至客服信箱 service@popo.tw，信件標題寫明：【投稿城邦原創實體書出版／作品名稱／真實姓名】（例：投稿城邦原創實體書出版／愛情這件事／徐大仁）
(2) 稿件存成word檔，其他格式（網址連結、PDF檔、txt檔、直接貼文於信件中等）恕不受理；並請使用正確全形標點符號。
(3) 請附上真實姓名、性別、聯絡電話、email、POPO原創網會員帳號、作者簡介與出版經歷。
(4) 請加入POPO原創市集（www.popo.tw/index）申請成為作家會員，並將投稿作品公開放上該網站至少4萬字，若想全文公開也可以。

紙本投稿

(1) 投稿地址：10483台北市民生東路二段141號6樓
城邦原創實體出版部收
(2) 請以A4紙列印稿件，不收手寫稿件。
(3) 請附上真實姓名、性別、聯絡電話、email、POPO原創網會員帳號、作者簡介與出版經歷。
(4) 請自行留存底稿，恕不退稿。
(5) 請加入POPO原創市集（www.popo.tw/index）申請成為作家會員，並將投稿作品公開放上該網站至少4萬字，若想全文公開也可以。

審稿與回覆

(1) 收到稿件後，約需2-3個月審稿時間，請耐心等候通知。若通過審稿，編輯部將以email回覆並洽談合作事宜，如未過稿，恕不另行通知。
(2) 由於來稿眾多，若投稿未過，請恕無法一一說明原因或給予寫作建議。
(3) 若欲詢問審稿進度，請來信至投稿信箱，請勿透過電話、客服信箱、部落格、粉絲團詢問。

其他注意事項

(1) 請勿抄襲他人作品。
(2) 請確認投稿作品的實體與電子版權都在您的手上。
(3) 如果您的作品在敝公司的徵稿類型之外，仍然可以投稿，只是過稿機率相對較低。

國家圖書館出版品預行編目資料

最親愛的我們 / Misa著. -- 初版. -- 臺北市；城邦原創出版：家庭傳媒城邦分公司發行, 民 107.02
面；　公分

ISBN 978-986-95299-9-0（平裝）

857.7　　106025262

最親愛的我們

作　　者／Misa
企畫選書／楊馥蔓
責任編輯／楊馥蔓、許明珍

行銷業務／林政杰
總 編 輯／楊馥蔓
總 經 理／伍文翠
發 行 人／何飛鵬
法律顧問／元禾法律事務所　王子文律師
出　　版／城邦原創股份有限公司
台北市中山區民生東路二段 141 號 6 樓
電話：(02) 2509-5506　傳眞：(02) 2500-1933
E-mail：service@popo.tw
發　　行／英屬蓋曼群島商家庭傳媒股份有限公司城邦分公司
聯絡地址：台北市中山區民生東路二段 141 號 11 樓
書虫客服服務專線：(02) 25007718・(02) 25007719
24小時傳眞服務：(02) 25001990・(02) 25001991
服務時間：週一至週五09:30-12:00・13:30-17:00
郵撥帳號：19863813　戶名：書虫股份有限公司
讀者服務信箱 email：service@readingclub.com.tw
城邦讀書花園網址：www.cite.com.tw
香港發行所／城邦（香港）出版集團有限公司
地址：香港灣仔駱克道 193 號東超商業中心 1 樓
email：hkcite@biznetvigator.com
電話：(852)25086231　傳眞：(852) 25789337
馬新發行所／城邦（馬新）出版集團 Cité(M)Sdn. Bhd.
41, Jalan Radin Anum, Bandar Baru Sri Petaling,
57000 Kuala Lumpur, Malaysia.
電話：(603) 90578822　傳眞：(603) 90576622
email:cite@cite.com.my

封面設計／黃聖文
印　　刷／漾格科技股份有限公司
電腦排版／陳瑜安
經 銷 商／聯合發行股份有限公司
客服專線：(02)2917-8022　傳眞：(02)2911-0053

■ 2018 年（民 107）2 月初版　Printed in Taiwan
■ 2021 年（民 110）11 月初版 9.5 刷

定價 / 270元

ISBN　978-986-95299-9-0

POPO城邦原創 www.popo.tw　城邦讀書花園 www.cite.com.tw

本書如有缺頁、倒裝，請來信至service@popo.tw，會有專人協助換書事宜，謝謝！